장호 장편소설

저스티스

2

장호 장편소설

저스티스

JUSTICE

2

해냄

차례

잃어버린 잠 7

사이코패스 20

잠복근무 33

인간과 괴물 47

어둠 속 깊은 곳 62

세상 안의 지옥 77

칼을 거두지 않는 무사 90

돈. 돈. 돈 103

2라운드 116

뽀삐의 계획 129

추격자들 144

소녀의 반격 160

위기 174

현 회장의 반격 189

아버지 205

탈출 222

끝내지 못한 수사 237

준미, 안녕 251

빼앗긴 영혼 266

개미들 284

또 다른 덫 299

수사 중독 314

지문이 없는 손가락 329

김 박사의 금고 343

조금은 더 나은 곳 355

지켜워진 뽀삐 369

혜진의 계산 383

최고의 검찰 수사관 399

잃어버린 잠

다른 직원들이 모두 퇴근한 뒤 준미와 효림은 남아서 배달한 보쌈을 먹으며 사건 이야기를 하고 있었다. 서초동 법조가에서 유명한 보쌈이었다. 간혹 이 보쌈 때문에 야근한다는 검사도 있었다.

"입에 넣자마자 녹아 없어지는 것 같아요."

"나는 가끔 꿈에서도 이 맛이 생각나요."

"고기에 마약을 치나?"

"하하하."

"근데 김민지 쪽을 더 파보는 게 좋지 않을까요?"

"그쪽으로 들어가면 그들이 쳐놓은 덫에 걸릴 가능성도 그만큼 높아져요. 그렇게 허우적거리다 보면 시간도 낭비하고 우리의 수사도 결국 드러나겠죠."

"그럼?"

"그 방향은 과감하게 버립니다."
"그럼 장영미 관련은?"
"이동일 추적만 남겨두고 모두 버립니다."
"그럼?"
"네, 맞아요. 지금 벌어지고 있는 사건, 이들이 아직 덫을 놓지 못한 사건을 잡아야 해요."
"그럼 결국 송엔터 연예인들 중 지금 스폰서와 연결되어 있는 사람을 찾아야겠네요."
"그렇죠. 우리가 먼저 덫을 놓아야 해요."
그사이 보쌈이 다 비어 있었다.
"다 먹었다."
효림은 문득 잔인한 범죄를 앞에 두고 보쌈을 먹는 이 순간을 생각한다. 한쪽에서 끔찍한 범죄가 일어나고 그 범죄를 수사하는 수사관들은 보쌈을 먹으며 사라진 사람들과 증거들을 마치 퍼즐 조각처럼 맞추고 있다. 서류로만 남은 사라진 자의 허무함과 먹어야 하는 산 자의 허기가 만나고 있었다.
두 사람은 배달 음식 잔여물을 정리하고 믹스 커피를 종이컵에 타서 효림의 책상 앞에 나란히 앉는다. 뜯어낸 비닐로 잘 섞이도록 휘휘 젓는 모양이 똑같다. 둘은 잠시 웃는다.
"자 이제 수사를 시작할까요?"
나란히 앉아서 송엔터의 홈페이지를 들여다본다. 다른 엔터 회사와 다를 바 없는 평범한 홈페이지였다. 송엔터를 대표하는 배우와 아이돌 그룹의 사진이 앞을 장식했다. 아티스트란 코너를 클릭하고 들어가자 나머지 소속 연예인들 전체가 펼쳐졌다. 이십 명이 넘는 배우들이 활동하고 있었고, 대부분 꽤 알려진 편이었다.

"얼굴만 봐도 알 만한 연예인들이에요. 그런 사람들은 뭔가를 알고 있다 하더라도 입을 열지 않을 것 같아요. 자기도 잃을 게 많으니까."

"그렇겠죠. 송엔터는 무명 배우나 연습생을 노릴 겁니다."

"그렇다면 결국 아직까지 이름이 알려지지 않은 배우들이나 연습생들에게 접근해야 하는데 지금으로선 송엔터에 있는 무명 배우나 연습생에 대한 정보가 전혀 없어요."

"업계에 있다는 친구분한테 물어볼 수 없을까요?"

"벌써 물어봤죠. 근데 알 수가 없대요. 송엔터는 항상 그렇게 데뷔 안 한 배우들이 베일에 싸여 있다나 봐요."

"그렇게 하는 것이 배우를 위해서 전혀 득이 안 될 텐데요."

"배우를 위한 곳이 아니니까요."

"어떻게든 그 장막을 뚫어야겠군요."

"어떻게 뚫죠?"

준미가 효림을 본다.

"이럴 때는 가장 고전적인 방법으로 접근해야죠."

"고전적인?"

준미가 웃었다. 효림은 설마 그 방법은 아닐 거라고 생각했다.

혜진을 태운 송 대표의 차는 청담동의 건물 지하 주차장에 멈춰섰다.

"뭐 해, 내려."

혜진은 긴장된 목소리로 물었다.

"여기가 어디에요?"

"어디긴…… 다 사람 사는 데지. 내려."

송 대표의 목소리에 짜증이 묻어났다.

"어서!"

혜진은 차에서 내린다. 송 대표를 따라서 좁은 주차장 출입구로 들어가자 한 남자가 서 있다가 송 대표와 눈짓을 하고는 안쪽 공간으로 들어갈 철문을 열어준다.

'지금이라도 도망칠까?'

"뭐 해? 얼른 들어와."

혜진은 어쩔 수 없이 천천히 안쪽 공간으로 들어간다. 고급스러운 벽지를 바른 긴 통로가 나타났다. 내부는 조용하고 차분하다. 혜진은 그 좁고 미로 같은 통로에서 두려움을 느꼈다.

그사이 좁은 통로 끝에 있는 방에 도착했다. 방문을 열고 들어가자 40대와 50대로 보이는 남자들이 여러 명 앉아서 술을 마시고 있었다. 그리고 그 옆으로 혜진 또래의 여성 몇 명이 앉아 있었다. 꽉 찬 담배 연기 때문에 눈이 따가울 정도였다.

"넌 저 옆으로 앉아."

송 대표가 한 자리를 지정해 준다. 옆에는 40대 후반으로 보이는 남자가 앉아 있었다. 혜진은 뻘쭘한 자세로 주춤거리다 그 남자의 옆에 걸터앉는다. 남자가 웃으며 혜진을 본다.

"아우, 국장님. 잘 좀 봐줘요. 우리 신인."

"예쁘네."

공중파 드라마 국장이 혜진을 위아래로 훑어 내린다.

"……."

"술 마시니?"
"아뇨. 저는 안 마셔요."
"그래."
한동안 남자들이 자기들만의 이야기를 이어간다. 캐스팅, 주식, 광고주 등등. 송 대표가 그 남자들을 하나하나 소개해 주었는데 방송국과 기업체에서 높은 자리에 있는 남자들이었다. 그러나 그때 혜진에게 그런 이야기는 귀에 들어오지 않았다.
'그런 게 나하고 무슨 상관이야.'
그사이에 여자들끼리 가끔씩 눈이 마주치지만 돌려버린다. 서로가 서로를 보지 않는다.
그때 송 대표가 혜진을 본다.
"혜진아, 뭐 해! 옆에 국장님 잔 비었는데! 따라드려야지!"
혜진이 문득 송 대표를 본다. 송 대표가 눈으로 재촉한다. 난감하다. 술을 따른다. 어쩐지 맘에 들지 않는다. 하지만 불편하다. 시선이 몰린다. 자기에게 집중된다. 여기서 싫다고 하면 불편해지고 따라온 의미도 없다.
'그래, 술 한 잔 따르는 건데 뭐…….'
혜진은 병을 들어 옆에 있는 남자에게 술을 한 잔 따랐다.
국장이 웃으면서 혜진을 본다.
"난 이렇게 까칠한 애들이 좋더라. 도도한 맛이 있어."
남자는 도도한 애가 따른 술을 마신다.

그날 술자리 이후 혜진은 드라마에 캐스팅되었다. 그곳에서 만난 방송국 국장이 캐스팅에 중요한 역할을 해주었다. 대사 몇 마디 없는 역할이었지만 상관없었다. 수많은 스태프들이 보는 앞에서 카메라 앞에 서는 그 순간 혜진은 말할 수 없는 희열을 느꼈다. 행복하다는 것이 어떤 의미인지 알 것 같았다. 카메라 앞에서 조명을 받고, '레디 액션'이라는 말을 듣고 카메라가 돌아가는 그 순간 그녀는 마법 같다는 생각을 했다. 새로운 순간, 세상이 만들어지는 것만 같았다. 촬영이 끝나고 그녀는 누구에게라고 할 것 없이 감사합니다, 를 외쳐댔다. 그냥 고맙고 감사했다. 그리고 TV에 나오는 자신의 모습을 가족들과 함께 지켜보았다.

"다음에는 주연이고 그다음은 극장이야. 기대해!"

그동안 불안한 시선으로 바라보던 부모님도 딸이 뭔가를 해냈다고 생각하는 것 같았다. 주변의 친구들도 보는 시선이 달라졌다.

'니가 배우를?'이라고 생각했던 사람들에게 자신을 증명했다는 자신감이 생겼다.

그리고 다시 그런 자리에 나가기 시작했다. 좀 더 자주 많이. 더 많은 사람들 더 유력한 사람들을 만나게 되었다. 그 사람들이 너도 나도 더 많은 것을 약속하기 시작했다. 영화 출연, 광고 계약 등등. 그 사람들이 손을 잡고, 어깨에 손을 올리기 시작했다. 불쾌했다. 싫었고 씻어내고 싶었다. 하지만 잠시 참기로 한다. 견디기로 한다. 그들이 점점 더 과감해지기 시작했다. 하지만 다시 견디기로 한다. 조금만 더 견디면 이 모든 것에서 벗어나 힘을 가질 수 있을 거라고 생각한다. 얼마 남지 않았다고 생각한다.

태경은 크게 힘들이지 않고 서인을 무너뜨렸다. 재판은 쉽게 끝

났다.

무죄.

재판이 끝나자 장현진이 걸어와 태경에게 악수를 건넨다.

"내 속이 다 시원하네. 체증이 확 풀려!! 언제 같이 술 한잔합시다! 내가 좋은 데서 제대로 한번 대접하게!"

태경은 장현진 옆에 붙은 장명강을 본다. 눈을 슬며시 치켜뜨며 태경을 바라본다. 그리고 웃는다.

평생을 저렇게 살아왔을 것이고 살아갈 것이다.

오해했었다. 장명강의 유약함이 아버지의 억압 때문이라고 생각했는데 아니었다. 자신의 사악함을 가리기 위해 유약함을 이용하고 있었다. 그에게 유약함이란 것은 자신을 숨기고 악행을 저지르기 위한 가장 효율적인 방패였다.

순수한 사람, 유약한 사람, 점잖은 사람, 손으로 파리 한 마리 죽이지 못하는 사람. 그러한 가면 뒤에서 얼마나 많은 아이들을 괴롭혀왔을까? 또 앞으로 얼마나 많은 아이들을…….

태경은 괴로움에 눈을 감는다.

수치스러움과 분노에 몸이 떨린다.

"많이 피곤하신가 보네! 다음에 내 연락할게. 그때 봐요!"

장현진이 태경의 어깨를 툭 치고는 밖으로 나간다.

남겨진 태경이 눈을 뜬다. 고개를 들어 앞을 보자 울고 있는 서인이 보인다. 법원 서기가 그녀의 어깨를 다독여준다. 눈이 마주친다. 태경은 눈을 피해 서류를 챙겨 밖으로 나온다.

천천히 법원 복도를 걸어 나온다. 그때 최서인이 달려와 그의 앞을 막아선다. 눈에는 눈물이 흘러내린다. 그 눈으로 태경을 노려본다. 태경은 멍하니 서서 그런 서인을 바라보았다.

"다 거짓말이에요."

"……."

"장쌤이 나를…… 나를 건드린 거라구요!"

태경이 무심한 눈으로 서인을 본다.

"나는 정말…… 좋은 선생님인 줄 알고 간 거였다구요. 그런데! 나를 그렇게 몰아붙여요?"

태경은 아무 말도 없이 반응도 없이 서인을 바라만 본다.

"나는 가출도 많이 하고 원조 교제를 한 적도 있어요. 하지만…… 그렇다고 해서…… 그렇다고 해서 나를 막 그렇게 해도 돼요? 시발!!"

"……."

"나는 장 선생님을 특별하게 생각했어요. 존경했어요. 나의 이야기를 들어준 유일한 사람이었어요……. 그래서 찾아간 거였어요. 그런데…… 그런데…… 나한테 그러면 안 되는 거잖아요! 나한테 그래서는 안 되는 거잖아요!!!"

"……."

"나는 그 사람하고 그러고 싶지 않았어요!"

서인이 무섭도록 태경을 노려본다.

"그런데! 당신이 내 입을 막아버렸어. 한마디도 못 하게 만들고 나를 헤프고 거짓말 잘하는 아이로 만들어버렸어. 그건 내가 아니야!"

"할 말 다 했니?"

"다 거짓말이라고!"

"알아."

"뭐?"

"장명강은 너를 성폭행했고…… 너는 원하지 않았어. 알아."

"!!!"

"니 말을 들어줬다고?"

"!!!"

"처음부터 노린 거야, 그 새끼가! 왜? 니가 만만하니까! 아버지는 술주정뱅이에 엄마는 가출하고!!! 그래서 정서적으로 뚫고 들어갈 여지가 많지. 넌 따뜻한 말과 정에 굶주려 있으니까!!!"

"……당신 뭐야?"

"장명강은 그걸 처음부터 노린 거야."

"다 알면서 그랬던 거야?"

"그래. 다 알고 있어. 뭘 기대했니? 성폭행한 놈을 변호하는 나한테 뭐라도 대단한 정의감을 기대했니?"

"!!!"

"아이고 미안합니다. 저 아이는 피해자예요, 그럴 줄 알았어?"

"!!!"

"잘 들어. 장명강의 아버지는 수천억을 가진 재벌이야. 장명강은 그 아들이고!"

"!!!"

"너는? 니가 잘 알겠지."

"!!!"

"잘 들어! 정의 같은 건 없어! 기대하지 마! 앞으로도 절대 기대하지 마! 아무도 믿지 마! 절대!!!"

최서인의 눈이 텅 빈 것처럼 공허하다. 아무것도 없다.

"살아봐야 별거 없어. 아귀 같은 인간들의 다툼이야. 못 배우면 너희 아버지처럼 되고 많이 배우면 장명강이나 나처럼 되는 거야. 쓰레기지."

텅 비어가는 아이의 눈. 영혼을 잃어가는 눈.

"별 기대 하지 마. 이 세상에서."

그 눈.

"희망 같은 거 갖지 마."

비어버린 눈.

"내가 미안하다고 해주길 바라니?"

아무것도 없는 아이의 눈. 영혼이 말라버린 눈.

"그래 해줄게. 미안하다. 미안하다."

"……."

"계속해 줄까?"

아이는 더 이상 울지 않는다.

"넌 졌어."

태경이 걸어 나간다.

"개새끼!!!"

태경이 멈춰 선다. 돌아서자 분노에 찬 서인이 태경을 노려본다. 그리고 다시 소리친다.

"개새끼!!!"

태경이 웃는다.

"그건 더 이상 나한테 욕이 아니야."

태경이 걸어 나간다.

서인이 허탈하게 그런 태경의 뒷모습을 바라본다.

태경은 집으로 향한다. 태경의 집은 도곡동의 고급 주상 복합 아파트였다. 41층. 정남향의 66평.

지난 5년간 벌어들인 돈으로 구입한 아파트였다. 각종 소송으로 벌어들이는 돈도 컸지만 현 회장과 관련된 검은돈의 수익은 굉장했다. 지방대 출신의 삼류 변호사가 감히 상상도 하지 못할 엄청난 돈이었다. 물론 태경이 만들어주는 서류와 법적인 세탁으로 현 회장이 얻게 되는 수익은 상상을 초월했다.

태경은 엘리베이터를 타고 고층으로 올라가면서 서울의 풍경을 내려다본다. 마치 발아래 두고 있는 것처럼.

안락하고 안전한 집으로 들어가자 안정감이 느껴진다. 부자들이 집에 집착하는 이유는 지켜야 하는 것이 많기 때문이다. 태경 역시 그랬다. 이곳은 자신의 벙커였고, 방공호였다. 누구도 이 집을 넘볼 수 없다. 하지만 잠시 지나자 그 안정감은 곧 사라지고 알 수 없는 불안감이 몰려온다. 태경은 빨리 재판을 잊어버리고 싶었다. 최서인을 잊어버리고 싶었다. 다 잊어버리고 싶었다. 찬장을 열고 싱글 몰트를 들이켠다.

집 안은 유럽과 미국에서 공수해 온 최고급 가구와 전자 제품들로 채웠다. 태경은 무조건 비싸고 값나가는 것들을 사들였다. 그것은 하나의 집착이었다. 마음속에 비어 있는 그 무언가를 채우려는 집착. 그렇게 그는 끊임없이 뭔가를 사들였다. 뱅앤올룹슨 스피커, 이탈리아 수제 구두, 질샌더 정장을 마치 껌 사듯이 사들였다.

하지만 비어 있는 그 무엇은 채워지지 않았다. 불안하고 쫓기는 마음을 떨칠 수가 없었다.

가난한 인권 변호사 시절 살던 신림동 반지하 방은 보증금 500에 월세 30만 원이었다. 그 집은 언제든지 누구든지 마음만 먹으면 안으로 들어올 수 있는 곳이었다. 사실 건장한 성인 남자가 아니면 위험해서 살기 어려운 집이었다. 하지만 여름이면 태경은 문을 열어두고 방충망만 친 채로 잘 잤다. 누가 들어올 거라는 생각도 안 해봤다. 털투성이 남자가 자고 있는 집으로 누가 들어오겠는가? 그때는 불안하지도 않았고, 쫓기지도 않았다. 이사 갈 때도 스포츠백 하나면 되었다. 옷가지 몇 개, 노트북 하나. 책은 사무실에 두면 되었으니까.

하지만 지금 살고 있는 아파트는 몇 겹의 막으로 되어 있었고, 철저한 보안 시스템이 가동되고 있었다. 아무나 쉽게 들어올 수 있는 곳이 아니었다. 하지만 태경은 넓은 소파에 웅크리고 누워서 불안한 마음을 다스린다. 꼭 사냥꾼에게 쫓기는 꼬마 곰이 된 기분이었다.

두렵다. 무엇인지 모르겠지만 두렵다. 불안하다. 점점 자신의 내면이 지옥 같다는 생각을 한다. 아무리 좋은 곳에 있더라도 좋지 않다. 달콤한 잠을 잃고, 거대한 성에 갇힌 마지막 순간의 왕자 같다는 생각을 한다. 왕자라니. 크크크.

그래, 이번 생은 틀렸다. 이렇게 살다 가기로 한다. 최서인의 눈물과 분노는 잊기로 한다.

'그래, 개새끼로 살아주마.'

일어서서 창가로 간다. 아래를 내려다본다. 41층. 떨어지면 모든 걸 잊고 편안해질 수 있을까? 요즘 죽음에 대해 생각하는 시간들이 많았다. 제대로 잠들지 못한 후부터였다. 수면제와 위스키 없이 잠들지 못한 지는 꽤 오래되었다. 아, 그 무엇의 도움 없이 딱 6시간만 잘 수 있다면 1억까지 내어놓겠다. 다른 사람들은 모른다. 잠드는 것이 얼마나 큰 행복인지. 현 회장에게 불려가 피 묻은 손을 맞잡은 이후 태경은 그 잠을 잃어버렸다. 쉽게 잠들지 못했고, 잠들어도 금세 깨어났다. 악몽은 수시로 그를 찾아들었다. 태경은 찬장을 열고 싱글 몰트 위스키를 잔에 가득 따른다. 그리고 수면제 두 알. 단숨에 들이켠다. 제발 오늘 밤은 아침까지 잠들 수 있기를.

그때였다. 장준일에게 전화가 걸려온다.

"형…… 그년이 죽어버렸어!"

"무슨 소리야?"

"그년! 유선희! 시발, 그년이 뛰어내려서 죽어버렸어! 스스로!!"

"!!!"

"이거 다시 여론이 바뀌는 거 아니겠지? 나 다시 뭐 잘못되는 거 아니겠지? 형! 형! 왜 대답을 안 해!!!"

태경은 한마디도 할 수 없었다.

사이코패스

유선희의 죽음은 장준일 소속사인 송엔터테인먼트의 발 빠르고 공격적인 언론 대응으로 곧 묻혔다.

송엔터의 직원들은 밤늦게 회의를 열어 대응 방향을 논의했다. 우선 기자들에게 연락해 죽은 유선희가 가지고 있는 집착과 우울증에 대해 언급하게 했다. 그 후 직원들은 송엔터가 가지고 있는 수백 개의 아이디로 조직적 댓글을 달기 시작했다. 가장 먼저, 그리고 가장 자극적으로 달린 댓글에 공감을 누를 가능성이 높았다. 그렇게 가장 많은 공감이 찍힌 글을 진실이라고 믿을 가능성이 컸다.

아침에 네티즌들이 일어나서 핸드폰으로 기사를 열었을 때 송엔터에서 올린 글에 가장 많은 공감이 찍혀 있어야 했다. 직원들은 계속해서 아이디를 바꿔서 댓글을 올리고 거기에 공감을 눌렀다.

그 작업은 밤을 새우고 아침이 되어서도 계속되었다. 그리고 아침이 되자 다시 기자들에게 연락해서 돈을 건네고 기사를 올렸다.

덕분에 여론은 거의 기울었다. 오후쯤 되자 이 사건은 거의 잊혀져가는 듯했다. 하지만 오후가 되자 상황은 급변했다. 유선희의 언니가 유서를 페이스북에 올린 것이다. 상황이 돌변하기 시작했다. 유서의 내용은 절절했고, 사람들은 장준일을 비난하기 시작했다.

하지만 송엔터는 그때 비밀로 감춰두었던 소속사 연예인의 열애소식을 터트렸다. 워낙 나이 차가 많은 충격적인 열애라서 속이 뻔히 들여다보이지만 사람들은 거기에 몰려들었다. 그리고 유선희의 그 빅토리아 시크릿 속옷 사진이 다시 올라왔다. 유명한 심리학자는 집착에 대한 좌절이 그녀를 죽음으로 몰아간 것 같다고 분석했다. 그리고 그 죽음의 의도에는 상대를 끝까지 물고 늘어지고자 하는 집착이 담겨 있다고. 물론 송엔터에서 섭외한 결과였다. 결국 사람들은 유선희의 극단적인 선택이 더욱 장준일의 무죄를 증명한다고 생각하게 되었다. 그렇게 일단락되었다.

태경은 그날 오전 아무것도 할 수 없었다. 잊으려고, 잊어버리려고 했지만 계속해서 머릿속에 떠올랐다.

자신이 변호한 사건 때문에 한 여자가 죽었다. 언론에서는 그 여자가 우울증과 심각한 강박 장애를 앓고 있었다고 했지만 믿을 수 없었다. 유선희는 정신적 문제가 없어 보였다. 그것은 어디까지나 송엔터의 주장이라는 것을 태경을 알고 있었다.

진실은 무엇인가? 그동안 변호하면서 한 번도 궁금해하지 않았던 진실이 갑자기 궁금해졌다. 정말로 장준일은 유선희를 성폭행하지 않았는가? 그래, 장준일이 결백하다면, 그래서 유선희가 정말로 집착 때문에 죽은 거라면 그게 자신과 대체 무슨 상관이란 말인가? 그냥 변호를 한 것뿐이다. 해야 할 일을 한 것뿐이다.

그때 송엔터에서 전화가 왔다. 오후에 사무실에서 좀 보자는 이야기였다. 태경은 외면하고 싶었지만 어쩌면 그곳에서 자신의 마음을 편하게 해줄 진실을 확인할 수 있을지도 모른다고 생각했다.

송엔터는 다소 안정된 분위기였다. 하루 동안 긴박하게 펼쳐졌던 여론전은 결국 송엔터의 승리였다. 아직도 장준일을 비난하는 목소리가 다소 남아 있긴 하지만 그 정도의 비난이야 언제든 있다. 가장 중요한 것은 장준일을 좋아하는 팬들과 대다수의 무관심한 사람들에게 장준일이 결백하고 아무 잘못이 없다고 믿을 만한 이야기들을 만드는 것이다. 그리고 송엔터는 그것에 성공했다.

태경이 사무실로 들어가자 송대표와 장준일이 태경을 맞이했다. 송대표는 지금 장준일에 대해서 비난하는 댓글을 남기고 있는 네티즌을 고소하는 문제로 태경을 보자고 한 것이었다.

"싸그리 다 고소해 버려야 돼. 지금이 기회야. 그래서 완전히 아가리를 막아버려야지. 이런 것들 계속 내버려뒀다가는 독버섯처럼 자라게 된다니까. 이 변호사 시작하자!"

그때 송 대표는 걸려온 전화를 받으러 자리를 뜬다.

태경과 준일 둘만이 남겨졌다. 준일은 무심한 표정으로 핸드폰 게임에 열중하고 있었다. 그 어떤 심경의 변화도 없어 보였다. 태경이 그런 준일을 바라본다. 준일이 그런 눈빛을 느낀 듯 고개를 들고 태경을 바라본다.

"왜 그렇게 쳐다봐. 내 얼굴에 뭐 묻었어?"

태경이 준일의 눈을 들여다본다.

"왜 그래? 나 좋아해?"

"너 괜찮냐?"

"아…… 그거? 괜찮지. 나 요즘 멘탈이 쎄져서 장난 아니야."

그리고 준일은 계속 게임에 몰두한다.

"준일아."

"왜?"

"너 사실이냐?"

"뭐가?"

"니가 유선희 건드리지 않았다는 거…… 성폭행하지 않았다는 거…… 사실이지?"

준일이 눈을 피하면서 핸드폰 게임을 다시 시작한다. 그러면서 말한다.

"몇 번 말해……. 사실이라니까."

"정말 사실이야? 건드리지 않았어?"

준일이 대답 없이 핸드폰에 열중한다.

"정말 사실이냐고?"

"그래."

"맹세할 수 있어?"

준일이 만지던 핸드폰을 바닥에 던진다.

"시발!! 그게 중요해?"

"뭐?"

"시발 그게 뭐가 중요한데?! 응?! 중요한 건 진실이 아니야! 누가 살아남느냐는 거지!!"

"!!!"

"우리가 재판에 이겼어! 그게 진실이야!"

"……진짜 진실이 뭐야?"

"진짜 진실? 초보처럼 왜 이래……. 우리 좀 쿨하게 갑시다."

장준일이 돌아서서 나간다. 그 뒤에 대고 태경이 다시 묻는다.

"너 유선희를 성폭행했지?"

장준일이 돌아선다.

"했으면 뭐 어쩌게? 응? 시발, 갑자기 존나 공자님 퍼포먼스네. 니가 한 짓을 생각해."

"……."

힘이 빠져 있는 태경을 장준일이 바라본다.

"내가 재밌는 거 하나 알려줄까?"

"뭐?"

"그년은 그날 그 팬티 입지도 않았어."

"!!!"

태경이 준일의 멱살을 잡고 흔든다.

"너 이 새끼!! 왜 거짓말했어! 왜?! 왜!?"

준일이 태경을 밀친다. 태경이 바닥에 처박힌다.

"시발, 야! 형, 형 해주니까…… 진짜 뭣도 아닌 새끼가. 니가 나한테 뭐 되는 줄 알아? 이 시발 진짜…… 병신 같은 게……. 비리 변호사 주제에……. 정신 차려…… 응?"

태경의 귀에 그 말이 박힌다. 비리 변호사…… 비리 변호사.

"갑자기 착해지고 싶어? 뭐 양심에 찔려? 엿 먹어. 니가 그년 죽인 거나 다름없어."

"!!!"

"그리고 니가 이런다고 뭐 달라질 것 같아? 니가 더 뭐 나아질 것 같냐? 나약하게 굴지 마. 쪽팔리게. 그냥 타고난 대로 살아."

장준일은 그대로 나가버린다. 구석에 처박힌 태경은 일어날 수가 없다. 다리에 힘이 풀려 일어나기가 힘들다.

'내가 사람을 죽였다.'

진태는 아내와 아이가 잠든 후 다시 서류를 펼쳐 들었다. 양철기의 사건 서류였다. 어두운 밤 스탠드 불빛에 기대 뚫어져라 서류를 바라본다. 그러나 같은 자리를 맴돌 뿐이다.

오준현의 지갑에서 나온 김민지의 지문은 정말 충격적이었다. 그건 서류에서도 그 이면을 통해서도 예측할 수 없는 결과였다. 진태는 그것까지 추리하지 못했다. 그래서 혼란을 느꼈다. 늘 그랬던 것 같다. 도저히 예상할 수 없는 상황 앞에서 당황했었다. 시험을 볼 때도 전혀 공부하지 않고 예상하지 못한 문제 앞에서 머리가 하얘지곤 했었다.

시간이 어느 정도 지난 지금 정리가 되기 시작했다. 서준미 검사의 해설을 보고 문제를 이해하게 된 것이다.

혹시 나중에라도 이 사건이 드러날 것에 대비해 오준현의 지갑에 김민지의 지문을 묻히고 사건 현장에 던져놓은 양철기.

진태는 그것을 덥석 물었던 것이다. 그리고 그 속에서 허우적거렸다. 만약 공식 수사였다면 수사력은 김민지와 오준현의 연결 고리를 찾는 데 집중됐을 것이다. 진태는 상대의 교활함과 치밀함에 두려움을 느낀다.

그래, 더 이상 이 서류에 빠져들지 말자. 서류가 모든 것을 말하고 있는 것은 아니다. 더 중요한 진실은 사람 속에 있다. 서류를 만들고 그 서류를 가지고 게임을 하는 그 사람들의 마음속에 진실이 있다.

진실…… 사실…… 팩트.

생각은 다시 증언할 수 없는 소녀 쪽으로 기운다.

'오지민…… 그 소녀를 법정에 세울 수만 있다면……. 그 소녀의 증언이 받아들여질 수만 있다면…….'

만약 그녀가 법정에 서게 된다면 상대방은 집요하게 정신 상태를 물고 늘어질 것이다. 무당이라는 그녀 부모의 직업은 상대에게 좋은 먹잇감이 될 것이다. 증언하는 소녀 지민이 조금이라도 이상한 모습을 보인다면……. 감수성이 예민하고 섬세한 지민이가 그런 공격을 버텨낼 수 있을까? 상대방이 그녀의 증언을 부모의 영향을 받은 무속인의 정신착란 같은 예언으로 몰아간다면? 사실 진태도 처음 그녀의 증언을 들었을 때 그렇게 생각했었다.

이 아이는 미친 거라고.

긴 한숨을 내쉰다. 그리고 다시 서류를 파고든다. 이미 새벽 3시가 넘었다. 점점 수면 시간이 줄어들고 체력은 바닥나고 있었다. 철저하게 지켜오던 규칙적인 생활도 흐트러진 지 오래였다. 어떤 한계를 넘지 않고서는 이 사건을 풀 수 없을 것 같았다. 그렇게 서류 속으로 파고들었다. 그리고 그날 밤이 끝나갈 무렵 진태는 결론을 내렸다.

다른 방법은 없다.

막다른 골목이다.

닫힌 문을 열어야 한다.

지민이를 법정에 세워야 한다.

"날 내보내줘요!"

"왜?"

"난 나가고 싶으니까요!"

"그건 왜?"

"난 자유니까! 당신은 나한테 아무런 권리가 없어요!"

"아니지. 나는 지금 너를 점유하고 있어. 나는 너의 유일한 보호자이자 지배자야."

"미친 소리 하지 마!"

"뽀삐! 그런 나쁜 말 하면 못써! 혼나!"

"당신 미쳤어! 도대체 이게 뭐 하는 짓이야! 왜 사람을 가두냐고!"

"알고 싶어?"

"말해요. 이유라도 알고 갇혀 있어야 하잖아요."

"잘 들어. 아주 재밌는 이야기니까 말야. 어릴 때 개를 키웠는데 그때 개가 나만 바라보고 졸졸 따라다니는 게 재밌었어. 그러니까 나는 그 개의 주인인 거야. 나는 말이야. 그게 좋았어. 내가 주인이라는 게. 지배하고 복종하고. 그리고 어느 순간 알게 됐지. 아무도 보는 사람만 없으면 내 맘대로 해도 되겠구나!"

민수가 웃으며 영미를 본다.

"왜? 내가 주인이니까."

"난 개가 아니야."

"그래, 맞아. 그러니까 더 재밌지."

"뭐?"

"이제 개 같은 건 흥미 없어. 그건 그냥 바로 복종하거든. 그건 재미가 없지. 반항하고, 화내고, 인간으로서의 자존을 지키려고 발버둥 치는 그걸! 복종시키는 게 훨씬 재밌거든."

영미는 민수의 광기에 정신이 멍해진다.

"음, 이해할 수 있겠어? 이해 못 하겠어? 예를 하나 들어줄게. 나치가 유대인들을 수용소에 가뒀어. 수용소 안의 인원은 수만 명도 넘었어. 그런데 거기에 화장실이 딱 하나야! 왜 그랬을까?"

영미는 민수의 광기가 점점 온몸으로 와 닿는다. 부들부들 떨린다.

"스탈린도 그랬어. 히틀러를 미워했지만 동시에 동경했지. 그래서 배웠어. 더 잔인해졌지. 그래서 수용자들을 태운 기차에 화장실을 없애버렸어! 어떻게 됐겠어? 응? 생각해 봐. 응? 흐흐흐흐. 시베리아는 넓으니까 몇 주 동안 그 안에서 서로의 몸을 똥으로 처바르는 거야. 크크크크크. 자, 문제. 왜 그랬을까? 응? 히틀러와 스탈린은 대체 왜? 왜 그랬을까? 다루기 쉽게 하려고? 길들이려고? 본때를 보여주려고? 미워해서? 아니면 시설이 부족해서? 아니야! 다 아니야! 알려줄까? 너한테만 특별히?"

"그만해!"

"아냐, 잘 들어. 말해 줄게. 그들은 말이야!"

"그만하라고!"

"잘 들어!!! 주인님이 말씀하시는 거니까 새겨들어!"

"!!!"

"히틀러나 스탈린 정도 되면 알고 있었을 거야. 응? 그게 재밌다는 걸. 인간을 가지고 노는 게 그렇게 영혼을 뺏는 게 얼마나 재밌는지 알고 있었을 거야. 그들은 그걸 최대한 실현한 거야! 마음껏! 서로 주변에 똥이 쌓이다 보면 스스로 인간이라는 걸 잊어버리게 돼. 아, 나는 동물이구나! 그렇게 자존이 무너지게 되지. 이해가 돼?"

"!!!"

"그렇게 인간이 무너져서 스스로를 잃어버리고 한 마리 개! 하나의 나무토막같이 되어버리는 걸 지켜보는 그게 얼마나 재밌고 기쁜 일인지 그들은 알고 있었던 거야! 나는 그 기쁜 일을 지금 여기서 너한테 실현하려는 거야! 하지만 너무 무서워하지 마. 나는 그런 식의 방법은 쓰지 않아. 원초적인 욕구를 건드리진 않아. 마음껏 먹고 마음껏 싸. 먹고 싶은 것이 있으면 말해! 봐. 여기 얼마나 좋아? 내가 공기청정기까지 달았어! 너 건강하게 지켜주려고!"

"!!!"

"나는 다만 널 정신적으로 무너뜨릴 거야. 나중에 넌 잊게 될 거야. 니가 누군지."

"당신 완전히 미쳤어!"

"기준이 뭐야? 미쳤다는 그 기준이. 히틀러가 전쟁에서 이겼다면! 나 같은 사람이 정상일걸? 그런 기준 같은 건 없어! 나는 너를 나만 바라보는 인형으로 만들 거야. 내 말에 복종하고 나만 보면 침을 흘리고 내가 손만 들어도 무서워서 덜덜 떠는. 그런 걸로 만들 거야."

"그렇게 될 거 같아?"

"응. 그렇게 될 거야. 왜냐고?"

민수가 웃는다.

"여긴 나의 왕국이니까."

"그렇게 해서 니가 얻게 되는 게 뭐야? 그게 의미가 있어?"

"이봐, 장영미 씨. 인생에 의미 따윈 없어. 원래 공허하고 허무한

게 인생이야. 타고난 대로 재밌게 각자의 욕구를 좇으며 살아가자고. 응?"

"개새끼! 난 사람이야! 난 개가 아니야! 니 욕망의 도구가 아니야!! 날 내보내줘! 제발!!"

"좋아. 그럼 니가 나가야 하는 이유를 한 가지만 말해 봐. 만약 그게 맞으면 내보내줄게. 진짜야."

"……."

"진짜야. 약속해! 그래서 내보내준 사람도 있어."

"진짜야?"

"진짜!"

"……할머니와 엄마가 날 기다리고 있어. 내가 아직까지 나타나지 않아서 두 분은 정말 괴로울 거야. 나를 기다릴 거라고."

"그래?"

"제발 부탁이야. 날 내보내줘. 응? 아무 말도 안 할게. 정말이야!"

"할머니와 엄마가 마음 아프겠다. 그렇지?"

"네. 맞아요. 제발요!! 네?"

"그래서 그게 나랑 무슨 상관이지?"

"!!!"

"그러니까 그런 두 늙은 여자가 마음 아파하는 게 대체 나랑 무슨 상관이냐고? 나한테는 그게 절대 전해지지 않는데. 응?"

"!!!"

"한 가지 비밀을 알려줄까? 나는 다른 사람의 마음을 느끼지 못해. 재밌지? 니가 아파하는 게 그냥 웃겨. 하하하하하하하."

"정말 미쳤어……. 당신 정말 미쳤어."

태경은 글라스에 가득 부은 양주를 쭈욱 들이켠다. 벌써 세 잔째였다. 원기가 그런 태경의 팔을 잡고 술잔을 뺏는다.

"그만 마셔. 벌써 몇 잔째야!?"

태경이 숨을 몰아쉰다.

"원기야…… 사람이 죽었어. 내가 재판에서…… 그렇게까지 하지만 않았어도"

"너는 변호사야! 너는 의뢰인을 보호한 것뿐이라고!"

말릴 새도 없이 다시 양주를 가득 따라서 마신다.

"원기야…… 내가 누군지 모르겠다."

"누구긴 누구야! 이태경이지!"

머릿속을 맴도는 유선희, 최서인 그리고 그동안 수없이 말로 희롱하고 짓밟아왔던 사람들. 그들이 스멀스멀 기어 나와 온몸을 기어 다닌다.

"임마! 흔들리지 마! 우리가 여기까지 어떻게 왔는지 기억해? 응?"

"……."

"넌 그냥 변호사일 뿐이야! 넌 그저 의뢰인을 위해 최선을 다했던 것뿐이야. 너한테는 아무런 책임도 없어."

스멀스멀. 더 많은 것들이 기어 나와 온몸으로 퍼져나간다. 파고든다. 문득 앞에 있는 찬장을 본다. 자신의 온몸으로 검은색 벌레들이 기어 다닌다.

"으아아!!!"

주변 사람들이 바라본다.

"너 정말 왜 그래?"

원기가 태경의 술잔에 양주를 가득 따라준다.

"마셔. 더 마시고 완전히 털어버려!!"

태경은 그 술을 들이켠다.

잊는다. 모두 잊기로 한다. 하지만 잊을 수 있을까?

유선희, 최서인. 그래 모두 잊자.

하지만 스멀스멀.

찬장에 비친 얼굴을 다시 바라본다.

'누구냐? 넌 대체 누구냐?'

돈 한 푼 받지 않고 어려운 사람들을 위해서 뛰어다니던 인권 변호사 이태경.

돈을 위해서라면 가장 잔인한 방법으로 사람을 짓밟을 수 있는 스타 변호사 이태경.

'도대체 나는 누구인가?'

그리고 여전히 온몸에서

스멀스멀.

잠복 근무

"증언의 합리성과 신빙성의 문제는 가장 예민하고 공격받기 쉬운 부분이에요."

"알고 있습니다."

"그러다가 아직 어린 소녀가 지울 수 없는 상처라도 받게 된다면요?"

알고 있다고 말하려 했지만 차마 입이 떨어지지 않는다. 다른 검사라면 수사를 위해서 먼저 강행하라고 지시했을 것이다. 하지만 준미는 수사보다는 증인이 받을 상처를 생각하고 있다. 진태는 갑자기 자신이 나쁜 사람이 된 것 같은 기분이 들었다.

"그 소녀가 증언하는 중에 조금이라도 이상한 모습을 보인다면 상황은 걷잡을 수 없게 됩니다. 우리 쪽에서 내세운 논리와 증거 모두 허물어지게 됩니다."

"하지만 검사님, 증인의 증언에 대한 증거 능력에 대해서는 계속 해서 새로운 판례들이 나오고 있습니다. 미국 같은 경우에는 지적 장애인의 증언을 채택한 경우도 있습니다."

"알고 있습니다. 하지만 여기 한국에서 그 편견을 넘어설 자신이 있느냐가 문제입니다. 특히 아이가 무속적인 그러니까 어떤 예언이나 빙의, 신들림과 같은 기미만 보인다면 우리는 웃음거리가 될 겁니다."

"그 정도는 아닙니다. 아이와 같이 잘 준비하면……."

"계장님."

진태가 준미를 본다.

"정말 신중해야 합니다. 상황에 쫓겨서 선택해서는 안 됩니다."

"하지만 검사님, 정말 막다른 골목입니다."

"……."

"다른 길이 없어요. 양철기는 전혀 흔들리지 않고 있어요! 최소한 살인죄를 혼자 덮어쓸 상황이 되어야 그는 입을 열 겁니다. 그렇게 흔드는 방법은 지민이를 법정에 세우는 것 이외에는 없습니다."

"계장님."

"네."

"저는 제 사건 해결을 위해서 한 소녀의 마음을 짓밟는 일을 하고 싶지 않습니다."

"검사님!"

화가 난다. 진태도 그 소녀를 짓밟고 싶은 것이 아니다. 다만 너무 절박하기 때문이었다. 더 큰 범죄와 잘못을 막아내야 하기 때문이었다. 하지만 준미는 원칙만을 내세우고 있다. 진태는 최소한 소녀를 만나보고 난 후에 결정하자는 이야기를 하고 싶다. 그도 무조건적으로 밀어붙여서 소녀를 상처받게 하고 싶은 생각은 없었다.

진태가 분노를 억누르고 준미를 본다.

"저 역시 그러고 싶지 않습니다!! 저도 딸이 있습니다! 그 마음…… 그 고통! 모르지 않습니다. 하지만 검사님. 그럼에도 불구하고 해야 할 일이 있습니다!!"

"한 소녀를 위험에 처하게 해가면서까지 실현해야 할 정의 같은 건 세상에 없습니다! 일보다 사람을 먼저 보세요!"

"아무런 위험 부담 없이! 그 어떤 도덕적 딜레마 없이 거저 주어지는 정의도 없습니다!"

팽팽한 눈싸움. 둘 다 숨을 몰아쉰다. 너무 흥분했다.

"차 한잔 드시죠."

물이 끓는 사이에도 두 사람은 말이 없다.

루이보스차 티백이 찻물 속에서 천천히 우려진다. 두 사람은 잠시 말없이 차를 마신다.

"검사님, 저는…… 힘들지만 꺼려지지만 가야 하는 길이 있다고 생각합니다."

"……."

"……무조건 안 된다고, 그 소녀를 보호해야 한다는 원칙에 갇혀버리면 아무것도 할 수 없습니다. 만나보자고요. 그래서 그 아이가 법정에 설 만한지 아닌지 같이 판단할 수도 있잖습니까?"

"……."

"그리고 무조건 그 아이를 보호하기만 하는 것이 옳을까요? 만약 겪어야 할 편견이라면 정면으로 부딪칠 수 있게 해주는 것이 우리의 도리 아닐까요? 숨기고 숨는 것이 아니라요!"

"……."

"그 아이도 이 사회의 구성원입니다. 공공의 정의를 위해 나설 수 있어요! 그럴 권리와 자격이 있습니다! 정말 편견을 가지고 가로막고 있는 것은 검사님 아닌가요?"

"……지민이라고 했죠?"

"네."

"좋아요. 먼저 지민이를 만나보죠."

진태가 준미를 본다. 웃는다.

"아직 받아들인 건 아닙니다. 다만 보자는 겁니다."

"네."

"만약 보고 나서 정말 안 된다면 포기하셔야 합니다."

"물론입니다."

한강은 여름이 가까워지자 저녁에도 사람이 많아지고 있었다. 늘 이곳을 비밀 접선 장소로 삼아온 주만용 부장검사는 늘어난 사람 때문에 장소를 다른 곳으로 바꿔야 하나 고민하다 오히려 사람이 많은 곳이 더 안전할 수 있다는 생각을 한다. 잠시 후 이민진의 은색 아반떼가 주차장으로 들어온다. 주만용은 주차하는 모습을 지켜보다가 비상등을 세 번 깜빡이고 꺼버린다. 잠시 후 차에서 내린 이민진이 주만용의 차 안으로 들어온다.

"가져왔어?"

이민진이 말없이 서류를 내밀자 주만용이 서류를 뒤적여본다. 그러나 뻔한 서류들이다. 진전된 내용이 없다. 거기다 이태경에 대한 자료만 한가득이다. 주만용은 그대로 서류를 던져버린다.

"너 지금 나랑 장난해!"

"네?"

"양철기 사건하고 비공식 수사 자료를 가져오랬잖아!!"

"정보를 숨기는 것 같아요."

"무슨 수라도 써야지!"

"저로서는 최선을……."

화가 치민 주만용이 이민진을 향해 주먹을 치켜 올리다가 다시 핸들을 때린다. 클랙슨이 울린다. 놀란 이민진이 차에서 내리려는데 주만용이 거칠게 잡아채서 앉힌다.

"앉아!!"

이민진이 두려운 표정으로 주만용을 본다.

"야, 너 장난하냐?"

점점 존칭이 사라지고 말이 막 나간다. 최근 두 사람은 체면 차릴 것 없는 사이가 되어버렸다. 막 대하기 시작한다.

"내가 말했지. 이태경이 서류는 그것들이 방어막 치는 거라고! 양철기와 관련된 서류를 가져오라고!!!"

"없어요! 없다구요! 제 앞에서는 이야기도 안 하고 관련 서류는 모두 잠가놔요. 제가 볼 수 있는 서류는 그게 다라구요."

"뚫린 입으로 말은 잘한다."

갑자기 민진이 울음을 터트린다.

"야, 울지 마. 씨발, 울지 마!!"

"그만하고 싶어요……. 저 정말 너무 무서워요."

"지랄하네. 야, 여기서 니가 울면 내가 뭐 달랠 줄 알았어? 까고 있네. 야, 제대로 해!"

민진이 울다가 갑자기 주만용을 노려본다.

"싫어! 그만할 거예요!"

갑자기 주만용이 민진의 머리카락을 움켜쥔다. 그리고 당긴다.

"너 지금 상황 파악이 안 되지? 응?"

"!!!"

"너 지금 여기서 그만두면 어떻게 되는지 알아? 응? 옷 벗고 싶어? 남편하고 이혼했다고 했지? 애들이 둘이라고 했지? 잘 크냐?"

"제발…… 제발."

"민진아…… 험한 세상에 한번 막 던져져 볼래? 여기서 그만두면 너 위험해."

"도대체 우리 뒤에 누가 있길래 그러는 거예요."

"그건 니가 알 거 없어."

주만용이 뒷좌석에서 박스 하나를 꺼내준다.

"열어봐."

박스를 열자 조그만 전자장치가 나온다.

"이게 뭐죠?"

"도청 장치야. 서준미 책상 밑에다 달아."

"!!!"

"왜 못 하겠어?"

"부장님."

"왜?"

민진이 주만용을 본다. 주만용이 피식 웃는다. 그리고 품에서 봉투를 꺼낸다. 봉투 입구를 열자 오만 원권 다발이 삐져나온다. 그리고 그녀 앞에서 나풀거리며 흔들어댄다.

"이거 달콤하잖아? 응?"

그리고 은근하게 그녀 쪽으로 다가간다.

"편하게 생각해. 응?"

"이렇게까지 해야 되나요? 이렇게까지 서준미 검사를 뒤져야 하는 이유가 뭐죠?"

"알고 싶어?"

"네."

"이리 와봐."

민진이 두려워하면서 천천히 주만용 쪽으로 몸을 기울인다.

주만용이 은근히 다가가서 민진의 머리를 만진다. 민진이 놀라서 본다.

"이혼하고 많이 외로울 텐데…… 샤워나 하면서 이야기할까?"

민진이 뿌리치고 멀어진다. 그리고 주만용을 노려본다.

"알았어. 알았어."

나가려는 민진이 돌아본다. 주만용이 도청 장치 박스에 오만 원권 다발을 던져놓는다. 민진이 그 박스를 가지고 밖으로 나간다.

"비싸게 굴기는."

주만용은 앉아서 멀어져가는 이민진을 바라본다. 담배를 꺼내 불을 붙인다.

최근 들어 현 회장의 압박이 강해졌다. 맞춰 던져줄 정보가 필요했다. 이민진을 쥐어짤 수밖에 없다.

후—.

담배 연기를 내뿜으며 주만용은 백미러에 비친 자신의 모습을 본다. 웃어본다. 어쩐지 자신감이 생긴다. 검사를 하면서 느끼는 거지만 사람을 장악하고 괴롭히고 궁지로 몰아가서 마음대로 움직이는 건 정말 자신 있다. 현 회장을 상대하면서도 점점 자신감을 되찾는다. 결국 정보가 힘이다. 현 회장은 자신의 힘을 믿고 있지만 그것은 오산이다. 현 회장이 가지는 서준미에 대한 정보는 결국 자신으로부터 나오는 것이다. 주만용이 없다면 그 정보도 없다. 그 정보를 가지고 현 회장을 장악해 나간다. 그것이 주만용이 갖는 자신감의 근거였다.

그리고 그 키워드는 실종된 여배우 장영미.

현 회장은 분명 그녀와 관련이 있다.

그것도 아주 더러운 비밀과 함께.

주만용은 웃는다.

현 회장이 약점을 드러낼 때까지 기다린다.

약점이 드러나는 순간 움켜쥐고 놓지 않을 것이다.

그리고 그 약점을 움켜쥐었을 때 그가 가지고 있는 돈과 인맥을 이용해서, 아니 밟아서 더 높이 올라간다. 검사장 그리고 그 너머 정권 핵심부에 줄을 댄다.

그리고 그 제물은 바로 서준미가 될 것이다.

철저하게 밟아주마.

모두.

오직 나를 위해.

주만용은 환하게 웃었다.

효림은 벌써 세 잔째의 커피를 마시고 다섯 개의 쿠키를 먹었다. 속이 쓰려왔다. 평소 영화를 보면서 형사들의 잠복근무가 꽤 낭만

적이겠구나 생각했는데 이건 낭만도 뭣도 아니고 그냥 지겹고 지루한 걸 참고 견디는 것뿐이었다. 그러다 보니 커피와 쿠키만 늘었다.

'이거 비용 처리 다 될라나?'

효림은 영수증을 구겨 넣으며 다시 송엔터 건물 입구를 바라보았다. 그때 송엔터 주차장으로 밴이 한 대 들어간다. 효림은 얼른 차 번호를 적는다.

처음에 준미가 잠복근무를 제안했을 때는 농담이라고 생각했다. 하지만 준미는 아무 말 없이 효림을 바라보았다. 그때 알았다. 이 사람 진지하구나. 결국 효림은 송엔터 앞 커피숍 앞에서 진을 치고 앉아서 들락거리는 차량 번호를 적고 드나드는 사람들의 사진을 찍었다. 일단 송엔터에 있는 배우와 연습생 들을 모두 파악하는 것이 일차 목표였다. 처음에는 카페에 느긋하게 앉아서 쉴 수 있겠다는 생각에 그리 나쁘지 않다고 생각했다. 하지만 쉬는 것도 잠시 모든 것이 지겨워지기 시작했다.

창밖으로 끊임없이 지나다니는 차량과 사람의 행렬은 갈수록 무의미해 보였고, 송엔터로 들락거리는 사람은 모두 그 사람이 그 사람 같았다.

하지만 효림은 그 상황에서도 최대한 집중력을 잃지 않고 송엔터를 드나드는 사람들을 체크했다. 특히 젊은 여자들이 드나들 때는 더욱 신경을 썼다. 그러면서 전체적인 송엔터의 인적 구조와 네트워크에 관한 그림을 그려야겠다고 생각했다. 그렇게 되면 앞으로 송엔터를 수사하는 데 있어서 훨씬 유리한 위치를 차지할 수 있다. 수사에 있어서 전체적인 그림을 그리느냐 못 그리냐는 엄청난 차이였다.

하지만 그 큰 그림을 위해서는 꼼꼼하고 지겨운 밑그림 그리기가 있어야 했다. 그리고 지금 효림이 그 밑그림을 그려가고 있었다. 오후가 넘어서자 갑자기 커피숍 안으로 교복을 입은 여고생들이 밀려들기 시작했다. 교복의 종류가 천차만별인 것으로 보아 근처 학교라서 하굣길에 들른 것이 아닌 것 같았다. 다들 망원렌즈를 끼운 고성능 카메라를 하나씩 들고 있었다.

효림이 앉아 있는 창가 테이블 옆으로 여고생들이 다닥다닥 붙어서 밀착해 오기 시작했다. 그리고 모두들 망원렌즈를 장착한 커다란 카메라를 송엔터 입구 쪽으로 겨냥했다. 효림은 자기도 모르게 소형 국산 카메라를 숨겼다. 옆에 앉은 대담한 여학생은 진지한 자세로 송엔터 앞을 노려보고 있었다. 잠시 후 뒤쪽으로 중국어와 일본어가 섞여서 들리기 시작했다. 그쪽을 바라보는데 누군가 말을 건넨다.

"누구 빨아요?"

효림이 놀라서 돌아보자 옆에 앉은 여학생이다.

"그게 무슨 소리야? 빨다니?"

"아, 진짜, 누구 찍을라고 왔냐구요?"

"아, 나? 아…… 어…… 그게 너는 잘 모를 거야."

"뭐래. 나 다 알아요."

"뭘 다 알아?"

"송송이들. 다 알아."

"송송이들? 그건 뭔데?"

"언니 뭐야. 빨러 온 거 아니면 자리 좀 비켜줘요. 그 자리가 젤 명당이란 말이야."

"설명해 주면 비켜줄게. 송송이?"

"아, 송엔터 애들 부르는 거잖아요."

"아…… 너 송엔터 애들 많이 알아?"

"당연하죠. 내가 이 짓만 몇 년짼데."

그때 밴이 하나 도착하고 안에 있던 중국과 일본 팬들이 우르르 달려 나가고 여고생들이 카메라로 찍어댄다.

"넌 안 찍어?"

"재네는 뜨고 후까시만 잡고 졸라 빠져가지고 재수 없어요. 이제 안 빨아요."

"넌 누구 빠니?"

"난 주로 연습생들 빨아요."

"!!!"

"연습생 애들은 그래도 말 걸면 상대해 주고 뭔가 커뮤니케이션이 좀 되거든요."

"너 혹시 여자 연습생들도 알아?"

"그럼. 나 송엔터에 모르는 사람 없어요."

그때 송엔터 앞에서 나오는 한 여자.

"저 사람은 누구야?"

"회계 담당 이서민 대리."

"!!!"

"지금 나오는 재는 텐민. 본명은 양은표. 18살. 성수공고 3학년. 집은 자양동. 올해 데뷔 안 하면 인생 폐막."

마스크 낀 얄쌍한 남자애가 송엔터 안으로 들어간다.

"너 그럼 표나 그림 같은 걸로 송엔터 사람들 그려낼 수 있어."

"뭐 조직표 같은 거요?"

"응"

"당연한 거 아니에요. 존나 껌이지."

"저기 있는 연습생들 여자 연습생들도 다 안다는 거지?"
"몇 번 말해요. 안다니까."
"너 그럼 그거 나한테 알려줄 수 있어?"
"공짜로?"
"뭘 원해?"
"빕스."
"가자."
"끝나고."
"뭘 끝내?"
"우리 애들 찍어야 해요. 한 네 시간 후에 봐요. 이제 애들 출근할 시간이니까."
잠시 후 한 무더기의 남자애들이 껄렁거리며 나타나자 옆에 앉은 여학생이 망원렌즈로 능숙하게 사진을 찍는다. 그리고 흥분한 표정으로 효림은 본다.
"와, 오늘 재 피부 개쩔어!"
"너 이름이 뭐니?"
"상희. 정상희."
상희는 효림의 구세주였다. 위대한 빠순이와 덕후의 힘. 사랑하고 존경하기로 한다.
"언니, 빨리 비켜봐요. 그리고 4시간 후에 요기 옆에 있는 빕스 앞에서 봐요."
그리고 상희는 효림으로서는 전혀 매력적이지 않은 빼빼 마르고 검은 마스크를 쓴 남자아이들의 사진을 열심히 찍어대기 시작했다.

영미는 눈을 떴다. 여전히 그곳이다.

꿈속에서 엄마와 할머니를 보았다. 할머니는 예전처럼 영미가 좋아하는 돼지김치찌개를 끓여놓고 기다리고 있었고, 엄마와 영미가 둘러앉아 찌개를 떠서 밥과 함께 먹는다. 알싸한 김치와 돼지고기가 씹히면서 느껴지던 그 맛. 소속사 들어가고 나서 다이어트 한다고 그것을 먹지 않았다. 할머니가 서운해하던 모습이 아직도 역력하다.

할머니와 엄마의 숨결이 지금이라도 잡힐 것 같다.

하지만 이곳은 여전히 감금방이다.

꽤 오랜 시간이 지났고, 영미는 이곳에서 간혹 찾아오는 이민수의 지독한 괴롭힘을 견뎌내고 있었다. 그사이 두 번이나 손목을 그었다. 그러나 그때마다 누군가가 들어와서 응급처치를 한 후 사라졌다. 아마도 누군가가 이곳을 지켜보고 있는 것 같았다. 이곳에 들어오는 것은 이민수 혼자이지만 누군가가 그를 보조하고 있다.

희미하던 의식 속에서 그가 영미의 머리를 쓰다듬은 것이 기억난다. 그렇지만 깨어났을 때는 아무도 없었다. 손목에 감겨 있는 붕대와 팔에 꽂혀 있는 링거 병만이 전부였다. 그리고 약봉지도. 예전에 먹은 경험으로 약 중에 우울증을 방지하는 정신과 약이 포함되어 있다는 것을 알게 되었다. 영미는 그 약을 먹지 않았다. 이전의 경험으로 한번 약에 의지하게 되면 의지도 약해지고 점점 더 기대게 된다. 그렇게 되면 결국 무너지게 된다. 이민수가 원하는 대로 되는 것이다. 절대 그럴 수 없다. 그것은 인간으로서의 자존을 지키기 위한 것이기도 하지만 영미가 굴복하는 그 순간 이민수는 영미에게 흥미를 잃어서 죽여버릴 것이란 걸 알고 있었다. 이민수는 오로지 한 인간의 영혼을 빼앗는 것에만 관심을 두기 때문이었다.

무조건 제정신을 차리고 살아남아야 한다.

반드시 여기서 살아 나간다.

나는 나간다.

반드시 이곳에서.

그리고 영미는 그 방법을 생각했다.

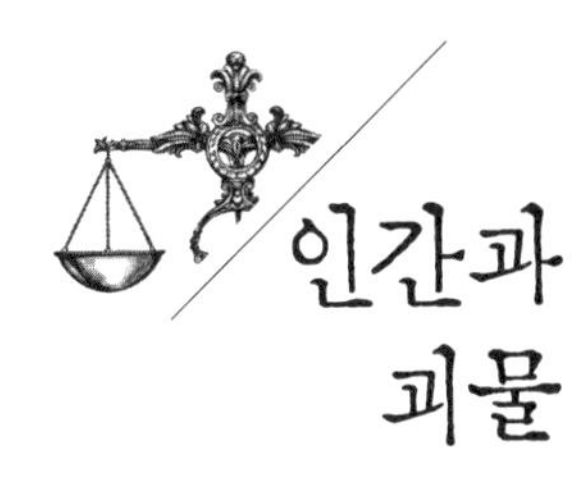

인간과 괴물

주만용은 비밀 아파트에서 이민진이 가져온 녹음 파일을 들었다. 시간대별로 빨리감기를 하며 필요한 내용을 찾고 있었다. 근무시간에는 일상적인 사건 수사에 대한 이야기들이 오고 간다. 그러나 다른 검사실에 비해서 조용한 편이다. 차분히 서류를 넘기는 소리가 대부분을 차지한다. 주만용은 시간을 건너뛰며 필요한 이야기들을 검색한다. 저녁 7시. 근무시간이 끝나고 준미와 진태 그리고 효림이 현 회장과 양철기 수사에 대한 이야기를 나누기 시작했다. 이민진이 있을 때는 일상적인 사건 처리에 매달리고 그녀가 퇴근하고 나면 비밀리에 수사 중인 사건에 대해서 이야기하는 패턴이었다. 이민진의 효용 가치가 떨어지고 있었다.

본격적으로 현 회장에 대한 수사 이야기가 시작된다.

만용은 긴장한 채 메모지를 꺼내 중요한 내용을 적어나가기 시작한다. 오랜 습관이다. 손으로 쓰면서 생각을 정리한다.

몇 시간에 걸쳐 그들의 녹음 파일을 듣는다. 현재 오고 가는 이야기들을 통해서 진행 중인 수사의 전후 상황을 파악한다. 그러자 대략적인 그림이 그려진다.

서준미는 양철기를 수사하기 위해 오지민이라는 무당의 딸을 법정에 세우려고 한다. 그리고 장영미라는 여배우를 찾기 위해 그의 매니저 이동일을 찾고 있다.

양철기에게 살인죄를, 그리고 그 살인을 교사한 현 회장을 엮는 것이 그들의 첫 번째 루트. 그리고 장영미라는 여자의 실종 사건을 통해 현 회장을 엮는 것이 두 번째 루트.

결국 그들의 최종 목표는 현 회장.

양철기 사건 수사에 대해서는 좀 감이 잡힌다. 그러나 장영미라는 무명 여배우. 이 여자를 좀 더 직접적으로 조사해 볼 필요성을 느낀다. 현 회장은 도대체 이 장영미라는 여자의 실종과 어떤 관련이 있는가?

그 정보를 움켜쥐어야 한다. 현 회장을 위협할 만한 정보를 쥐어야 하는 것이다. 그래서 현 회장에게 자신이 그리 만만한 존재가 아니라는 사실을 명확하게 각인시켜야 한다. 주만용은 장영미 사건 담당 경찰서였던 서부서 서장에게 전화를 걸어 당시 사건 자료를 요청한다.

다음 날. 수사과 경위가 직접 서류를 가져와 주만용에게 설명을 했다.

담당 경위의 설명을 들으며 주만용은 서준미 검사실에서 나온 정보와 비교하기 시작한다. 머릿속 퍼즐이 옮겨 다니다 정확한 그림으로 나온다.

주만용이 접대를 받을 때마다 만나던 어린 여자들. 송엔터의 무명 여배우들. 그 여자들 중 하나인 장영미. 그리고 실종. 그 실종이 현 회장과 연결되어 있다.

현 회장은 장영미를 어디로 데려갔는가?

주만용은 웃었다

명확한 그림이 그려진다. 이제는 현 회장의 목을 움켜쥘 차례.

현 회장을 만날 시간이었다.

주만용은 유난히 웃으며 현 회장과 마주했다.

"회장님, 요즘 뵙기가 어렵습니다."

"주 검사님, 바쁜 세상 아입니까? 그지요? 우리 둘이 우정을 위한 친목 도모는 그동안 충분히 한 거 같은데?"

"우정에 끝이 있나요? 하하. 아니 제가 좀 재미있는 이야기를 들어서요."

"나도 요즘에 이야기 많이 듣는데?"

"이거보다 재미없을 거 같은데?"

현 회장이 주만용을 빤히 쳐다보다 입을 연다.

"말해 보이소."

"양철기가 오준현이를 죽이는 거를 본 사람이 있다고 합니다."

"아 그래요?"

"네."

"만약 그런 일이 있다카마 그거는 양철기 개인의 잘못이지. 그걸 굳이 뭐 내한테 말할 필요가 있겠십니까? 내한테 와 이 얘기를 하는지 모리겠네?"

흔들림 없는 현 회장의 표정. 역시 세다.

"그럼 이 이야기는 더 이상 할 필요가 없겠네요. 근데 이야기가 하나 더 있거든요."

"하하 이거 참. 뭐꼬? 응?"

"재밌다니까, 회장님."

현 회장이 압도하려는 듯 다가온다.

"주 검사님, 바쁜 사람 잡고 게임 할라 카지 말고 아는 거 다 뱉으소. 그기 내한테 대한 도리 아이겠나?"

"장영미."

순간이지만 흔들리는 현 회장의 표정을 놓치지 않는다.

주만용은 직감한다. 현 회장은 장영미의 행방을 알고 있다! 아니 그가 직접 장영미를 사라지게 했다!

"이것도 재미가 없습니까? 예? 크크크."

현 회장이 양복 앞주머니에 꽂힌 손수건을 꺼내서 잠시 땀을 닦는다.

흔들리는 현 회장. 주만용이 공격 타이밍을 놓치지 않는다.

"어린 여배우가 실종되고 그 여배우의 소속사가 회장님의 황룡과 관련이 있다? 이런 소문이 돌던데. 야, 이거 블록버스터급 시나리온데요. 이기 사실이 아이라 캐도 이런 소문이 돌마 회장님한테 좋지 않잖아요. 그지요? 거기다 검찰에서 그 소문을 믿고 현 회장님을 내사한다? 야, 이거 시추에이션이 오묘하네요."

주만용이 현 회장을 본다.

"안 그렇습니까? 회장님."

현 회장의 이마 힘줄이 꿈틀거린다.

'건방진.'

"그리고 아 서준미 검사가 퇴직하는 형사 하나 시켜가지고 이동일을 열심히 찾고 있다고 하는데 괜찮겠습니까?"

"나는 우리 주 검사님이 통 무슨 소리를 하는지 모르겠네요?"

"아, 신경 쓰지 마세요. 어디까지나 소문이니까요. 내가 그냥 개인적으로 수사를 좀 해볼게요. 왜? 재밌으니까요."

대놓고 현 회장을 조롱하며 게임을 걸어오고 있다. 이런 부장검사 따위에게 호구를 잡히다니.

"주 검사. 그래가 조사해가 만약에 내캉 그 장영미캉 관련이 있다. 그랬다고 칩시다. 그라마 우얄 낀데요?"

주만용이 웃는다.

"회장님, 우야자는 기 아입니다. 저를 좀 신경을 써주고 케어해주세요. 이렇게 됐는데 손잡고 함께 가야 되지 않겠습니까?"

현 회장이 웃는다.

"케어요?"

"저보고 비리 검사라 하셨지요. 저번에? 내가 무릎까지 꿇고. 가오 다 상하고. 호구 다 됐는데……. 그럼 회장님하고 저하고 사이에 뭐 체면 차릴 거 없잖아? 내가 회장님의 다른 면, 응? 송엔터라든지 장영미라든지 뭐, 응? 그런 걸 알고 있고, 그걸 수사하는 검사를 지휘하는 부장검사라는 걸 안다면…… 나를 쓰다 버리는 물건 취급하지 마시고 잘 관리해야 할 사람으로 보란 겁니다. 곧 인사 시즌도 돌아오고! 응? 나도 돈 들어갈 데 많아요. 지금 만나는 애인도 좀 지겹고. 예쁜 애들 많이 아시잖아? 응? 나는 그런 거 좋아한다고. 위로 올라가는 거. 그리고 예쁜 거."

주만용이 빤스까지 벗어젖히고 덤비고 있다. 현 회장이 한 인간의 민낯을 뚫어져라 본다. 만만치 않은 인간이다.

"회장님이 그래 보시면 난 또 부끄럽다. 크크크."

"알겠습니다. 곧 조치하지요."

"이번에는 쭉쭉빵빵 말고 좀 작고 귀여운 일본 스타일로 해주세요. 예?"

함부로 엉겨온다.

"그럼 난 일이 있어서. 곧 뵙겠습니다, 회장님."

주만용이 웃으며 현 회장을 내려다본다.

"건강 조심하시고요, 회장님. 나이가 있으시니까 갑자기 충격받고 뇌졸중 오고 이라면 안 됩니다. 오래 사셔서 저한테 좋은 거 많이 주셔야지요."

나간다.

간만에 굴욕이다. 보통 검사들, 비리에 엮여든 검사들은 이 정도 상황이 되면 스스로 숙이고 들어온다. 살려달라고. 그런데 주만용은 다르다. 저기서도 어떻게든 자신이 살아갈 방향을 알고 덤빈다.

그렇게 현 회장은 주만용이 남기고 간 뒷맛을 곱씹는다. 너무 우습게 봤다. 돈만 밝히는 책상물림인 줄 알았는데 제법 게임의 법칙을 이해하고 있었다. 그러나 주만용은 몰랐다. 자신이 얼마나 위험한 게임을 시작했는지.

현 회장은 최 과장과 송대기를 불렀다. 얼마 지나지 않아 두 사람이 도착했다.

"대기야."

"예, 회장님."

"니 이동일 찾았나?"

"아직……."

퍽! 퍽! 퍽!

책상 위에 놓여 있던 사기로 된 연필꽂이로 송대기의 얼굴을 내리치기 시작했다.

“회장님!! 회장님!!”

“하, 내 말이 우습나?”

송대기가 벌벌 떨며 기어와 현 회장 앞에 엎드렸다.

“회장님, 지금 애들 풀어서 그놈이 갈 만한 곳 샅샅이 뒤지고 있습니다. 조금만 시간을…….”

퍽! 퍽! 퍽!

“시간? 얼마나? 십 년? 백 년? 지금!! 형사 하나가!! 이동일이를 찾고 있는 거 니 알고 있었나?”

“!!!”

퍽! 퍽! 퍽!

“그 형사가 이동일이 먼저 찾으마 니 우얄 끼고? 응?”

“……회장님, 한 번만 기회를…….”

현 회장이 연필꽂이를 책상 위에 내려두고 피가 묻은 손을 손수건으로 닦아낸다.

“후우…… 당장 이동일이를 찾는다는 그 형사보다 무조건 먼저 이동일이 찾아라!!”

“알겠습니다!!!”

“대기야…….”

“예, 회장님!”

“아프나?”

“아닙니다, 회장님.”

“그래…… 근데 니 아픈 것도 살아 있어야 느끼는 기데이.”

“!!!”

“열심히 찾아라. 그래야 산다.”

"예, 회장님."

"나가봐."

송대기가 비틀거리면서 밖으로 빠져나간다.

최 과장이 남는다.

"니가 신경 써라, 이동일이."

"알겠습니다. 그리고……."

최 과장이 서류 봉투를 내민다.

열어보자 서준미 검사의 사진과 자료 들이 흘러나온다.

"뒤져봤는데 사생활이며 모든 것이 깨끗합니다. 일 이외에 만나는 사람이 거의 없습니다. 친구라고 할 만한 인물도 없는 것 같습니다. 엮을 만한 게 전혀 없습니다."

"하하하. 참말로 불쌍하다. 이리 이뿌게 생기가 와 그래 재미없게 사노?"

현 회장이 사진을 넘기다 서준미와 닮은 한 늙은 남자의 사진을 본다.

"이건 누꼬?"

"서준미 아버집니다."

"우야라꼬? 호적 조사하러 갔나?"

"서현철이라고 중수부장까지 하고 옷 벗었습니다. 후에 다시 대법관이 됐습니다. 지금도 로펌에서 일하지 않고 학교에서 강의를 하고 있습니다."

"애비를 꼭 닮았네. 그자? 이 영감 뭔가 약점이 있겠나?"

최 과장이 웃는다.

"있제?"

최 과장이 서류를 하나 내민다. 현 회장이 서류를 살펴본다.

"아마 정치적 행보를 하려는 것 같습니다. 곧 고향에서 총선에 출마할 거라는 소문이 파다합니다."

"크크크크크. 그래? 우야노. 우예. 정치는 돈이 마이 드는데? 정치는 마약이야. 사람 폐인 되기 십상이지. 곧 기회가 오겠구마는. 함 시험해 보까? 정의가 우선인지 효심이 우선인지. 서류 잘 넣어 놔라. 곧 쓰일 것 같다."

최 과장이 서류를 금고 안에 넣어둔다.

"그라고 양철기가 오준현이를 만날 때 뭐 증인을 한 명 남긴 것 같은데…… 그 증인이 누군지 함 알아봐라."

"예."

최 과장이 나간다.

현 회장이 일어서서 잠시 서성인다.

'정신 바짝 차려야 한다. 평온한 마음으로 최대한 냉정하게 사건을 바라봐야 한다.'

잠시 마음을 다스리기 위해 도자기 앞으로 가서 바라본다.

하얀 도자기에 검은 먼지가 묻어 있었다.

현 회장은 마음의 얼룩을 닦아내듯이 먼지를 닦아냈다.

그리고 오랫동안 흰 도자기를 바라보았다.

마음이 곧 평정을 되찾았다.

태경은 또다시 독한 술을 몸속으로 밀어 넣는다. 며칠째인지 기억나지 않는다. 내장까지 찌르는 독주. 머릿속이 희미해진다. 하지만 내면의 고통은 사라지지 않는다.

유선희. 그리고 그날의 재판. 유선희의 그 눈빛. 소리치던 그녀의 눈빛. 어느새 그녀의 눈빛이 핏빛으로 물들어 있다. 그리고 눈 아래로 피가 흘러내린다.

으아아악!!!

떨쳐지지 않는다. 집요하게 물고 늘어진다. 다시 술을 마신다. 기억을 잃는다. 고통과 함께 깨어난다. 지독한 숙취. 동시에 떠오르는 유선희.

머리가 깨진 그녀가 비틀거리면서 다가온다.

피눈물을 흘리며.

"억울해! 억울해! 억울해!"

다시 술을 마신다.

유선희가 마주 본다.

"그만 사라져!"

"나는 억울해!"

"꺼지라고!"

술병을 던지자 깨지면서 바닥으로 유리 파편들이 튄다.

숨을 몰아쉰다. 살고 싶다. 다시 살아가고 싶다.

그러자 내면의 괴물이 깨어난다.

그동안 조용히 숨어서 틈을 노리며 기다리던 괴물.

그 괴물이 이제 자신을 집어삼키려 한다.

말을 건다.

'뭘 그래? 그냥 멍청한 년이 하나 뒈진 것뿐이야.'

'차라리 잘됐어. 깔끔하잖아. 더 많은 사람들이 너를 찾을 거야.'

'잊어버려.'
'아무것도 아니야.'
'밟고 일어서.'

하지만 다시 유선희가 나타난다. 멀쩡한 모습으로 아름다운 모습으로 다가온다. 갑자기 옷을 벗더니 태경을 안는다. 그리고 속삭인다.

"개새끼."

그러더니 갑자기 그녀의 몸이 깨지듯 갈라지면서 피가 흘러나와 태경의 온몸을 적신다.

태경이 비명을 지르며 물러나자 유리 파편이 손과 몸에 박힌다. 피가 흐른다.

그때 거울 속에 비친 자신을 본다.

누구냐?

악마와 계약을 했지만 악마가 아니라고 생각했었다.

스스로를 볼모로 잡힌 불쌍한 사람이라고 생각했다.

어쩔 수 없이 끌려 들어왔지만 스스로를 괜찮은 사람이라고.

내면 속에서 그렇게 생각하고 있었던 것 같다.

양심이 있고, 선한 인간이라고.

하지만 어느새 한 인간을 죽음으로 몰아가는 사람이 되어버렸다.

이 죄를 감당할 수 있을까?

사람을 모함하고, 교묘한 말로써 진실을 왜곡하고, 사람들에게 증오와 조롱의 감정을 불어넣는 너는 누구냐?

언어로 진실을 속이는 악마냐?

'너는 말로써 사람을 죽였다.'

그나마 조금 남아 있던 달콤한 잠도,

따뜻한 날씨를 즐기던 그 일상의 소소한 기쁨도,

모든 것이 후회와 죄책감 속에 파묻힐 것이다.

그렇게 살아가야 할 것이다.

하지만 괴물이 된다면,

그따위 양심은 개나 줘버리고,

인간을 밟으며,

그 위에 올라서서,

그렇게 살아갈 수 있다면.

시발, 그래 그딴 년 하나 죽은 게 뭐가 대수야.

그것은 내 손톱 하나 짧게 깎는 것만큼의 아픔도 아니야.

다시 멀쩡해질 수 있어!!

어떡할래?

인간이야? 괴물이야?

준미와 진태는 충북 진천으로 내려가 지민을 만났다. 지민의 부모인 이선녀와 오상군은 두 사람의 방문을 못마땅하게 생각했다. 그러나 지민은 전혀 다른 모습을 보였다.

준미가 그런 지민을 본다.

"그때 오준현이 죽었던 상황을 자세히 말해 줄 수 있어? 혹시라도 겁나면 말하지 않아도 괜찮아. 니가 싫다면 하지 않아도 돼. 우리 지금 돌아가서 다시 니 앞에 나타나지 않을게."

지민이 준미를 바라본다.

"아뉴. 말할게유."

"그럼 대신 최대한 논리적이고 명확하게 ……. 그러니까 무슨 말이냐 하면……."

"신들리지 말고 걍 일반 사람처럼 말하라는 거잖유."

"그래, 맞아."

지민이 논리적이고 차분하게 당시의 상황을 설명한다. 오히려 또래의 소녀보다 똑똑하고 명확하다.

"혹시 우리를 위해 법정에 서줄 수 있겠어?"

그때 뒤에 있던 선녀가 나선다.

"안 돼유! 우리 지민이를 그런 위험에 처하게 할 수는 없어유."

"저희가 최대한 보호하겠습니다!"

"어떻게 보호를 하시는데유?"

"네?"

"아를 사자 우리에 던져놓고 어떻게 보호를 해유. 다들 자를 물고 뜯을 텐데."

"……."

선녀가 준미와 진태를 노려본다. 오상군은 뒤에서 눈만 끔벅거린다. 준미가 일어선다.

"알겠습니다. 저희가 잠시 욕심을 냈습니다. 국 계장님, 그만 가시죠."

진태가 안타까운 표정으로 하지만 어쩔 수 없다는 표정으로 일어선다.

그때.

"엄마."

지민이가 말한다. 선녀가 지민을 본다.

"나 증언할래유."

"안 돼! 너는 몰라! 밖의 사람들이 어떤지 몰라! 우리를 어떻게 보는지 모른다고!"

"그럼 그 아자씨는유?"

"!!!"

"엄마는 죽은 사람들 말을 듣는 사람이잖유. 그럼 알 거 아녀유. 얼마나 억울한 사람들이 많은지."

"!!!"

"내가 증언 안 하믄…… 오준현 그 아저씨 억울해서 어째유?"

"……."

선녀가 지민을 본다.

"……."

"지는 그 아저씨 억울한 거 풀어주고 싶어유."

"!!!"

"그 아저씨 너무 불쌍하잖유."

준미와 진태가 지민을 본다. 준미는 문득 인간의 성숙함이나 고결함이 나이가 들면서 줄어드는 것이 아닐까 생각해 본다.

고결한 소녀.

그녀가 준미와 진태를 보고 말한다.

"지가 법정에서 진술할게요."

준미가 뭉클해진다.

"고맙다."

수사가 급물살을 타기 시작했다.

하지만 그때 누군가가 멀리서 이 모습을 지켜보고 있었다.

한쪽 뺨 깊숙이 그어진 자상.

최 과장이었다.

어둠 속 깊은 곳

상회는 빕스에 혼자 오지 않았다. 함께 다니는 빠순이 서너 명을 더 데리고 왔다.

"먹고 싶은 거 먹어도 돼죠?"

"어…… 어."

실수였다. 잊고 있었다. 성장기의 소녀가 얼마나 많이 먹을 수 있는지. 특히 오후 내내 밖에서 촬영에 집중하고 와 허기가 진 소녀들이 먹는 양은 어마어마했다. 계속해서 새로운 스테이크와 음료가 왔다.

한참을 지나 거하게 먹은 소녀들이 만족한 표정으로 효림을 본다. 효림이 간절한 표정으로 소녀들을 본다.

제발 그만.

"종이나 펜 같은 거 줘봐요."

"어, 응."

효림이 종이와 펜을 건네자 상희가 송엔터의 조직도를 그리기 시작한다. 송대기부터 시작해서 말단 직원까지. 거기다 연습생과 무명 배우 들의 이름까지 모두 적었다. 그리고 곧이어 톡으로 그 배우와 연습생 들의 사진까지 전송해 준다. 그것이 이루어진 시간은 10분 내외였다.

"됐죠?"

준미는 입이 떡 벌어져 조직도를 바라본다. 수사를 통해 확보하려고 했으면 한 달은 잠복했어야 했다. 더군다나 여자 연습생들의 이름과 사진까지 모두 확보했다. 대단한 아이들. 그러나 인생 선배로서 걱정된다.

"집에서 이러고 다니는 거 아시니?"

"와 또 꼰대질. 이봐요, 언니."

"응?"

"앞으로의 세상은 덕후들이 장악하게 될 거예요. 시시한 겉핥기식 지식으로 다가오는 세대에 적응할 수 없어요. 누가 더 디테일하게 아는가? 응? 이게 포인트죠."

"!!!"

"그리고 한 가지 더. 언니, 얼마 벌어요?"

"뭐?"

"뭐 기껏해야 이삼백? 더 못 벌 수도 있고. 내가 이 사진 팔고 팬픽 써서 얼마 버는지 알아요?"

"!!!"

"언니, 고정관념을 버려요. 세상은 엄청나게 빨리 변하고 있어요. 우리는 그만 갈게요."

효림에게 남겨진 것은 굴욕과 37만 원의 계산서였다. 그리고 그 어느 곳에서도 37만 원의 식대를 영수증 처리해 줄 곳은 없었다. 그 달 효림은 몇 달을 벌러왔던 원피스를 결국 사지 못했다.

그렇게 잘 벌면 지가 내든가…….

"대단해요!"

준미가 효림이 만들어온 송엔터의 조직도를 보고 놀라는 중이었다. 마치 폭력 조직의 계보처럼 피라미드 형태로 사진까지 붙인 자료는 썩 그럴듯했다.

"어떻게 이렇게 빨리 파악할 수가 있었어요? 나중에 송엔터를 수사할 때 이 자료는 정말 도움이 될 거예요. 아니 그런데 대체 어떻게 이렇게 짧은 시간 안에 이걸 만들 수 있었나요?"

"약간의 굴욕과 돈만 좀 들이면 해결할 수 있어요."

"네?"

"검사님, 세상은 정말 엄청 빠른 속도로 변하고 있더라구요. 진짜."

"그게 무슨……."

"아뇨. 속 쓰려서 그냥 혼잣말했어요. 하하하. 이제 어떻게 할까요?"

"이 여배우들 중에서 누가 성 접대에 이용당하고 있는지를 찾아야겠죠."

두 사람 다 잠시 동안 무명 배우와 연습생 들의 사진을 바라본다.

"이렇게도 배우를 하고 싶어 하는 사람들이 많네요."

“화려한 직업이니까요.”

“하지만 과연 이 중에 몇 명이나 그 화려함에 접근할 수 있을까요?”

“세상일이 다 그렇죠. 늘 원하는 걸 가지는 사람은 소수죠.”

“누구부터 접근해야 할까요?”

“다 예쁜데.”

“다 어리고.”

“아우 세월 참. 나도 이럴 때가 있었는데.”

“요즘은 화장이 잘 안 먹어요.”

“맞아요. 피부부터 가요.”

“…….”

“그런데 정말 모르겠네요.”

그때 진태가 서류를 가지고 들어온다.

“서초서에서 오준현 사건 공식 수사 시작했습니다. 양철기 끄집어내죠!”

“네.”

“…….”

준미와 효림이 바라보는 곳을 진태도 바라본다.

“이 여자요.”

“네?”

“스폰서가 노린 여자. 이 여자일 거라구요.”

“우리가 그 이야기 하는지 어떻게 알았죠?”

“제 사고의 프로세스를 구구절절 설명할까요?”

“됐구요. 왜 이 여자죠.”

진태가 준미와 효림을 본다.

"남자의 본능?"

"네. 그리고 가장 비슷해요. 김민지, 장영미와 느낌이랄까…… 그 매력. 저 목을 봐요. 희고 길어요. 장영미와 김민지도 사실 목선이 가장 눈에 들어왔거든요."

"……."

"계장님 그렇게 안 봤는데 그렇게 여자들 신체 부위를 분해해서 보고 그러는가 봐요."

"아니 효림 씨, 그게 아니라…… 수사를 위해서. 어디까지나."

"그런 것 같아요. 이 여자가 가장 유력해요. 가만 보니 정말 묘하게 생겼네요."

"나이도 어리고."

"예쁘고."

"그래요. 이 친구에게 접근해 보죠."

"이름이……."

"혜진. 정혜진."

최 과장이 현 회장에게 다가와서 속삭인다.

"서준미가 찾은 목격자의 정체를 알아냈습니다."

"벌써?"

"그쪽에서도 빨리 움직였습니다. 양철기 잡아가 그걸 미끼로 회장님을 넘보려는 전략 같습니다."

"내가 그 썩은 미끼를 무나? 응? 크크크크크. 그래 목격자는 누고?"

"여자아인데 무당 딸입니다. 조사해 보니까 그 애도 신기가 있다고 합니다. 벌써 동네 사람 몇 명 섭외해 뒀습니다."

"그래? 잘했다. 무당 그런 거 이 21세기에 맞지 않는 기라. 성경에도 나와 있어요. 그런 것들 다 마귀들이라고. 딱 쓰여 있어."

최 과장이 웃는다.

"보자. 보자. 우야꼬. 우예 해야지 서준미가 세상 쓰린 맛을 좀 알겠노?"

현 회장이 재미있다는 표정으로 생각에 잠긴다. 그리고…….

"크크크. 그래, 서준미가 내 속일라꼬 이태경이 조사하는 척했제? 그라마 내가 그걸 또 이용해 줘야 예의가 아이겠나? 그자? 그래 그기 좋겠다. 이태경이 좀 불러라!"

"알겠습니다."

"응. 어서 데꼬 온나. 그 친구가 앞으로 할 일이 많다."

먹칠째인지 기억조차 나지 않는다. 혼돈스러운 의식 속에 누워 있었다. 그때 밖에서 문 두드리는 소리가 들린 것 같기도 하다. 그러나 모든 것이 혼란스럽고 두렵다. 손을 뻗어 술병을 찾는다. 그렇게 손을 휘젓는데 뭔가가 걸린 것 같다. 그러다가 뭔가 따끔하면서도 시원하고 썰렁한 감각이 손에서부터 전해져 온다. 손을 바라보자 깨진 술병 사이로 피가 흥건하게 흘러내리고 있다. 잠시 후 누가 그런 태경을 잡고 흔드는 것 같았다. 태경이 눈앞의 그를 바라보는데 의식이 끊어진다. 아득하다.

눈을 뜨자 병원이었다. 옆에서 원기가 걱정스러운 모습으로 태경을 보고 있었다.

"미친놈."

"내가 왜 여깄냐?"

"왜 여기 있기는! 술을 몸으로 그래 밀어 넣었으니까 여깄지. 알코올성 쇼크란다."

의사가 다가온다.

"이태경 씨?"

태경이 의사를 본다. 의사가 브이 자를 그려 보인다.

"이거 몇 개예요?"

대답하지 않는다. 의사가 한숨을 내쉬며 태경을 본다.

"그렇게 술 먹다가 죽어요. 네?"

태경이 대답하지 않는다.

"여기 사인하신 다음에 수납하고 퇴원하세요. 그리고 알코올중독 치료를 좀 받아요. 나이도 젊은 사람이."

의사가 멀어진다.

원기의 부축을 받고 태경이 베드에서 내려온다.

그렇게 응급실에서 빠져나온다.

걷는데도 휘청거린다. 눕고 싶은 마음뿐이다.

그러나 더 고통스러운 것은 떨칠 수 없는 기억들.

차에 타자 원기가 새 와이셔츠와 정장을 내민다.

"갈아입어."

"왜?"

"갈 데가 있어."

"집으로 가."

"거부할 수가 없다."

"!!!"

"현 회장이 너 찾는다."

태경은 멍해진다. 지금 이 상태로 악마를 상대할 수 있을까?

"태경아."

"왜?"

"정신 차려."

"정신 차리는 게 더 무섭다."

"……."

"가보자, 현 회장한테."

"아이고 우리 이 변호사 이거 얼굴이 와 이카노? 응?"

"……."

"괜찮나?"

태경이 소파에 털썩 주저앉는다. 현 회장이 옆자리에 앉으면서 태경을 본다.

"꼭 그때 모습이네. 응?"

태경이 현 회장을 본다.

"욕실 세제 소송에서 지고 방구석에 처박혀 있던 그때도 이런 표정 아이였나? 그쟈?"

"……."

"우리 이 변호사 그때나 지금이나 변한 기 없다. 이래 여리고 착해서 세상 우예 살라 카노? 응?"

태경이 일어선다.

"용건 없으면 일어서고요."

"또 센 척한다."

"……."

"와 내하고 있기 무섭나?"

"용건이 뭐냐구요?"

현 회장이 말없이 태경을 뚫어져라 바라본다. 태경이 그 눈빛을 피한다. 금방이라도 무너져 내릴 것 같다. 현 회장이 다가온다.

"태경아, 무섭드나?"

"……."

"그년이 뛰어내리가 죽어뿌니까 막 무섭고 두렵고 그렇드나?"

태경이 현 회장을 본다.

"와? 와 무서운데? 그년은 지가 자살했으끼네 지옥에 갈 기고. 니가 와 무섭노 이 말이다."

"……."

"귀신 볼까 봐?"

"……."

"와 무섭노 이 말이다!! 대답을 해봐라!!"

"내가!!! ……사람을 죽였어요."

"니가 죽인 게 아이다."

"내 말 때문에 죽었어요."

"아이라니까. 왜 죽었는지 갈키주까? 그년은 말이다. 약해서 죽은 기다."

"!!!"

"그기 세상 이치라. 하느님이 이 세상을 만들고 계획하실 때 그래 만드신 기다. 이 세상은 공평한 기 아이라. 누가 공평하다 카드노? 응? 하느님이 섭리에 따라 다 차별을 둔 긴데 응? 저거 멋대로 공평이니 평등이니 이래 지끼고 안 있나? 그자?"

"회장님."

"니 잘 들어라. 사람은 평등하지 않다. 그라고 지가 살라 카마 약한 것들을 밟고 일어설 수밖에 없는 기라. 세상 잘 들여다봐라! 다 그래 산다!!!"

"그만하세요."

"똑똑히 보란 말이다 이 자슥아!!!"

현 회장이 달려와서 태경의 뒷목을 움켜쥐고 창문으로 끌고 간다.

"저 밖에 봐라!! 자 저기 평등하나? 응? 아이다. 평등하지 않다. 한국에서 하루에 수백 명이 자살한다 카제? 돈이 없어가? 그라마 우리 다 살인범인 기라. 와? 우리가 마이 가질라꼬 열심히 살마 그런 사람들이 생길 수밖에 없어!!! 근데 봐라!! 누가 괴로워하나? 안 한다! 니도 마찬가진 기라."

"……회장님! 저 그만하고 싶습니다. ……전 그만하고 싶어요."

태경이 현 회장 앞에 무릎을 꿇고 빈다.

"정말 그만하고 싶습니다. 제발요. 저 여기서 본 일! 겪은 일! 누구한테도 말하지 않겠습니다!! 그냥 조용히 멀리 가서 외국으로 가서! 죽은 듯이 살겠습니다!! 회장님!!! 저를 그만 놔주세요! 저를 많이 이용하셨잖아요!!! 예? 저 회장님 밑에서 정말 개같이 일했습니다!!! 제발 저를 좀 놔주세요!!!"

태경이 흐느낀다. 현 회장이 알 수 없는 표정으로 그런 태경을 내려다본다.

"제발…… 제발 저를 놔주세요. 네?"

"크크크크크크크."

현 회장이 갑자기 웃음을 그친다. 그리고 내려다본다.

"인간 참 묘한 기라. 알 것 같다가도 모르겠어. 응?"

"……."

"태경아."

"나는 니가 참 좋다."

"!!!"

"내 진심으로 남자 대 남자로서 니를 좋아해! 와 그런 줄 아나?"

"!!!"

"니는 영혼이란 기 있어. 그기 있으니까 사람들이 다 니 말을 믿고 설득되고 하는 기라."

"……."

"나는 니의 그 영혼이 탐나는 기라. 그래서 나는 니를 놓아줄 생각이 없어. 니는 내하고 죽을 때까지 가야 하는 기라. 우리 그라기로 계약도 안 했나? 그쟈?"

"!!!"

"태경아, 죄책감을 버리라. 인간은 원래 약한 거를 밟도록 그래 타고난 기라."

태경이 멍해진다.

"밟아라! 밟고 일어서라!"

악마의 속삭임.

"더 강해져라!"

하지만…….

"놔주세요……. 이렇게 부탁드립니다."

현 회장이 소파에 가서 앉는다. 탁자 위에 놓인 서류를 들어 보인다. 그리고 흔든다.

"이기 뭔 줄 아나?"

"……."

"서준미."

"!!!"

"그 검사가 살인 사건을 하나 파헤치고 있어. 양철기가 처리한 놈인데 오준현이라고. 근데 서준미가 그 목격자를 찾았단다."

"!!!"

"우야꼬? 우야마 좋겠노? 으이? 양철기가 그걸로 걸리들마는 내가 시킸다는 기 드러날 수도 있겠제? 그라마 우야노? 응?"

"!!!"

"서준미는 멈추지 않고 계속 파고들어올 낀데…… 나는 서준미를 우예야 되겠노?"

"!!!"

"말해 봐라."

"!!!"

"니 서준미 좋아하잖아. 아니지 사랑하잖아. 크크크."

태경의 머릿속이 아찔해진다. 몸이 꺼지는 느낌이다.

준미야.

"서준미가 너무 깊이 들어와서 내가 지금 위기감을 느끼."

현 회장이 웃음을 거둔다.

"정말 죽이뻐까?"

"안 돼!!! 안 돼요!! 안 돼!!!"

"크크크. 야, 사랑 위대하다, 응?"

"현직 검사를 죽이고도 무사할 것 같아요?"

"우리가 전에 그런 적 없을 것 같나? 얼마 전에 검사님 하나가 돌아가셨거든. 정의로운 검사님이었는데 따르는 사람도 많았어. 지금 생각해도 훌륭했어. 그런데 우야노. 십오 년 전쯤에 갑자기 사고를 당하셨어. 그리고 평생을 누워 계셨지. 참 정의로운 검사님이었는데? 응? 근데 사고야. 사고."

"그만하세요!"

"사고라니까!"

"절대 건들지 마!! 그럼 내가 가만 안 둬!!"

현 회장이 태경의 뺨을 갈긴다.

"정신 차리!!!"

태경이 멍해진다.

"냉정해지란 말이다. 그년이 우리한테 치고 들어오고 있어!!!"

"……준미를 건드리지 마세요. 제발. 부탁합니다."

"그래. 사랑 좋지. 그래."

"제발."

"니 서준미 구하고 싶나?"

"네!"

"그라마 방법이 하나 있다."

"뭡니까?"

"무슨 수를 쓰더라도 서준미를 막아라."

"!!!"

"절대 우리한테 치고 들어오지 못하도록. 막아! 안 그라마 서준미 죽는다."

"!!!"

"물론 현직 검사 제끼는 기 무섭지! 두려워. 하지만 내가 당하는 거보다는 낫다 아이가? 그자? 자 우얄래? 내하고 딜을 할래 말래?"

막다른 골목.

태경이 고개를 들어 현 회장을 바라본다.

웃고 있는 악마.

갑자기 그의 머릿속에 유선희와 최서인이 스쳐 지나간다.

그가 밟아왔던 사람들.

다시 밟고 서라고 요구하고 있는 악마.

그래, 니가 요구하는 대로 해주마.

죄책감 따윈 개나 줘버리고

철저하게 괴물이 되어서 너에게 영혼을 바친다.

그렇게 활용되어준다.

그렇게.

하지만 이대로 당하지는 않는다.

언젠가 칼날을 너에게 겨눈다.

언젠가는 반드시.

너에게 칼을.

현 회장.

더 큰 악마가 되어 너를 집어삼켜주마.

태경이 일어서서 양복에 묻은 먼지를 털어낸다.

그리고 현 회장을 똑바로 바라보고 웃는다.

손을 내민다.

"딜."

태경이 어둠 속 깊은 곳으로 걸어 들어가기 시작했다.

세상 안의 지옥

민수는 출근길 본사 앞에서 팻말을 들고 시위하고 있는 두 사람을 본다.

“누구죠?”

“아 신경 쓰실 만한 일이 아닙니다.”

“누구냐고 물었습니다.”

“아…… 반도체 공장에서 일하던 직원 하나가 회사 때문에 암에 걸렸다고 저렇게 억지를 부리고 있습니다.”

“세우세요.”

“네?”

“세우란 말입니다.”

민수의 냉정한 말에 비서는 긴장하고 기사는 본사 정문 앞에 차를 세운다. 민수가 차에서 내린다. 그리고 천천히 걸어서 시위하고 있는 두 사람에게 다가간다.

젊은 여자와 늙은 남자. 둘은 놀란 눈으로 민수를 바라본다. 두 사람이 든 피켓을 민수가 본다.

'태산은 산업재해를 조사하라!'

'나도 태산의 가족이다'

그때 본사 건물 안쪽에서 임원들과 직원들이 놀란 표정으로 달려 나온다. 민수를 기다리고 있던 기자들도 주변을 둘러싼다. 본사 홍보 담당 부사장이 조심스럽게 민수 앞으로 다가간다.

"저 부회장님."

"왜 보고하지 않으셨습니까?"

"저…… 그게 일단 들어가셔서."

민수가 손을 들어 부사장의 말을 막는다. 그리고 노려본다. 부사장은 섬찟하다. 그 눈빛. 민수는 고개를 돌려 표정을 바꾸고 천천히 두 사람에게 다가갔다. 그리고 바라본다.

두 사람 다 눈에 눈물이 그렁하다.

어린 여자는 참지 못하고 눈물을 터트린다.

"왜 울죠?"

"며칠째 여기 나와 있었어요. 그런데 그동안 아무도 신경조차 쓰지 않았어요. 그런데 부회장님이 나오시니까 이렇게 다들 몰려들었어요.

민수가 다가가서 여자의 손을 잡는다. 카메라 플래시가 터진다.

"이름이 뭐죠?"

"최유정입니다. 태산전자 생산부 반도체 라인에 근무했었어요. 지금은……."

유정이 눈물을 터트린다. 그리고 주저앉아 운다.

"제발 도와주세요, 부회장님. 정말 너무 힘들어요. 저 정말 열심히 일했습니다! 그때 부회장님께서 공장 방문했을 때 같이 사진도 찍었어요."

유정이 핸드폰을 뒤져 같이 찍은 사진을 보여준다.

민수가 유정의 눈높이에 맞춰 앉는다. 그리고 바라본다.

"네, 그렇네요. 우리 함께 사진도 찍었네요."

"부탁드려요. 도와주세요!!"

"네. 걱정하지 마세요. 제가 지시해서 철저하게 조사하겠습니다. 그러니 지금은 치료에 집중하세요."

"감사합니다. 감사합니다! 부회장님."

주변 사람들조차 감동한다. 수십조의 재산을 가진 한 남자가 노동자들 앞에 시선을 맞춰 앉는다. 그리고 손을 잡아주고 이야기를 들어준다.

그날 민수가 유정의 손을 잡아준 장면을 찍은 사진은 하루 종일 포털을 도배했다. 그리고 하루 종일 민수의 인격과 태산의 윤리적 경영에 대해서 이야기했다. 태산의 이미지는 민수로 인해 점점 더 좋아지고 있었다. 옆에서 지켜보던 홍보 담당 부사장은 만약 저것이 계산되고 연출된 장면이라면 무섭고 대단한 사람이라는 생각을 했다.

모든 상황을 끝내고 민수가 부회장실로 올라간다. 방으로 들어가자마자 욕실로 들어가서 손을 깨끗이 씻어낸다. 뽀득뽀득. 그리고 닦아낸다.

그리고 책상에 앉아 서류들을 펼친다. 부사장이 들어온다.

"부회장님."

"네?"

"어떻게 처리할까요? 자체 조사를 할까요?"

"무엇을요?"

"아 반도체 공장 문제를……."

"우리 공장에 문제가 있습니까?"

"네? 아 그게 좀 전에 밖에서 있었던 두 사람…… 부회장님께서 조치를……."

"우리 공장에 문제가 있었습니까? 우리 태산이 그런 회사입니까?"

"아……아닙니다."

"저는 그분들에 대한 예의를 표한 것입니다. 하지만 공적인 부분에서는 전혀 달라야겠죠?"

"네, 물론입니다."

"사람들에게 증명하고 보여주세요. 우리 태산의 반도체 공장에는 아무런 문제가 없다는 것을요."

"네!"

"반드시 아무 문제도 없어야 합니다. 우리 공장은 그래야 합니다."

"네. 알겠습니다!"

부사장이 밖으로 나간다.

민수는 웃는다.

벌레들. 꾸물꾸물거리며 바둥거린다. 자세히 들여다보고 싶다. 쉴 새 없이 바둥거리고 꿈틀거리는 그 모습을 보고 싶다. 알고 싶다. 더 세게 밟으면 어떻게 되는지.

계속 지켜보고 싶다, 그 벌레들을.

아니 지켜보는 것만으로는 성에 차지 않는다.

그것들을 재밌게 놀려줄 생각을 한다.

낄낄낄.

그래. 그에게 연락할 때가 되었다.

송대기는 부하들을 풀어서 이동일이 있을 만한 곳을 이 잡듯이 뒤지고 있었다. 그의 본가와 친구를 통해서 이동일이 낚시터에 숨어 있을 가능성이 높다는 사실을 알아내고 이 잡듯이 뒤지고 있었지만 별 성과가 없었다. 이동일은 귀신같이 그들을 피해 가고 있었다. 거기다가 서준미 검사의 의뢰를 받은 장 형사까지 이동일을 추적하고 있다. 그리고 그 사실을 현 회장이 알고 있다. 송대기는 아직도 부풀어 오른 얼굴에서 통증이 느껴지며 그때의 고통이 고스란히 되살아난다. 현 회장 밑에서 일하게 되면서 돈도 꽤 많이 벌었고 사회적 위치도 올라서게 되었지만 하루하루를 긴장과 두려움 속에서 살아가고 있었다. 현 회장에게 실수란 용서할 수 없는 일이었다. 반드시 장 형사보다 먼저 이동일을 찾아야 한다!

'이동일 이 새끼를 내가 잡기만 하면…….'

좀 어리바리하고 입이 무거운 이동일이 별다른 사고를 칠 거 같지 않았다. 특히 자신을 무서워했기 때문에 송대기는 김민지와 장영미 옆에 이동일을 붙였던 것이다. 이동일이라면 밖으로 새어 나갈 것 같지 않았기 때문이다. 그런데 그런 이동일이 튀어버렸다. 예상치 못한 일이었다. 그는 김민지와 장영미 실종의 결정적인 비밀을 쥐고 있었다. 잡아야 한다. 그렇지 않으면 모두가 위험해질 수 있다.

그러면서 송대기는 항상 궁금해왔던 그 일을 생각해 본다.

'김민지 그리고 장영미. 현 회장은 그녀들을 어디로 데려간 것일까?'

송대기는 시키는 대로 그녀들을 데리고 갔지만 그녀들이 그 이후 어디로 사라졌는지는 알지 못했다. 송대기는 시키는 대로 선보인 여자들을 한동안 여러 사람들과 만나 접대하게 만든다. 그것은 치밀한 계략 중 하나다. 실종 사건이 세상의 수면 위로 떠올랐을 때 그만큼 많은 사람들이 걸려 있게 되면 그들이 그 사건을 필사적으로 막으려고 할 것이다. 또한 그렇게 함으로써 실제로 장영미와 김민지를 사라지게 한 사람에 대한 의심이 희석되는 물타기 효과를 기대할 수 있는 것이다. 그렇게 수사가 흩어지다 보면 결국 흐지부지된다. 그렇게 수사가 이루어지는 사이 실제적으로 그들 뒤에 있는 현 회장은 숨고 사라진다. 정말 위급한 상황이 되면 송대기가 뒤집어쓴다.

이 계략은 현 회장에게서 나온 것이다.

모든 것을 말해 버리라고?

현 회장이 그동안 어떤 짓들을 저질러왔는지 알게 된다면 그런 상상조차 할 수 없게 될 것이다.

그렇게 그들은 치밀한 계략 속에 움직이고 있었다.

그때 혜진이 송대기의 방을 열고 들어온다.

"찾으셨어요?"

"그래 앉아. 요즘 괜찮지."

"네. 근데 좀 더 큰 역을 맡고 싶어요. 영화 쪽으로도 얼굴을 비추고 싶구요."

송대기는 웃는다. 예전과 다르다. 이제는 자신의 욕망을 주저 없이 비춘다. 다루기 쉬워진 것이다.

"안 그래도 그것 때문에 불렀어."

"네?! 정말요?"

"니가 원하는 그런 걸 하려면 좀 더 큰 힘이 필요해."

"제가 그분을 만날게요."

"너도 지금하고는 다른 자세로 임해야 돼."

"다른 자세라면?"

"너를 다 던질 수 있어야 해."

"!!!"

송대기가 혜진을 보며 은근하게 웃는다.

"만약 니가 그분 마음에 들잖아? 그러면 게임 끝이야. 니가 원하는 거 다 가질 수 있어."

"원하는 거 전부요?"

"그래. 단 니가 그분 마음에 들어야 해."

"제가 어떻게 해야 마음에 들 수 있죠?"

"그건 니가 결정하는 게 아니야. 판단은 그분이 하시지. 넌 그냥 그분이 말하는 대로 할 수 있어야 해. 모든 걸. 그럴 수 있겠어?"

"……."

"잘 생각해서 마음의 준비가 되면 다시 와."

어차피 깊숙이 들어와 있다. 여기서 그만두면 들어오지 않은 것만 못하다. 모든 걸 던져서라도…… 그 모든 걸 바쳐서라도 내가 원하는 삶을 가질 수만 있다면.

"그분에게 가겠어요."

인적이 드문 한남동의 비밀 주택. 평소에는 거의 비어 있지만 가끔씩 차들이 드나든다. 주변으로 보안 회사 직원들이 철저하게 통제하기 때문에 일반인은 접근할 수도 없고 누가 이 집에 드나드는 것인지 알 수도 없다.

이날도 어둠 속에서 몇 대의 검은 차들이 통제 속에서 집 안으로 들어갔다.

현 회장은 차에서 내려 집 안으로 걸어 들어갔다. 집 안에 들어가면 나오는 가장 큰 방은 당나라식으로 꾸며져 당시의 온갖 고미술품들로 장식되어 있었다. 좀 더 안쪽으로 들어가면 최첨단 모더니즘 형식으로 꾸며진 복도가 나오고 벽면에는 초고가의 현대 미술 작품들이 보란 듯이 걸려 있다. 그렇게 통로를 지나가면 안쪽에 일본식 정원이 정교하게 가꾸어져 있었다. 인공 시냇물이 흐르고 그 옆은 푸른 이끼로 덮여 있었다. 그리고 그 위로 정교한 돌탑들이 있었다. 언제 봐도 찬탄이 나오는 실내 정원이었다. 그 정원을 지나가면 흰색으로 꾸며진 천장이 높은 고풍스러운 북유럽식 방이 나왔다. 그 방에 그 남자가 앉아 있었다.

현 회장이 그 남자에게 다가갔다.

"부회장님."

이민수가 웃으며 현 회장을 본다. 현 회장이 조용히 그 옆에 선다.

"현 회장님."

"네, 부회장님."

"제가 왜 이 집 안에 온갖 전 세계의 건축 양식을 따라 해서 집을 꾸미는지 아세요?"

"저야 무식해서 뭘 아는 게 있습니까?"

"다양성을 공간적으로 일상적으로 체험하는 것은 인간을 보다 자유롭게 만들죠."

"아…… 그런 깊은 뜻이……."

"나는 자유로운 인간이 되고 싶어요. 무엇 하나 걸리는 것 없는."

"부회장님은 그럴 자격이 충분히 있지요."

"현 회장님."

"네."

"재미있게 지켜보고 싶은 사람들이 있어요."

"누굽니까?"

민수가 핸드폰으로 사진을 보여준다. 민수가 유정과 마주 보고 앉아 있는 사진이다.

"이야, 사진 잘 나왔네요, 부회장님."

"이것들은 왜 거리로 나왔을까요?"

"그거야 몇 푼 뜯으려고 했던 거 아닐까요?"

"그렇죠. 하지만 나는 그 몇 푼을 주지 않을 생각입니다. 어떻게 될까요?"

"하하하……. 글쎄요. 버둥거리지 않겠습니까?"

"그것도 지켜볼 생각입니다. 어떻게 버둥거리는지. 그리고 좀 재밌게 해보고 싶어요."

"재밌게요?"

"네. 현 회장님 밑에 재밌는 변호사가 하나 있죠?"

"네. 이태경이 말씀하시는 거죠?"

"이름은 중요치 않아요. 어디에 쓰이느냐가 중요하지."

"네."

"이것들이 점점 버둥거릴 겁니다. 신경을 안 써주면. 그때 분명히 변호사를 찾을 거란 말이죠."

"아하."

"그때 이태경이를 그쪽에 붙이세요. 마치 동아줄이라도 된 것처럼."

"하하하! 동아줄인 줄 알고 잡았는데! 그것마저 여기서 내려준 거다? 대단하십니다, 회장님!!"

민수가 웃는다.

"세상에 얼마나 깊은 어둠이 있는지 보여주고 싶어요. 재밌을 것 같지 않아요?"

"네. 지켜볼 만하네요."

"침이 다 삼켜지네요. 너무 기대돼서."

"예. 제가 딱 상황 봐서 정확할 때 꽂아 넣도록 하겠습니다."

"그래요. 흐흐흐."

"그리고 저번에 데려가신 뽀삐는?"

"아 뽀삐. 잘 크고 있어요."

"아직요?"

"네. 이번에는 꽤 오래갈 모양이에요. 생각보다 멘탈이 좋아요."

"하하하. 그렇게 오래 데리고 키우시는 건 처음 보네요."

"이번에 아주 재밌게 키우고 있어요."

"전 그것도 모르고 새로운 뽀삐를 데려왔는데……."

"아 그래요? 보도록 하죠. 새로운 강아지들을 감상하는 건 늘 즐거운 일이니까."

민수가 일어나서 안쪽 어둠에 가려진 소파로 가서 앉는다. 어둠에 가려 그 모습이 잘 보이지 않는다.

현 회장이 손짓을 하자 안대를 쓴 혜진이 안내를 받으며 안으로 들어온다.

그리고 선다.

현 회장이 다가가서 혜진의 귀에 말한다.

"절대 안대를 벗어선 안 돼. 쓸데없는 짓을 해서도 안 돼. 누군지 알려고도 하지 마. 그냥 시키는 대로 해."

덜덜덜.

"……제발 ……돌아가고 싶어요."

"얘야."

"네?"

"이곳에 출구는 없단다."

현 회장이 걸어 나간다.

눈이 가려진 혜진은 알 수 없는 곳에 서 있었다. 눈을 가린다는 것. 자신이 서 있는 곳이 어디인지 알 수 없다는 것이 이렇게까지 공포스러울 거라고는 상상조차 하지 못했다. 온몸 깊숙이 떨렸다.

그때 안쪽에서 걸어오는 소리가 들린다. 그리고 부근에서 멈춰 선다. 주변을 도는 것 같다. 누구인지 모른다. 알 수 없다. 다만 부근에서 자신을 바라보고 있는 것을 느낀다. 그때 그가 혜진의 원피스 뒤쪽 지퍼를 내린다.

쭈욱.

혜진은 수치심에 눈을 질끈 감는다. 온몸이 떨린다.

"제발."

"쉿!"

자크를 끝까지 내린 그가 드러난 혜진의 등을 만진다. 그렇게 혜진의 원피스가 아래로 미끄러진다.
잠시 그렇게 서 있는다. 수치심과 두려움이 한꺼번에 밀려온다.
그리고 그때부터.
시작되었다.
고통으로 가득 찬 시간들이.

혜진은 태어나서 그렇게 무서운 적이 없었다.
그 시간 이후 혜진의 마음속에서는 하나가 사라져버렸다.

세상에 대한 믿음.
혜진은 그 어떤 것도 믿을 수 없었다.

다음 날 아침이 되어서야 혜진은 온몸에 쓰라린 상처를 안고 그 곳을 다시 빠져나왔다.
그리고 돌아와 다시 현 회장의 집으로 와서야 안대를 벗을 수 있었다.

안대를 벗자 현 회장이 거기에 있었다.

덜덜덜.
"니 자양동 살제? 너거 부모님하고 동생 하나 있제? 다들 안성에 있고? 동생은 안성고등학교 댕기고 그자?"
"!!!"
"니 오늘 일을 누구에게라도 말하게 되마⋯⋯ 니 동생도 니하고 똑같은 일을 겪게 될 거야."

"제발!!!"

현 회장이 울면서 매달리는 혜진을 쓰다듬는다.

"그래. 말만 잘 들으마 걱정할 거 없어."

"말 잘 들을 거지?"

"네."

"그래. 그리고 이걸 알아둬라."

"……."

"니는 내하고 계약을 맺었다는 거를. 그리고 그거는 누구도 깰 수 없어! 응?"

현 회장이 혜진의 손을 잡는다. 그리고 웃는다.

"아이고 이쁘다. 착하기도 하고."

덜덜덜.

혜진은 이 순간, 지옥이 이 세상 안에 존재한다는 것을 알게 되었다.

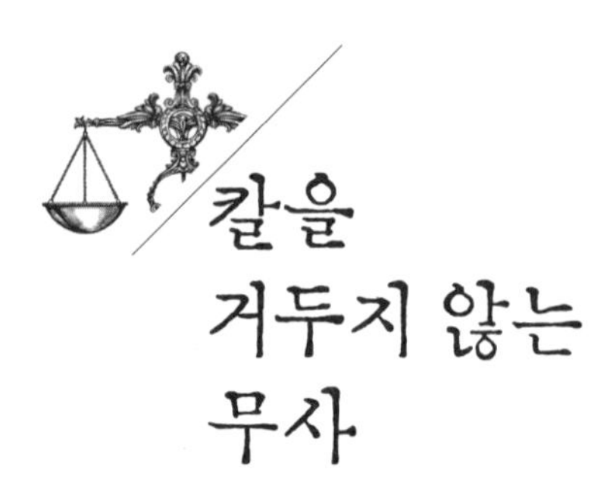

칼을 거두지 않는 무사

서초경찰서는 오준현 사장의 사건을 재수사하기 시작했다. 반포에 거주하던 오준현 사장의 실종 신고가 접수된 곳도 애초에 서초경찰서였다. 재수사 지시를 내린 것은 서울중앙지검 형사 3부 서준미 검사실.

준미는 양철기의 폭력 사건 수사 과정에서 오준현 사장 실종 관련 증거들을 발견했고, 서초경찰서에 재수사를 지시한 것이다. 검찰이 할 수 있는 자연스러운 수사 지휘 과정이었다. 관례대로라면 당연히 준미가 수사 지휘를 맡아야 한다.

하지만 사건 배당의 권한을 가지고 있는 주만용의 생각은 달랐다. 그는 이 카드를 어떻게 사용할 것인지 아직 판단하지 못했다. 현 회장의 생각대로라면 서준미에게 사건을 배당하지 않는 것이 맞다.

그러나 현 회장의 뜻대로 움직여서는 현 회장에게서 원하는 것을 얻어낼 수 없다. 만약 여기서 조기에 사건을 종결지어버린다면 그는 현 회장에게 필요 없는 카드가 되고 만다. 서준미가 계속해서 공격하지 않는 이상 주만용은 현 회장에게 필요가 없다.

그럴 수는 없다. 자신을 무릎 꿇게 하고 우습게 만든 현 회장. 어떤 의미에서 주만용은 현 회장에게 빠져들고 있었다. 그가 제시하는 돈과 쾌락도 좋았지만 그는 주만용에게 새로운 삶의 결을 보여주었다. 뻔뻔하고 가차 없이 냉혹하고. 사실 주만용은 그런 현 회장에게 매혹되었다. 그래, 같이 가야 한다. 끝까지 그에게서 얻을 수 있는 것을 얻어내야 한다. 그러기 위해서는 서준미가 현 회장을 계속해서 찔러줘야 한다.

하지만 서준미. 과연 그녀가 조금만 찌를 수 있을까? 그녀에게 칼을 쥐어준다면 그 칼로 끝까지 현 회장의 목을 베려 할 것이다. 자신이 부서지더라도 끝까지 현 회장에게 달려드는 무사. 그것이 서준미였다. 그런 서준미에게 함부로 칼을 쥐어줄 수는 없다. 만약 현 회장이 정말 베이기라도 하는 날이면 자신도 무사할 수 없다.

주만용은 오준현 실종 사건 자료를 다시 만지작거린다.

'어떻게 해야 하나.'

그때 서준미가 부장검사실 문을 두드린다.

"들어와."

"부르셨습니까."

"그래. 불렀지."

"무슨 일로?"

"우리가 일이 있어야 보는 사인가?"

"네?"

"그냥 안부도 묻고 근황도 파악하고……. 양철기 사건이 무궁무진한가 봐. 여기저기서 자꾸 걸려 나오는 거 보니까?"

"네. 많이 얽혀 있는 거 같습니다. 황룡건설 사업 과정에서 걸려 있는 범죄 사실이 점점 드러나고 있습니다."

"작전이 제대로 먹혀들었나 봐?"

"네?"

"양철기 노리고 있었던 거 아냐? 원래부터?"

"그런 건 아닙니다."

"그래? 아님 말고. 근데 이 사건 배당 말이야……."

"!!!"

"오준범 검사한테 줄까 하는데?"

"부장님! 관례대로 해주십시오."

"관례대로 하느냐 마느냐도 내 마음이지."

"수사의 효율성을 따져도 제가 하는 것이 맞습니다."

"글쎄 판단은 내가 한다니까!"

준미는 주먹을 꽉 쥐었다.

'비열하다. 정말 비열하다. 그 알량한 권력으로 장난치고 있다!'

주만용은 의자 뒤에 기대서 손으로 펜을 굴리며 준미를 바라보았다. 주만용은 이런 순간을 좋아했다. 상대를 칼끝에 올려놓고 바라보는 기분. 주만용은 그 기분을 만끽한다.

"양철기 사건이 워낙 뜨겁잖아. 얽혀 있는 것도 많고. 응? 근데 너같이 통제가 안 되는 애가 사건을 핸들링한다고 생각하니까 내가 아찔하다, 야. 사고가 터질까 봐."

준미는 분노를 참아낸다. 여기서 질러봐야 이득이 없다. 어쨌건 배당은 주만용의 손에 달려 있다. 무슨 수를 써서라도 여기서 사건을 받아야 한다.

"부장님."

"왜?"

"저도 이제 7년 차고 검찰 조직 내에서 어떻게 살아가야 하는지 고민하고 있습니다."

"……."

"앞으로 부장님 지시에 어긋나는 일 없을 겁니다."

주만용이 의자에 기대 그런 서준미를 본다. 연기인가?

"좋은 사건 맡아서 승진하고 인정받고 싶습니다. 그러기 위해서 이제 조직 내에서 어떻게 처신해야 하는지도 알 것 같습니다. 도와주십시오."

그러면서 준미는 주만용에게 깊게 아주 깊게 고개를 숙인다. 고개를 깊이 숙인 준미는 굴욕감에 몸을 떤다. 이렇게까지 해야 하는가? 이렇게 한다고 해서 통할까?

주만용은 흡족하게 바라본다.

'컨트롤할 수 있다!'

사람은 각자의 틀에서 타인과 세상을 이해한다. 주만용은 서준미에게서 자신과 같은 욕망과 처신을 보고 안심한다. 그리고 그동안 빳빳하게 버텨온 서준미가 구십 도로 고개를 숙인다. 그 자체가 주만용에게 이성적 판단을 흐릴 만큼의 만족감을 주고 있었다.

주만용은 서류 봉투를 준미에게 던진다.

"잘 핸들링해 봐."

"네."

"가봐."

준미는 밖으로 걸어 나온다.

복도에 선 준미는 굴욕감과 분노를 느끼지만 그래도 사건을 따낸 스스로를 대견하게 생각한다. 자존심? 잠깐이다. 대의를 생각한다. 그리고 걸어가다 문득 멈춰 선다. 그런데 이상하다. 주만용이 사건 진행 과정에 대해서 묻지 않았다. 평소대로라면 어떻게든 사건 진행 과정과 수사 과정에 대해서 캐묻고 질타했을 것이다. 그런데 오준현 사건을 끌어낸 과정조차 묻지 않는다. 마치 모든 것을 알고 있다는 그 자신감 넘치는 태도. 설마 다 알고 있는 것일까? 하지만 어떻게? 검사실 내에서 정보는 철저히 통제했다. 이민진이 알아낼 수 없도록.

결국 블러핑인가?

주만용이라면 그럴 수 있다. 올인을 하지 못하겠지만 소소한 게임에서 허세를 부려 상대를 기죽이려 할 것이다.

두뇌 게임?

해주지. 준미는 웃으면서 복도를 걸어간다.

이제 양철기를 만나야 할 시간이었다.

"또 만났네요, 양철기 씨."

준미가 웃으면서 말한다.

"열심히 반성하고 회개하고 있는 사람 왜 자꾸 오라 가라 합니까?"

"저번에 우리가 나눈 대화 기억나요?"

"내가 머리가 나빠서. 머리 좋았으면 깡패 안 하고 검사 했지."

"그런가? 내가 떠올려주죠. 우리가 파헤치겠다고 했죠. 양철기 씨가 저지른 묻혀 있는 사건들."

"그랬나?"

바로 돌직구를 던진다.

"오준현 씨 어디로 갔습니까?"

"그걸 왜 나한테 물어요?"

"우리는 양철기 씨가 관련이 있다고 보고 있거든."

"보고 계셔? 근데 내가 볼 때 나 불러서 자꾸 입 털고 그러는 거 보니까 아직 아무런 증거도 없나 보네. 그렇죠?"

준미가 웃으면서 손짓하자 진태가 봉투에 든 지갑을 꺼내서 탁자 위에 올린다. 양철기의 표정이 미묘하게 변한다. 그러나 곧 여유를 되찾는다.

"이게 뭡니까?"

"죽은 오준현의 지갑입니다."

"그래서요?"

"이걸 버렸죠?"

"!!!"

흔들리는 양철기의 표정.

"버린 거 맞죠?"

"……무슨 소립니까?"

"이걸 산 절벽 아래로 던졌잖아!!!"

쾅! 준미가 책상을 내리친다. 지금은 밀어붙일 때다!

양철기가 혼란을 느낀다. 흔들리는 눈빛. 순간이지만 준미가 놓치지 않는다. 파고든다.

"오준현을 죽이고! 이걸 절벽 아래로 던졌지? 그렇지?"

"아니야!"

흔들리고 있다. 더 세게 밀어붙여야 한다.

"목격자가 있어!"

"!!!"

"당신 이거 일부러 던져놓은 거야. 그렇지?"

"!!!"

"이걸 던져놓으면 우리가 지갑에 나온 김민지 지문 따라서 둘이서 사랑의 도피를 했을 거라고 생각할 줄 알았겠지? 그래서 사건 종결시키려고?"

양철기가 더 흔들린다. 준미가 자신의 머리를 콕콕 찌르며 웃는다.

"나 그렇게 멍청하지 않아요. 검사잖아."

철기가 한쪽으로 눈을 돌려 그사이 머리를 굴린다. 생각하지 마! 안 돼!

"머리 굴리지 마! 소용없어! 이거 혼자 덮어쓸 거야?"

"!!!"

"15년 정도 감방에서 썩어볼래요?"

"!!!"

"하기야 15년으로도 부족해! 다른 사건들까지 줄줄이 비엔나야. 오준현에 김민지까지!! 응? 당신이 다 뒤집어쓸래? 당신 동생들 가족들까지 한번 샅샅이 뒤져볼까? 기억나지? 무소불위의 검찰!"

양철기가 눈을 피한다. 초조하다. 끝까지 파고든다.

"하지만 말이야. 우리한테 협조만 잘한다면 당신의 형량을 매우 줄여줄 수 있어. 알잖아. 한국 법 관대한 거. 반성하고 이러면 특히 더 관대해지지. 정상참작 이런 거 얼마나 많아. 응? 판사한테 잘 말해 줄게. 수사에 협조한 공이 매우 크고 반성하고 있다고. 정말 많이 후회하고 있다고. 그럼 신변 보호 해줄게. 세상 사람들은 당신이 누군지 알 수 없을 거야! 그래서 한 2년 살고 나면 아무도 모르게 세상으로 돌아가는 거야. 동생들한테는 외국 갔다고 그러고. 응?"

흔들리는 양철기. 어쩌면 단숨에 대어를 낚을 수 있을지 모른다. 양철기는 자신이 살아날 구멍을 생각하고 있다. 한국에서 형량을 가지고 범죄자와 딜을 할 수 없다는 법을 양철기가 알 리 없다. 여기서 자백받고 끝낸다! 자백만 받아내면 다음 재판 절차가 훨씬 더 수월해질 수 있다!

양철기가 고개를 들어 준미를 본다. 흔들리는 표정. 자, 가자.

"말해요. 당신 뒤에 있는 사람. 응?"

끝내자.

"이 모든 것을 지시하고 계획한 그 사람."

말해.

"그 사람만 불면 당신은 벗어날 수 있어. 당신은 그렇게 잘못한 것도 없잖아?"

현혹한다.

"자, 말해요. 당신은 곧 끝날 거야."

양철기가 떨리는 눈으로 준미를 본다.

"정말 그렇게 말한 대로 해줄 수 있어요?"

"물론입니다. 나 대한민국 검사입니다. 무소불위."

거의 다 왔다. 자 미끼를 물어!

"하지만 당신은 그 사람을 감당할 수 없어."

말은 그렇게 하지만 알아. 당신 흔들렸어.

"우리는 검찰입니다. 현직 대통령도 구속시키는 세상이에요."

넘어온다. 하지만 아직 버틴다.

"그 사람의 힘이 어디까지 뻗어 있는지 당신은 몰라."

자, 다 왔다. 조금만 더.

"그거 우리가 하나하나 다 캐줄게요."

"당신들 속에도 있어."

자, 승부를 건다.

"알아요. 검찰에 경찰에 정부에 다 있겠지. 돈으로 매수하고 여자로 매수하고 그렇지? 실종된 여배우들! 모두 그것과 관련 있지?"

"!!!"

그것까지 알고 있을 줄 몰랐지?

흔들렸다. 자 됐다. 넘기자.

"당신들이 송엔터 여배우들 이용해서 접대하고 그걸로 방패막 삼은 거 다 알고 있어요. 응? 그게 세상에 드러나면 어떻게 될 거 같아요? 그 책임까지 질 거야? 자, 말해요."

"……."

"여배우들하고 스폰서 문제는 당신하고 상관없잖아! 그죠? 당신은 그저 건설 관련 폭력 사건하고만 관련 있는 거야. 그렇죠?"

"정말 나를 보호해 줄 거죠?"

"물론. 자, 말해요. 당신 뒤에 있는 그 사람! 오준현을 죽이라고 누가 지시했죠?"

"그 사람은……."

이제 열린다.

준미와 진태가 긴장한 표정으로 바라본다.

그때!

밖에서 소란스러운 소리가 들리더니 문을 열고 한 남자가 들어온다.

"이거 이거 대한민국 검찰 안 되겠어. 응? 어떻게 변호인도 없이 막 이렇게 불러다가 신문하고 그러나? 응? 공식적으로 수사 시작했으면 변호인한테 통보를 해야지."

준미가 힘이 빠진 표정으로 그 남자를 바라본다.

태경이다.

"한마디도 하지 마! 나 없을 때 한 말은 모두 취소! 취소! 녹화했지? 어디 맞은 데는 없어? 없네."

준미가 태경을 본다.

"검사님, 우리 공정하게 좀 합시다."

"이 변호사님 입에서 그 공정이란 말이 나오니 참 재밌네."

"뭐 식상한 이야기 하지 말고. 자, 시작합시다. 우리 양철기 씨를 왜 또 자꾸 귀찮게 하시나?"

허탈해하는 준미 대신 진태가 나선다.

"오준현 실종 사건에서 양철기가 관련되었다는 혐의가 있어요."

"혐의? 무슨 혐의? 나는 못 들었는데?"

"목격자가 나왔습니다!"

"목격자? 아…… 그 무당 딸?"

"!!!"

"신들려서 오락가락한다는 그 애?"

준미가 태경을 노려본다.

"어떻게 알았어?"

"내가 모르는 게 있나?"

준미가 책상을 내리친다.

"어떻게 알았냐고?!"

태경이 차갑게 준미를 노려본다.

"서준미 씨, 아직 멀었어. 흥분이나 하고 말이야."

"!!!"

"온전하지도 않은 목격자 가지고 한번 해보자는 것 같은데. 그래 가봅시다. 그러다 대한민국 검찰 개쪽 당하는 거야. 그러기 전에 이 수사 접어요. 내 애정 어린 충고야."

"이 변호사님 재밌게 나오시네."

"나도 재밌을 것 같네. 그리고 변호사 없이 이 안에서 있었던 모든 신문에 대해서 자료 제출을 요구하는 바입니다. 자, 우리 의뢰인한테 더 물을 것 있습니까?"

"……."

허를 찔렸다. 양철기를 넘기기 위해 숨겨두었던 여배우 실종 카드까지 써가며 몰아붙였는데 그것이 무너졌다. 이쪽 카드만 보여준 셈이다. 양철기도 평정심을 되찾은 것으로 보인다. 웃고 있다.

"그만 가지."

태경이 일어선다. 교도관들이 양철기를 데리고 나간다.

복도에서 태경이 교도관들에게 양철기와 잠시 대화할 수 있도록 요청한다. 교도관들이 허용한다. 태경이 양철기를 복도 끝으로 데려간다.

"저 검사가 너를 단단히 물었어. 정신 차려!"

"그동안 왜 한 번도 오지 않았어."

"바빴어."

"현 회장님이 나를 버린 거였어?"

"……양철기 씨."

"왜?"

"몇 살이야?"

"!!!"

"인생 경험 뻘로 했어? 나이를 마흔 가까이 처먹었으면 생각을 해. 니가 현 회장 아들이야? 현 회장이 뭐 애정 어리게 보살필 줄 알았어? 니가 쓰고 버리는 물건인지 몰랐어?"

"!!!"

"깡패 소설에서나 나오는 의리 이런 거 따지지 말고 현실적으로 잘 생각해. 현 회장만이 너를 지킬 수 있어. 혹시라도 저쪽에 넘어가서 입 잘못 놀리면 어떻게 되는지 알지?"

"나 혼자 뒤집어쓸 순 없어!"

"너 혼자 뒤집어쓰게 하지 않아!"

"!!!"

"나를 믿어. 나 이태경이야."

"너를 어떻게 믿어! 너야 재판에 지면 그만이지만 나는!"

그때 안쪽에서 준미가 나오다 그 모습을 본다.

태경이 양철기의 눈을 본다.

"나는 이 재판 이겨야 해! 내가 너보다 더 절박해!"

양철기가 태경을 본다. 절실한 눈빛.

교도관들이 양철기를 데려간다.

준미가 다가온다. 태경 앞에 선다.

"오빠 대단하다. 정말 이렇게까지 할 거야."

"할 거야."

"돈이 그렇게 좋아? 많이 벌었잖아!!! 정말 어디까지 갈 거야!"

"끝까지!"

"도대체 왜?"

태경이 준미를 본다.

"내 남은 인생 단 하나 남은 의미를 지켜야 하니까. 그것만은 지키고 싶으니까."

"돈이 그렇게 좋아?"

"……."

"좋아. 제대로 붙어주지. 끝까지 가서 싹 다 베어줄게. 나 절대 이 칼을 거두지 않을 거야."

"그래. 받아줄게."

준미가 돌아선다.

그렇게 태경은 혼자 남겨진다.

잠시 뒷모습을 바라본다.

'아위었구나.'

그 말, 전하지 못하고 돌아선다.

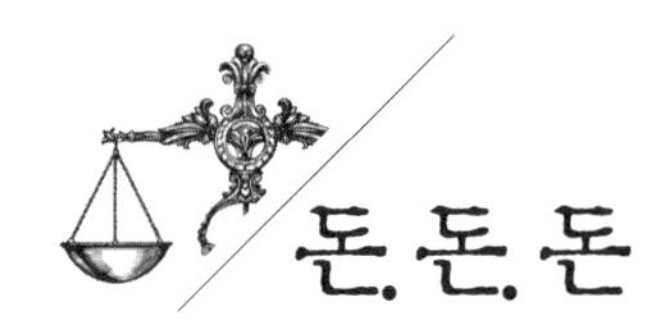

돈.돈.돈

유정은 기다리고 또 기다렸다. 그러나 회사에서는 연락이 없었다. 태산 그룹 홍보팀에 몇 번이고 전화를 걸어봤지만 저번과 마찬가지로 서로 이리저리로 다른 부서로 돌리기 바빴다. 이민수 부회장에게 직접 이야기하고 싶었지만 연락할 방법이 없었다. 시간이 갈수록 초조해지고 불안해졌다. 그녀들에겐 시간이 없었다.

병원비는 기하급수적으로 늘어났다. 특히 좀 더 상태가 심각한 지선의 집은 병원비를 충당하기 위해 집까지 팔고 월셋집으로 이사했다. 그걸로도 모자라서 부모님이 식당 일과 막노동을 하며 모자란 병원비를 벌었다. 일이 끝나면 간병까지 해야 했다. 둘 다 나이도 있고, 지병도 있어서 점점 지쳐가는 모습이 눈에 보였다.

두 사람은 희망도 기쁨도 빼앗긴 버려진 자들이었다.

암의 진행 속도가 느려 초기에 발견된 유정은 그나마 사정이 나은 편이었지만 치료비가 부담되는 것은 마찬가지였다. 거기다가 유정이 일을 그만두었기 때문에 집안 살림은 고스란히 엄마의 부담이었다.

유정네도 점점 쪼들리기 시작했다.

돈이 점점 두 사람을 옥죄어왔다. 그래서 회사로부터의 연락이 더욱 간절했다. 하지만 연락은 없었다.

문득 늦은 밤 병실 복도에서 유정은 냉혹한 이 세상을 생각했다.

가난은 무서웠고, 병든 가난은 더욱 무서웠다.

그 순간 정말, 돈이 정말 절실했다.

가질 수 없었던 돈…… 돈…… 돈.

그 돈이 지선과 유정을 하루하루 궁지 속으로 몰아넣고 있었다.

그 돈이 정말 사람을 아프게 했다.

유정은 병실에 누워 있는 지선을 바라본다. 그 곱던 피부는 이제 푸석푸석해졌고, 왼팔 전체로 암이 전이되어 있었다. 특히 항암 치료를 받느라 그 곱던 머리칼이 다 빠져버렸다. 지선이 숨을 몰아쉰다. 지선은 거친 호흡을 고르며 유정을 본다. 그리고 묻는다.

"유정아."

"응?"

"미술관 가본 적 있니?"

"아니. 갑자기 왜?"

"창밖으로 똑같은 풍경만 보다 보니까 문득 좀 다른 걸, 아름다운 걸 좀 보고 싶어서."

"……."

"휴일에 맨날 기숙사에 누워 있지 말고 여기저기 좀 다녀볼걸. 지금 와서 생각해 보니 가보지 못한 곳이 너무 많다."

"나중에 가보면 되지!"

"나중에 갈 수 있을까?"

"그럼 당연하지!"

하지만 어쩐지 그 말을 뱉고 나자 두렵다. 정말 그럴 수 있을까?

한참 동안 둘 사이에 아무 말도 없다.

그 침묵이 견딜 수 없어지기 시작한다. 잠시 더 앉아 있다 빠져나온다. 그때 원무과 앞에서 쪼그린 채 앉아 있는 지선의 아버지 준철을 본다. 그사이 더 야위고 초췌해진 얼굴. 유정이 다가간다.

"아저씨."

"유정아."

"네."

바라보는데 지선의 아버지가 금방이라도 쓰러질 것 같다.

"아저씨, 왜 그러세요? 좀 앉으세요."

준철이 소파에 기대앉는다.

"태산에서는 연락이 없지?"

"네, 아저씨."

"후우."

준철이 긴 한숨을 내쉰다. 그제야 그의 손에 꽉 쥔 통장이 보인다. 갑자기 준철의 눈에서 눈물이 쏟아진다.

"아저씨……."

"정말 어떻게 해야 할지 모르겠다. 유정아, 어떻게 하면 좋겠니? 응?"

절박한 표정의 준철.

"아저씨, 이럴 때일수록 힘을 내셔야 해요!"

"……."

무의미한 위로.

결국 모든 짐은 당사자가 견뎌야 하는 법.

준철이 묵묵히 눈물을 닦아낸다.

"너한테 못난 모습을 보였구나."

"아니에요. 힘내세요, 아저씨."

"그래. 너야말로 힘내야 해."

더 이상 말없이 서 있는 두 사람. 유정은 그 순간 절실히 알게 되었다.

인생은 고통이란 것을.

서초경찰서 강력반에서는 오준현 실종 사건의 유력한 용의자로 양철기를 지목했다. 목격자 오지민의 증언이 결정적이었지만 그 후로도 증언을 뒷받침할 만한 정황들이 나왔다. 사건 당일 양철기의 행적이 확인되지 않았고, 그사이 수차례 오준현을 찾아와 협박했다는 주변 증언도 확보했다. 그러나 모든 것이 정황 증거였다. 결정적인 물적 증거는 확보되지 않았다.

서초경찰서 수사과장 곽상민은 수사를 진행하면서 3년 전 실종사건에 대한 초동수사가 전혀 이루어지지 않았음을 확인했다. 사건 발생 당시 오지민의 증언이 없었다 하더라도 당시의 정황만으로도 충분히 양철기를 의심할 수 있었다. 더군다나 당시는 사건 직후였으므로 CCTV나 차량 블랙박스 같은 기록들을 찾아낼 수 있었을 것이다. 그러나 이 모든 기본적인 수사 과정들이 생략되어 있었다.

당시 수사를 담당했던 형사를 불러 이 사실을 추궁하자 형사는 불만에 가득한 표정으로 곽상민을 본다.

"과장님, 딱 보면 견적 나오지 않습니까? 보세요. 왜 그때 수사를 진행 못 했겠습니까?"

담당 형사의 너무나 당당한 태도에 곽상민이 놀란다.

"과장님 전임자께서 수사 못 하게 하셨습니다. 우리가 양철기 노리고 수사 들어가는데 확 돌렸다 이겁니다. 위에서도 다 오케이 된 상황이었구요. 저희가 무슨 힘이 있습니까?"

상부의 압력이 있었다라…….

그런데 그 압력은 며칠 후에 곽상민에게 다시 전해졌다. 서장의 호출이었다.

"야! 너 뭐 하는 짓이냐?"

"네?"

"이 새끼야. 나도 제치고 너 혼자서 검찰하고 짬짜미해 가지고 이러는 건 뭐냐고? 너 뭐 다른 욕심 있냐?"

"그게 무슨 말씀이십니까? 검찰에서 먼저 수사 지휘가 내려와서 그대로 수사한 것뿐입니다."

"나한테 먼저 보고를 했어야지!"

"디테일한 건 알아서 챙기라고 하신 건 서장님이잖습니까?"

"이 새끼가!!! 야 긴말 필요 없고 그 사건 접어!"

"네? 서장님! 중앙지검 형사부에서 직접 펼치는 퍼포먼스입니다. 이걸 우리가 어떻게 접습니까?"

서장이 가는눈을 내리깔고 조용히 말한다.

"그럼 대충 정리해. 하는 시늉만 하고."

곽상민이 서장을 바라본다. 서장이 딴 곳을 본다. 뭔가 걸리고 켕기는 것이 있다.

"이유를 물어도 되겠습니까?"

"이유? 일단 바쁘고. 우리가 검찰에 끌려가는 뉘앙스를 주는 게 안 좋아. 정권 바뀌고 지금 검경 수사권 조정 문제도 걸려 있는데 응? 이 기회에 검찰 쪽 좀 주자는 거지."

"납득할 수 없습니다."

"너 이따위로 할래?"

결국 곽상민은 그따위로 일을 밀어붙였고, 양철기 사건의 공을 검찰로 넘겼다. 어차피 검찰에서 수사를 마친 상황이었고, 할 일은 별로 남아 있지 않았다. 그렇게 곽상민은 손을 털면서 직감한다.

이 사건에 경찰 고위층이 깊이 연루되어 있다!

그는 묘한 웃음을 지으면서 이 사건을 지켜보기로 한다.

어쩌면 큰 폭풍이 휘몰아칠지도 모른다.

현 회장은 주만용과 마주 앉아 있었다. 주만용은 여유를 부리며 술을 마신다.

"회장님, 술을 통 안 드시네요? 아우, 보기보다 사이즈가 작으시다. 걱정 말고 쭉 드셔. 응? 내가 이 사건 확실히 컨트롤하고 있다니까. 현 회장은 그냥 나만 잘 서포트해 주시면 돼요."

"주 검사."

"네."

"자꾸 나하고 게임을 할라 카네?"

"아니야. 게임은 무슨. 젊은 검사들 사기도 있고, 검찰 내부에 사정이 있어요. 사건 물어온 검사한테 그걸 배당 안 할 수가 없다니까."

"서준미 검사한테 배당을 하는 거 이거는 내를 겨누겠다는 거 아이가?"

주만용이 술을 들이켠다.

"서준미 제가 컨트롤합니다."

현 회장이 비웃는다. 주만용은 비위가 상한다.

"현 회장님, 나를 너무 알로 보시는 거 같아?"

"주 검사."

"예."

"서준미가 어떤 여자인지 알아요?"

"잘 알지요! 내가 잘 압니다. 그냥 또라이예요."

현 회장이 순간 주만용의 멱살을 잡고 끌어당긴다.

"현 회장! 이거 뭐 하는 거야! 내가 저번에는 당했지만 이제는 안 당해! 내가 그렇게 호락호락해 보여?"

그러나 현 회장이 힘으로 주만용의 목을 움켜쥔다.

"켁켁켁."

"그래. 호락호락해 보인다."

"켁켁켁."

"잘 들어. 서준미 가는 내가 본 인간 중에 가장 두려운 인간이라! 근데 뭐? 니가 컨트롤을 해? 니는 가한테서 놀아나는 기라! 잘 들어라! 가가 칼을 들고 나를 베기 시작하마 니는 우예 될지 생각해라. 응?"

"!!!"

"스폰서 검사님, 게임할 생각 하지 말고, 서준미를 막아라."

현 회장이 주만용을 풀어준다. 주만용이 넥타이를 고쳐 매며 체면을 챙긴다.

"……현 회장님, 너무 예민하신 거 같아. 서준미 검사는 내가 잘 아는데 걔가 약간 똘기가 있기는 해도 그 정도……."

"주 검사, 내 하나 물어볼게."

"?"

"주 검사, 니 욕망 충족을 위해서 말고. 인생을 걸고 무엇을 위해 싸워본 적이 있나?"

"저도 정의를 위해서……."

"하하하. 정의? 니는 섹스와 돈을 위해 싸우는 기고. 아이가?"

"!!!"

"니 같으마 위에서 내리찍고 누르고 위협하고 이러는 거 다 이겨내고 끝까지 싸울 수 있겠나?"

"……."

"나는 그런 인간들이 가장 무섭다."

"!!!"

"서준미는 가장 그런 인간이라."

"!!!"

"주 검사님, 우리 지금 위험하다. 서준미를 막아라."

서준미 검사와 수사관들은 양철기를 기소하기 위해 막바지 작업에 몰입하고 있었다. 어렵게 정말 어렵게 엮은 사건이었다. 단 한

치의 실수도 있어서는 안 된다. 그래서 그동안 이 검사실에 없던 야근이 일상화되기 시작했다. 민진마저도 이번 사건을 위해 최선을 다했다. 사건 해결을 위해서 일에 몰입하다 보니 자신이 스파이라는 것도 잊게 되었다. 사실 그동안 잊고 있었다. 검찰 수사관에게는 정의를 위해 수사하는 과정 그 자체가 가장 큰 즐거움이라는 것을. 그걸 주만용이 빼앗아버렸다. 분했다.

준미는 초집중 상태에서 단 하나의 빈틈이라도 보이지 않기 위해서 진태와 서류를 대조해 가며 작업하고 있었다. 벌써 몇 번째의 반복인지 모른다. 벌써 수십 번 확인했지만 불안하기는 마찬가지. 결정적인 증거가 없다는 것이 준미를 더욱 불안하게 만들고 있었다.

거기다 상대 변호사는 이태경. 그는 이미 자신에게 유리한 국민참여 재판을 신청한 상황이었다.

모든 정황이 양철기를 가리키고 있었지만 결정적인 증거가 없었다. 결국 법리 싸움으로 가야 한다. 그 상황에서 태경이 약점들을 집요하게 헤집고 들어온다면 승부는 예측할 수 없었다. 아니, 오히려 준미 쪽이 불리했다. 재판부는 물적 증거를 통한 명확한 판결을 선호한다. 의심이나 정황만으로 판단을 내리지 않는다. 만약 명확한 물적 증거가 없고, 정황 증거들뿐이라면 재판부는 억울한 희생자를 만들지 않으려는 보수적인 판단을 할 수밖에 없는 것이다. 때문에 절대 빠져나갈 수 없는 촘촘한 논리의 그물을 만들어야 했다. 모든 정황 증거들이 양철기를 가리키도록 그림을 만들어야 했다. 그리고 그 그림의 마지막 퍼즐이 바로 지민이었다.

준미가 어깨의 고통을 참지 못하고 몸을 뒤로 젖힌다. 어깨의 고통이 머리로 올라와서 지독한 두통이 느껴진다. 벌써 며칠째 이런 상태다. 진태도 충혈된 눈의 따가움을 참지 못하고 눈을 감고 의자 뒤로 기댄다. 알싸한 고통과 함께 눈물이 흘러내린다.

효림은 며칠째 야근을 버티기 위해서 들이부은 커피의 부작용으로 이제 거의 탈진 상태에 이르렀다. 몸에 힘이 들어가지 않았다. 민진도 쏟아지는 졸음에 잠시 엎드린다. 막내 정상민 서기보는 넋이 나간 표정으로 앉아 있다.

준미가 두통을 이기기 위해 약을 뜯으려다 다시 넣는다. 약에 너무 의존하게 되는 두려움 때문이었다. 그리고 수사관들을 지켜본다. 좀비 혹은 패잔병 같다. 너무 가혹한 업무다. 효율이 없으니 진전이 없는 상황이었다. 결단을 내려야 할 시점.

"우리 오늘은 여기까지 합시다!"

눈이 시뻘게진 진태가 놀라서 본다.

"하지만……."

"이렇게 늦게까지 있어봐야 제자리일 거 같아요. 차라리 오늘 들어가서 푹 쉬고 내일 좀 더 나은 상태로 시작하기로 해요. 일찍 와서."

그렇게 흩어진다.

민진은 흩어지는 사람들을 보며 문득 동료라는 생각을 한다. 그리고 그들을 배신하는 일이 어떤 일인지 자각한다.

'이렇게 열심히 일하는 사람들을……'

그렇게 미안함을 안고 돌아선다.

준미는 떨쳐지지 않는 두통을 끌어안고 집으로 돌아왔다. 어깨와 목의 고통을 참지 못하고 샤워기에 델 정도의 뜨거운 물을 틀어 목과 어깨에 집중적으로 맞기 시작한다. 아무 생각도 없이. 그렇게 한참을 서 있자 서서히 고통이 가라앉는다.

그리고 대충 물기만 닦아낸 다음 옷도 입지 않은 채 침대에 쓰러진다. 몸은 가라앉고 정신은 혼미하다. 혼미한 상태에서 생각 중이던 서류들의 글자들이 공중을 떠다닌다. 그 글자들을 이리 맞추고 저리 맞춘다. 그러는 사이 점점 깊은 잠에 빠져든다.

간만의 잠이었다.

재판 전날. 태경도 사무실 직원이 모두 남아 있는 상황에서 마지막으로 사건 서류들을 정리하고 있었다. 준미가 내세울 논리들을 미리 파악하고 그것을 어떻게 부숴버릴 것인가를 생각한다.

'물적 증거는 없다.'

그것만으로도 이미 유리한 상황이었다. 치밀하게 정황 증거를 쌓아 올리더라도 물적 증거가 없다면 그것은 모래성이었다. 한 번의 파도로 허물어진다.

논리와 논리의 싸움으로 가게 되면 태경에게는 전혀 승산이 없다. 그 싸움에서 서준미를 이길 수 있는 사람은 대한민국에 존재하지 않는다.

상대에 맞춰 나를 변형하는 것은 하수다. 상대를 나의 판으로 끌어들여야 한다. 논리보다는 감정과 여론을 움직여 재판부를 압박한다. 국민 참여 재판에 참여한 배심원들의 심리적 허점을 찌른다. 그것이 태경의 전략이었다.

그리고 단 하나의 변수. 목격자 오지민.

만약 그녀의 증언이 받아들여진다면 승부는 끝난다. 해볼 필요도 없었다. 포기해야 한다.

그러나 그녀는 무당의 딸.

집요하게 물고 늘어질 생각이었다. 정신감정을 요청하고 그녀가 하는 증언의 합리성을 공격한다. 그렇게 철저하게 무너뜨린다.

아직 어린 소녀.

간단하다.

자 이제 곧 승부가 시작된다.

질 수 없다. 절대 져서는 안 된다.

태경은 조용히 술 한 잔을 따라 마시며 내일의 승부를 생각했다.

이동일은 수시로 낚시터를 옮겨 다니고 있었다. 불안한 마음이 행동으로 드러난 것이다. 조금이라도 이상한 기척이 느껴지거나 낯선 사람이 돌아다니는 낌새만 보여도 그는 얼른 자리를 떴다. 그리고 점점 더 외진 곳, 사람들이 찾지 않는 산속 저수지로 들어간다. 이번 저수지는 깊은 산속 절벽에 면해 있는 저수지였다. 그곳에 있는 사람은 이동일뿐이었다.

하지만 이동일의 마음은 점점 더 불안해지고 있었다. 가끔씩 숨이 쉬어지지 않을 때가 있었다. 그때는 숨을 쉬기 위해 의식적으로 노력해야 했고, 약을 먹지 않으면 아무것도 할 수가 없었다. 그런 상태는 점점 더 심해지고 있었다. 지금 낚시를 하고 있는 이곳에는 아무도 없었다. 그러나 마음은 안심할 수가 없었다. 낚시보다도 주변에서 들려오는 소리에 촉각을 곤두세운다.

그때!

낚시의 찌가 물속으로 깊이 내려간다. 빨려 내려간다.

찌가 내려가는 것을 보니 대물이다!

순간 이동일은 모든 불안을 잊고 낚싯대를 끌어당긴다. 줄이 팽팽해지면서 낚싯대가 휘고 손바닥 전체로 그 짜릿한 손맛이 전해온다.

얼마나 될까?

30센티를 넘길 수 있을까?

흥분된다.

이런 대어를 낚은 것이 얼마 만인가?

천천히 온전히 손맛을 느끼며 상대와 밀당을 벌인다.

그리고 천천히 끌어올린다.

붕어다!

30센티가 될까?

그렇게 붕어를 끌어올려서 망에 담는다.

설레는 마음으로 붕어의 길이를 재본다. 33센티!

대어다!

이동일은 흥분을 감추지 못한다.

그리고 공기계인 핸드폰을 꺼내 사진을 찍는다.

인증 숏으로 올리고 싶지만 나중을 기약한다.

그리고 한참 동안 그 아름다운 붕어를 감상한다. 그 비늘이며 색이며 아가미며.

그런데 그때.

뒤에서 누군가가 이동일의 어깨를 잡는다.

"너 이동일이지."

동일은 물에 비친 그 남자의 모습을 바라보았다.

2라운드

첫 공판일.

재판장에는 긴장감이 흐르고 있었다.

준미는 재판 시작 한 시간 전부터 직접 재판장에 나와 있었다. 중요한 사건인 만큼 공판부에 넘기지 않고 직접 재판까지 컨트롤할 생각이었다.

'내 손으로 마무리 지어야 한다.'

마지막 시험공부를 하듯이 사건 서류들을 다시 한 번 들여다본다. 혹시라도 놓친 것이 있는지.

그때 문이 열리고 태경이 서류 가방을 들고 들어온다.

준미와 눈이 마주친다. 그렇게 일별 후 차갑게 외면한다.

재판 시간이 임박하자 국민 참여 재판의 배심원단이 들어오고, 재판부의 서기들이 입장해 자리에 앉는다. 곧이어 법정 경위가 기

립을 외치자 모두가 일어선다. 잠시 후 중앙지법 형사 8부의 합의부 판사들이 입장한다. 재판장은 한기철 부장판사, 우배석(재판장 오른쪽에 위치) 현유정 판사, 좌배석(재판장 왼쪽에 위치) 오민준 판사가 차례로 입장해서 자리에 앉는다. 형량이 사형이나 무기에 해당하는 중요한 살인 사건인 만큼 단독 판사가 아니라 합의부(3명의 판사) 전체에 의한 재판이 이루어진다.

준미로서는 다소 부담스러운 재판부였다. 한기철 부장판사는 꼼꼼하게 물적 증거를 따지는 스타일이었다. 정황이나 상황에 의한 판단보다는 확실한 증거와 법적 논리를 중시하는 스타일이었다. 우배석 현유정 판사는 다소 진보적인 판결을 내린 경향을 보인다고 하지만 형사사건에서 어떤 스타일인지는 알 수 없었다. 좌배석 오민준 판사의 경우 임용된 지 얼마 되지 않아서 그 스타일을 가늠하기 어려웠다. 원칙적으로는 합의부를 구성하는 세 명의 판사는 동등한 위치에서 자신의 의견을 개진하여 판결을 내린다. 그러나 현실적으로 주심을 맡은 부장판사의 결정이 가장 중요하게 받아들여지는 것이 현실이었다. 결국 한기철 부장판사의 의견이 중요했다. 또 하나 국민 참여 재판인 점도 무시 못 할 요소였다. 한국에서는 배심원단의 판단이 참고 사항으로 여겨지지만 재판부가 배심원단의 의견을 깡그리 무시할 수는 없다. 그렇지 않아도 국민의 법 감정과 사법부의 판단에 차이가 있다는 의견이 많은 현실적 상황에서 배심원단과 정반대되는 판단을 내리는 것은 재판부로서도 큰 부담이었다.

정황과 치밀한 법적 논리를 통해 상대를 옭아매려는 준미. 반면 여론으로 상대를 붕괴시키려는 태경.

둘의 싸움이 이제 막 시작되었다.

재판이 시작되고 증거 채택과 증인 문제로 신경전이 섞인 협상이 오고 간다. 결국 양측이 적절한 타협을 이룬다.

그렇게 지리한 협상이 끝난 후 증인 신문이 시작되었다. 첫 증인은 피고인 양철기였다. 준미가 천천히 일어서서 양철기 쪽으로 다가갔다.

"양철기 씨."

"네, 검사님."

"2014년 4월 15일. 그러니까 지금으로부터 3년 전이죠. 어디에 있었습니까?"

"잘 모르겠습니다."

"기억해 볼 수 있겠습니까?"

"검사님은 3년 전 오늘 뭐 했는지 기억할 수 있습니까?"

"네. 저는 이명건설 수사를 하느라 하루 종일 사무실에 있었죠."

"검사님같이 똑똑한 분이야 그렇게 꼼꼼하게 기억하시는지 모르겠지만 저는 고등학교도 졸업 못 했습니다. 제 뇌가 그 정도 용량은 안 됩니다."

양철기가 배심원단을 의식해서 그런지 차분하고 공손한 태도를 견지한다. 방청석에서 초조하게 앉아 있는 윤정이 보인다. 양철기도 윤정을 본다. 짧은 눈 맞춤.

준미가 다시 찌르고 들어온다.

"중견 건설업체의 팀장이라면 당연히 업무 일지 같은 걸 쓰지 않나요? 그날 결재한 서류를 찾아볼 수도 있고, 주변의 동료들을 통해서 그날 무슨 일이 있었는지 확인할 수 있을 텐데요?"

물론 그럴 수 있다. 하지만 그렇게 되면 틈이 많아진다. 그리고 그 틈을 통해 진실이 드러날지도 모른다. 모르쇠가 유리하다.

"당일의 행적에 대해선 무조건 모른다고 해. 기억이 잘 안 난다고. 청문회에서 증인들이 하듯이 말이야."

양철기는 태경이 알려준 대본을 최대한 자연스럽게 이야기한다.

"저희 건설업이라는 것이 다른 사업처럼 뭐 꼼꼼하게 기록하고 따지고 그러지 않습니다. 스타일이 좀 달라요. 주로 밖으로 나돌고 하루에도 몇 사람씩 만나고 그렇습니다. 사우나도 하고, 밥도 먹고, 골프도 치고, 하루에 커피 열 잔 마실 때도 있습니다. 업무 일지요? 저희는 그런 거 안 씁니다."

잘 빠져나간다.

준미는 배심원들과 눈을 맞추며 이상하다는 듯이 고개를 갸웃힌다. 세심하게 의도된 포즈.

'양철기의 증언을 최대한 의심하게 하자.'

"정말 이상하네요. 양철기 씨 회사 동료들의 증언도 매우 비슷한 것이 혹시 뭔가 단체로 짠 것이 아닌가 하는 의심이 드네요. 그런 건가요? 입을 맞췄나요?"

"남자끼리 무슨 입을 맞춥니까. 저 여자 좋아합니다."

방청객에서 웃음이 터진다. 준미도 웃는다.

"재밌네요."

한기철 부장판사가 인상을 쓴다. 태경이 양철기에게 그만하라는 신호를 보낸다.

준미가 다시 양철기를 본다.

"피고인은 황룡건설에서 용역팀장으로 있죠?"

"네."

"용역팀은 건설공사 때 인력 공급을 하죠?"

"네."

"그리고…… 여러 가지 사업 과정에서 발생할 수 있는 문제들을 해결하기도 하죠?"

"네."

"아주 복잡한 문제들이 많겠죠?"

"그렇습니다."

"지저분하기도 하구요?"

"네?"

준미가 웃으면서 배심원단을 본다.

"우리는 알고 있어요. 건설이 얼마나 그런 분야인지. 거기서 여러 가지 이권이나 분쟁이 얽히면…… 해결사가 필요하잖아요."

태경이 일어선다.

"재판장님! 검사는 지금 해결사라는 부적절한 용어를 사용해서 피고인에 대한 잘못된 이미지를 배심원들에게 심어주고 있습니다!!"

"인정합니다. 검사 주의해 주세요."

"네, 재판장님."

준미와 태경이 서로를 잠시 노려본다.

태경은 잠시 당황한다. 준미가 서준미답지 않은 방식으로 공격한다. 그로써 태경을 흔들고 있다.

'같이 진흙탕에 빠지자는 건가?'

그래. 경고를 보내고 있다. 진흙탕 싸움으로 나오면 얼마든지 같이 뒹굴어주겠다는 시그널이다.

준미가 양철기 쪽으로 다가가 웃으면서 묻는다.

"복잡한 일이 많기는 하잖아요?"

태경이 박차고 법정 중앙으로 나간다.

“재판장님!!! 검사는 지금 정확하지 않은 사실을 토대로 증인을 몰아세우고 있습니다. 근거가 있나요? 뭐 조폭 영화 같은 거? 요즘 건설사들 그렇지 않아요. 영화 각본가들이 대충 주워듣고 그리는 이미지가 검사를 세뇌시켰나 봅니다!”

방청객과 배심원단이 웃음을 터트린다.

태경이 준미를 본다.

‘진흙탕? 얼마든지 뒹굴어줄게.’

“변호인!”

한기철 부장판사가 태경을 보고 소리친다.

“부적절한 비유를 삼가주세요!”

“네.”

역시 만만한 재판부가 아니다. 가벼운 사안을 다루는 단독 재판부 같은 여백이 없다.

“검사, 신문 계속하세요.”

한기철 부장판사가 엄중한 목소리로 말한다.

“네, 재판장님.”

준미가 웃으면서 배심원단 쪽으로 다가간다.

“저는 영화 너무 좋아하는데 볼 시간이 없습니다. 보세요. 제 책상 위에 서류. 영화 대신 저걸 보거든요. 그리고 제가 지난 7년간 보아온 저 서류들에는 영화보다 더 리얼하게 건설사들이 어떤 짓을 저지르는지 묘사돼 있습니다. 어떤 영화보다 더 자극적이죠. 현실이고. 그러니까 각본가보다 제가 더 전문가입니다. 건설 쪽에 대해서는요.”

계속 공격한다.

"그러니까 제가 아무 근거도 없이 이미지에 현혹되어 이야기하고 있다는 것은 너무나 부당한 것이라는 점을 말씀드리고 싶습니다. 저는 이 분야에 빠삭하거든요."

역시 만만치 않다.

다시 준미가 양철기를 공격하기 시작했다.

"피고인의 황룡건설은 죽은 오준현 사장의 준현건설과 공사 입찰 문제로 심각한 갈등을 겪고 있었죠?"

"자세한 상황은 잘 모릅니다."

"그래요?"

"네."

"그럼 누가 아나요? 황룡건설 현준오 회장?"

"!!!"

다음 수를 위한 포석. 바로 찌르고 들어간다. 기다려라. 곧 끌어낸다.

양철기가 당황한다. 자신이 부인하면 현 회장이 끌려 나올 수밖에 없다.

"저희는 수많은 건설사와 경쟁 관계에 있으니까……. 아무튼 뭐 심각한 갈등 그런 거 잘 없습니다."

"이상하네요. 죽은 오준현 사장의 주변에서는 황룡건설 쪽에서 견딜 수 없을 만큼 고통스럽게 협박을 해왔다고 증언하고 있거든요."

"글쎄요. 저는 잘 모르겠습니다."

"그래요? 그럼 기억나게 해드릴게요."

"……."

"오준현 사장의 부인인 윤현미 증인이 사전에 증언한 내용을 간략하게 언급하겠습니다. 황룡건설 용역팀장 양철기가 오준현 사장에게 전화를 걸어 가족 전체를 파묻어버리겠다…… 딸을 술집에 팔아버리겠다는 식으로 협박을 했다고 증언하고 있습니다. 지난 번 사건 때도 딸을 팔아버리겠다고 말했는데 그것이 패턴인가 보군요."

여성 배심원들이 인상을 쓴다. 태경이 일어선다.

"명확한 사실이 아닌 일방적인 증언입니다!"

"그 일방적인 증언이 너무나 여러 번 반복되고 있습니다! 그리고 이것이 끝이 아닙니다! 양철기는 오준현의 집 앞에서 옷을 벗고! 소리를 쳤습니다! 뭐라고 소리쳤는지 기억나나요?"

"!!!"

"당신은 이렇게 말했습니다."

태경이 소리친다.

"재판장님!!"

"몰래 파묻어버리겠다고!!!"

"일방적인 증언임을 기억하셔야 합니다!!!"

"둘 다 멈추세요!!!"

한기철 판사가 소리친다.

"두 분 다 내 법정에서 과열된 분위기로 통제를 넘어서는 행위는 용납하지 않을 겁니다."

한기철 판사가 차분하게 배심원단을 본다.

"배심원들은 그것이 명확한 사실이 아니라 검찰 측 증인의 증언이라는 점을 인식하시기 바랍니다. 자, 계속하세요."

"그러니까 피고인은 3년 전 공사 입찰 문제로 지속적으로 오준현 사장을 협박했습니다. 그러던 중 갑자기 오준현 사장이 실종됐습니다. 그리고 그 공사는 황룡건설이 따냈습니다. 무려 3,000억짜리 공사였습니다."

준미가 잠시 침묵한다. 그사이에 부각된다. 3,000억. 그 경제적 이득을 위해서? 배심원들의 의심이 증폭된다. 그렇게 정황 증거를 강화한다.

"수백억 자산가인 53살의 중견 건설업체의 사장이 왜 갑자기 실종됐을까요? 그리고 그로 인해서 가장 큰 이득을 본 사람은 누구입니까?"

준미가 차분히 양철기를 본다.

"양철기 씨. 그리고 그 너머에 있는 황룡건설 현준오 회장."

준미가 배심원들을 바라보며 말한다.

"우연이라고 하기에는 너무 묘하지 않습니까?"

한 명 한 명 눈을 맞춘다.

"이런 일이 정말 우연일 수 있는 겁니까?"

의심하세요! 모든 것을!

"여러분 이 인과관계에 대해서 꼭 생각해 보시기 바랍니다. 이상입니다."

이제는 태경의 차례다.

태경이 법정 중앙으로 가서 배심원단을 한번 바라본다. 일종의 스킨십. 매력적인 웃음으로 여성 배심원단과 한 번씩 눈을 맞춘다. 그리고 특유의 감미로운 중저음의 보이스로 신문을 시작했다.

"존경하는 재판장님. 그리고 배심원 여러분. 건설업은 전쟁터입니다. 대한민국 모든 곳이 전쟁터이지만 건설업은 가장 치열한 전쟁터입니다. 공사 수주, 입찰, 철거까지. 순간순간이 전쟁입니다. 검사께서 굳이 무리하게 자신의 수사 경력을 내세우지 않아도 우리는 잘 알고 있습니다. 그런데요. 그것 때문에 사람을 죽인다?"

태경이 놀랍다는 표정으로 배심원단을 본다.

"그게 정말 가능한 일일까요?"

웃는다. 의도됐지만 여전히 매력적인 웃음.

"대한민국에서 그렇게 살인이 쉽나요? 네?"

태경이 준미를 노려본다.

"그건 상상력이 과한 겁니다. 건설사들끼리 경쟁하는 과정에서 거친 말들이 오고 갔겠죠. 상남자들이니까요."

죽음의 협박을 상남자라는 말로 희석한다.

"하지만 사람을 죽이다니요! 농담이 너무 심한 거 아닙니까?"

배심원들에게 웃으며 묻는다.

"아닙니다. 그렇지 않습니다. 이 사람들이 악마입니까? 아닙니다. 그저 먹고살려고 최선을 다하는 평범한 사람들입니다. 애들 학교 보내고 세금 내고! 과속 벌금 딱지 나오면 벌벌 떨고 다 똑같습니다! 그저 먹고살려고 발버둥을 좀 세게 친 겁니다!"

템포를 늦춘다. 자 보세요. 평범한 남자들입니다.

"검찰 측의 논리대로 한다면 준현건설과 공사 입찰을 벌이는 그 많은 건설 회사들은 모두 살인 용의자가 될 겁니다."

태경이 준미를 보며 웃는다. 안쓰러운 웃음.

"그럼 검찰이 왜 이렇게 무리한 기소를 했을까요? 이해합니다. 서준미 검사는 이미 5년 전에도 황룡건설을 아주 무리하게 수사하다가 역풍을 맞은 적이 있습니다. 그때 영장이 기각되고, 황룡건설은 무혐의 처분되었죠?"

"……."

"그리고 아마 인천지검으로 밀려났죠? 이해합니다. 평생 엘리트로 살아온 검사가 당시에 받았을 심적 충격을요. 근무지가 서울을 벗어날 거라고는 생각도 못 했겠죠?"

"재판장님! 변호인은 개인적인 문제를 거론해 재판의 공정성을 흐리고 있습니다."

태경을 본다.

이렇게까지 지저분해져야겠어?

몰랐어? 여긴 진흙탕이야.

"배심원단이 전체적인 검찰의 의도와 맥락을 이해하기 위해 필요한 부분입니다!!! 같은 검사가 같은 회사를 두 번째로 겨누고 있습니다!"

한기철 판사가 잠시 고심한다. 좌우 배석 판사와 잠시 의견을 나눈다. 신중하다.

"변호인이 검찰의 의도를 사실에 근거하지 않고 공격하는 것은 부적절하다고 생각합니다. 그만하세요."

태경이 안타까운 표정으로 돌아선다. 배심원단은 그런 태경을 보며 준미를 의심한다. 인간적 매력과 호소력에서 태경이 앞선다. 준미를 처음 본 사람은 그녀가 차갑다고 생각한다. 하지만 태경은 단숨에 사람을 사로잡는다.

"네. 저의 생각은 오해였을 수도 있습니다. 자 그런데요. 그럼 묻겠습니다."

TV 시사 프로 진행자처럼 포토제닉한 자세로 배심원단을 보며 웃는다. 그리고 그 멋진 목소리로 다시 시작한다.

"검찰은 도대체 왜 오준현의 실종을 살인으로 보고 있는 것입니까? 그의 지갑에서 사라진 여배우 김민지의 지문이 발견되었습니다. 실제로 그 여배우와 오준현 사장은 몇 번의 부적절한 만남을 가진 것으로 알려져 있습니다. 둘이서 어딘가로 갔을 수도 있습니다. 불륜이란 게 그런 거 아닙니까? 건설사 오너라면 비자금 수십억은 문제가 아닐 겁니다. 실제로 오준현 사장은 필리핀에 부동산도 있었습니다. 그 정도 재력이라면 필리핀 밀입국은 문제도 아니죠. 그게 수사의 포인트가 되어야 합니다. 살인은 포인트도 아니죠. 포인트는 사랑의 도주입니다. 평생을 살아온 부인을 버리고, 어린 여배우를 데리고 도주한 겁니다."

태경이 배심원단을 본다. 중년 여성 배심원을 노리고 들어간다.

"불륜, 도주. 그것이 팩트입니다. 그것이 이 사건의 본질입니다."

준미는 긴 한숨을 내쉰다. 역시. 가장 지저분하고 효율적인 방법으로 나온다. 불륜, 사랑의 도주. 현 회장이 미리 깔아놓은 미끼. 물면 끝이다. 절대 물게 해서는 안 된다.

"그런데 검찰은 갑자기 실종을 살인으로 둔갑시켜 멀쩡한 양철기를 살인범으로 몰아가고 있습니다. 그들이 내세우고 있는 것은 오로지 정황 증거뿐입니다! 모든 것이 정황이고, 추측이고, 상상입니다. 검사님!"

태경이 준미를 본다.

"검사가 아니라 영화 각본을 쓰셔야 했어요. 그게 더 적성에 맞는데. 그 상상력을 소화할 곳은 충무로밖에 없을 것 같네요."

"!!!"

"자, 이제 묻겠습니다. 도대체 양철기가 살인을 했다는 증거가 어디에 있습니까?"

태경이 준미를 본다. 자, 그만 불러내시지.

"이리저리 꿰맞춘 그런 정황 증거 말고!!! 진짜로!!! 양철기 씨가 오준현을 살해했다는 것을 증명해 주십시오."

자, 본게임을 시작해 보자고.

준미는 두려운 마음으로 일어선다.

"오지민 양을 증인으로 신청합니다."

소녀가, 그 소녀가 법정 안으로 걸어 들어왔다.

뽀삐의 계획

지민이 천천히 법정 안으로 걸어 들어와 증인석에 선다. 경위가 다가와서 선서하는 방법에 대해 간단하게 알려준다.

"저는 법과 양심에 따라 진실만을 말할 것을 선서합니다."

선서가 끝나고 지민이 조금 두려운 표정으로 법정 이곳저곳을 바라본다. 불안한 표정이다. 방청석에서 이선녀와 오상군이 초조한 표정으로 지민을 바라보고 있었다.

그러다 지민이 양철기를 본다. 양철기도 지민을 본다. 지민의 투명한 눈빛이 양철기를 꿰뚫어버릴 것 같다. 그러면서도 떨고 있는 지민. 준미가 그런 지민을 아슬아슬하게 바라보았다.

양철기는 지민을 바라보다 알 수 없는 감정에 휩싸인다.

저 눈. 유리알같이 투명한 눈. 두렵다.

양철기는 고개를 돌린다. 눈싸움에서 진 것이 현 회장 말고 없다는 사실을 기억해 낸다.

저 소녀는 누구인가?

"검찰 측 신문하세요."

준미가 천천히 일어서서 지민 앞으로 다가간다. 지민이 준미를 본다. 그리고 맑게 웃는다. 그런 지민의 맑은 웃음이 배심원단에게 호감을 준다.

그런 지민의 여유에 준미는 불안한 마음을 떨치고 신문을 시작해 나갔다.

"오늘의 이 일이 아직 어린 증인에게는 너무나 힘든 일임을 우리는 너무나 잘 알고 있습니다. 증인이 힘들거나 도저히 증언할 수 없는 상황이 온다면 주저 없이 저에게 말해 주세요. 즉시 중단하겠습니다."

"네."

"증인은 2014년 4월 15일 날을 기억합니까?"

"네."

"그날 무슨 일이 있었습니까?"

"저는 그날 집 뒤에 있는 산을 돌아다니고 있었어유. 그때는 우리 동네 산에 한창 꽃이 필 때라서 이뻐서 막 돌아다녔어유. 우리 뒷산이 봄이면 참 이쁘거든유."

소녀의 예상치 못한 구수한 사투리에 배심원들이 웃음을 짓는다. 한 여성 배심원은 터져 나온 웃음을 참느라 고개를 숙인다. 근엄한 한기철 부장판사마저 희미한 미소를 짓는다. 가장 부드럽고 부담 없는 충청도 사투리의 매력이 터져 나온다.

"그래서 항상 그때쯤 꽃을 보러 뒷산을 돌아다니거든유. 미친년처럼."

방청객에서 다시 웃음이 터진다.

"근데 진짜 미친년은 아녜유."

준미가 웃으면서 지민에게 이야기한다.

"네, 잘하고 있어요. 계속하세요."

"그렇게 산에서 한참 놀다가 거기 암자 올라가는 길 절벽에 앉아서 꽃을 봤어유. 거기가 그림이 좋아유. 그렇게 한참 바라보는데…… 그 아저씨가 지나가더라구유."

준미가 오준현 사장의 사진을 내밀며 묻는다.

"그 아저씨가 이 사람인가요?"

지민이 사진을 바라본다. 계속 들여다보는 지민. 그리고 준미를 본다.

"네, 맞아유."

준미가 배심원단과 재판장에게도 확인시킨다. 그리고 다시 지민의 앞으로 가서 묻는다.

"그래서 그다음은요?"

"암자에 가나 부다 했죠. 그길로 올라가면 암자밖에 없으니까유. 그리고 저는 계속 꽃을 보고 사진 찍고 했어유. 글다 보니까 한 시간쯤 지났을 거예유. 소리가 나서 보니께 그 아저씨가 내려오더라구요. 그런데……."

지민이 숨을 고른다.

갑자기 찾아온 팽팽한 긴장감. 조여든다. 법정 안은 침묵 속에서 침 삼키는 소리까지 들릴 정도다.

지민이 다시 이야기를 시작했다.

"아래쪽에서 사람들이 나타났어유. 모두 다섯 명이었어유. 그 사람들이 그 아저씨를 막아서더라구요. 그리고……."

지민이 이야기를 멈춘다. 거칠어지는 호흡. 눈빛이 떨린다. 불안한 지민의 표정. 방청객에서 바라보는 선녀는 가슴이 털컥 내려앉는다.

'설마…… 안 돼!'

준미도 두려운 표정으로 지민을 바라본다.

아이가 변하고 있다!

하지만 지민은 계속 이야기를 시작해 나간다.

"그중 한 명이 뒤에서 목을 조르기 시작했어유! 이렇게."

지민이 목 조르는 시늉을 한다.

"발버둥을 치니께 못 하도록 나머지 다른 사람들이 팔다리를 잡았어유!"

갑자기 지민이 숨을 몰아쉰다. 호흡이 거칠어진다. 눈빛이 떨린다.

"그리고 뒤에서 그 남자가 계속 목을 졸랐어유! 이렇게! 세게! 그니까 오준현 아저씨가 얼굴이 뻘겋게 변했어유! 눈도 점점 빨개지기 시작했어유!!"

더욱 떨기 시작하는 지민.

그때의 기억을 떠올리는 고통!

더욱더 흔들리기 시작한다.

"그래서 손발을 더욱 떨민서 발버둥 치니께 그 옆에 있는 사람들이 더욱 꽉 잡고…… 그럴수록 아저씨는 더욱 발버둥 치고!! 눈이 완전히 빨개져서……."

양철기는 두려움에 떤다.

저 아이가! 어떻게!!! 손이 사시나무 떨듯 떨린다.

태경이 그런 양철기를 잡는다.

"정신 차려!"

하지만 부들부들!

지민도 점점 더 떨고 있다.

안 된다! 제발! 돌아와!

준미가 소리친다.

"지민 양…… 지민 양…… 지민 양!!!"

하지만 점점 더 떨기 시작한다.

"지민아!!!"

이선녀가 소리친다. 엄마의 외침에 지민의 정신이 돌아온다.

"그만들 해유!! 이제 그만하라구요!! 이제 17살이라구유!!!"

그사이 지민은 정신을 차린다. 그녀가 호흡을 고른다. 그리고 다시 준미를 본다.

"저 괜찮아유."

한기철 판사가 지민을 본다.

"지민 양, 괜찮겠어요? 그만해도 됩니다."

지민이 양철기를 본다. 양철기는 다시 섬찟해진다.

"할 수 있어유, 판사님."

이선녀가 소리친다.

"지민아!"

"엄마 괜찮아유."

지민이 준미를 본다. 어서 계속하세요!

준미가 배심원을 본다. 걱정스러운 배심원들의 표정.

"배심원 여러분, 저 소녀는 아직 열일곱입니다. 그리고 사람이 살해되는 것을 보았습니다."

준미가 잠시 멈춘다. 그리고 단호한 표정으로 돌아서서 다시 지민을 본다. 그리고 물었다.

"그래서요. 그다음에 어떻게 됐나요?"

"오준현 아저씨가 서서히 몸에 힘이 빠지면서 늘어졌어유. 눈을 뜬 채로."

"……."

"그다음에는 어떻게 됐죠?"

"한 사람이 먼저 아래로 내려가고 나머지 두 사람이 죽은 그 아저씨를 끌고 따라 내려갔어유. 아니 끄는 게 아니라 둘이서 이렇게 들고. 나머지 한 명은 다시 뒤에서 따라가고. 그리고 남아 있던 사람이 지갑을 꺼내가지고 뭐를 묻히더니 그걸 절벽 아래로 던져버렸어유."

준미가 숨을 고르고 긴장한 채로 다가간다. 그리고 말한다.

"오준현을 죽인 그 사람들 중에…… 지금 이곳에 있는 사람이 있나요?"

지민이 다시 몸을 떤다. 지민이 고개를 숙인다. 미세하게 떨리고 있는 그녀의 몸. 그러나 그 떨림은 점점 더 커지고 있다. 떨리는 목소리로 지민이 이야기를 시작했다.

"저는 그때 다 봤어유."

양철기가 떨고 있었다. 마음속으로 소리친다. 아니야!

지민이 천천히 고개를 든다.

"그리고 그 사람들의 얼굴도 다 봤어유."

어딨었어? 넌 어디에 있었어?

"그 사람들 얼굴! 지가 다 기억해유."

아니야! 아니야! 넌 못 봤어!

준미가 묻는다.

"그 사람이 여기에 있나요?"

지민이 부들부들 떨면서 준미를 본다. 그리고 힘겹게 천천히 눈알을 굴린다. 천천히 그리고 힘겹게 고개를 돌려서 양철기를 본다. 그리고 손가락으로 가리킨다.

"저기 있어유!"

"아니야!"

"바로 저 사람이에유!!"

양철기가 소리친다.

"아니야!! 넌 못 봤어! 거짓말이야!!!"

"그만! 그만!!"

법정 경위가 달려와서 발버둥 치는 양철기를 주저앉힌다.

지민은 여전히 양철기를 손가락으로 가리킨다.

방청석의 윤정은 고개를 묻고 눈물을 터트린다. 그리고 일어서서 밖으로 뛰쳐나간다. 양철기가 그 모습을 본다. 다급하게 소리친다.

"아니야!! 아니야!! 거짓말이야!! 새빨간 거짓말이야!"

"피고인!!!"

"거짓말이야! 너 누구야!?"

양철기가 다시 외친다.

"피고인!!"

"피고인 경고합니다!!! 조용히 하세요!"

양철기가 한기철 부장판사의 기세에 눌려 입을 다물고 주저앉는다. 주먹을 꽉 쥔다.

'젠장! 아무도 없었는데.'

그리고 태경을 본다. 태경은 아무런 표정도 없이 앉아 있다.

'방법을 가지고 있겠지?'

그사이 지민이 숨을 몰아쉬며 호흡을 고른다. 극심한 스트레스를 받고 있는 것 같다. 준미가 얼른 지민의 손을 잡아준다. 그렇게 지민은 호흡을 가라앉힌다. 준미는 지민의 손을 꼭 잡은 채 증인석에 남아 있는다.

시간이 흐른다.

태경이 자리에서 일어선다.

"재판장님, 제 차례입니까?"

준미가 소리친다.

"재판장님, 지금 지민 양이 상당히 불안정한 상황입니다. 변호인 측의 반대신문을 추후로 미뤄주십시오."

"안 됩니다!"

태경이 단호하게 소리친다. 그렇게 해서는 안 된다. 다음은 없다. 안정을 찾고 준미의 지시대로 모르쇠로 일관하는 상대를 무너뜨리는 것은 어렵다. 지금 흔들렸을 때 주저 없이 공격해야 한다.

"검찰 측에서 증인을 보호한다는 명목하에 변호인의 정당한 신문 권리조차 막고 있습니다."

"아직 미성년자이고 심리적으로 불안정한 상태입니다."

"그렇게 불안정한 증인이라면 지금까지 증언한 것을 신뢰할 수 있겠습니까?"

정곡을 찌르는 말.

한기철 부장판사가 좌우 배석 판사와 이야기를 나눈다. 잠시 후 결론이 나온다.

"만약 증인이 증언하지 못할 정도의 상태가 된다면 재판부가 신속히 판단하겠습니다. 변호인, 신문하세요."

"네."

태경은 천천히 지민에게 다가간다. 준미가 아직 지민에게서 떨어지지 못하고 옆에 서서 바라본다. 안타깝다.

'이 아이가 이 남자를 견딜 수 있을까?'

그리고 태경을 노려본다. 태경도 지지 않고 준미를 본다.

한기철 부장판사가 재촉한다.

"검사."

준미가 어쩔 수 없이 돌아서서 제자리로 가서 앉는다. 방청석의 이선녀와 오상군이 초조한 표정으로 태경과 지민을 본다. 선녀의 손은 너무 꽉 쥐어 핏줄이 튀어나올 지경이다.

태경은 드디어 지민의 앞에 선다. 그리고 지민의 눈을 바라본다. 그녀의 맑은 두 눈. 빨려 들어갈 것 같다.

맑은 아이다.

그러나 밟아야 한다.

익숙하잖아? 유선희, 최서인, 그리고 오지민.

자, 시작이다.

철저하게 밟아주마.

영미는 냉장고에서 주스 병을 꺼낸다. 그리고 병을 들어서 깬다. 날카로운 병 조각들이 이리저리 흩어진다. 그중 가장 날카로운 조각을 꺼내서 손목에 댄다. 그리고 이 방 어딘가에 숨겨져 있을 잠시 카메라를 의식한다.

잠시 후 영미는 벽으로 쓰러진다. 영미의 손목 옆으로 피가 번져나간다. 흰색 카펫이 붉은 피로 물든다.

얼마 지나지 않아서 문이 열리고 한 남자가 들어온다. 재빨리 영미 옆으로 다가와 손목을 잡고 지혈을 하려는데 손목에 상처가 없다. 그리고 붉은 것은 피가 아니라 토마토 주스에 물을 탄 것이었다. 코끝으로 토마토 냄새가 확 끼쳐온다.

그때 누워 있던 영미가 눈을 뜬다. 남자와 눈이 마주친다.

"!!!"

놀란 남자는 얼른 돌아서서 나가려는데 영미가 남자의 발을 잡고 늘어진다.

"제발!!! 안 돼!!!"

남자가 뿌리치고 나가려는데 영미가 남자의 발을 잡고 늘어진다. 필사적이다. 결국 그 남자가 주저앉는다. 하지만 영미는 여전히 남자의 발을 놓지 않고 매달린다. 절대 놓지 않겠다는 그녀의 신념. 한참 동안 움직이지 않자 그제야 영미가 고개를 든다. 눈이 마주친다. 영미의 앞에는 20대 후반의 선하게 생긴 남자가 앉아 있었다. 남자는 다소 놀란 눈으로 영미를 본다. 영미가 여전히 남자를 놓지 않은 채 일어선다.

"제발…… 이야기 좀 해요."

남자가 숨을 몰아쉬며 영미를 본다. 그러다 나가려는데 영미가 소리치며 남자를 잡는다.

"나가지 말아요! 그리고 제발 내 이야기를 들어줘요!!!"

"나는 여기에 있으면 안 돼요!!! 당신하고 이야기를 해서도 안 돼요!!!"

"제발…… 예? 나를 봐요! 응? 나를 봐줘요!!! 내가 강아지예요? 응? 나를 잘 봐요!!! 나는 사람이에요!!!"

"!!!"

영미가 울먹인다.

"제발!!! 응?"

"……알겠어요."

남자가 시계를 본다.

"시간이 없어요."

초조하고 두려운 남자의 표정.

"내가 여기서 당신과 이야기했다는 것만으로도 나는 어떻게 될지 몰라요."

"절대 이야기하지 않아요. 생각해 봐요. 내가 기댈 사람은 당신뿐이에요. 여긴 어디죠?"

"여긴…… 그분의 집이에요."

"!!! 서울?"

남자가 고개를 끄덕인다. 할머니 그리고 엄마와 얼마 떨어져 있지 않다. 같은 하늘 아래 있다. 영미가 남자를 바라보며 묻는다.

"그동안 나를 지켜보고 있었죠?"

남자가 눈을 피하며 고개를 돌린다.

"말해 봐요. 나를 보고 있었죠?"

고개를 끄덕인다. 영미가 분노와 서운함에 치를 떨다가 겨우 정신을 차린다. 감정을 앞세울 때가 아니다. 어떻게든 이 남자를 내 편으로 만들어야 한다. 이십 대 중반? 선한 눈빛이다. 가능성이 있다.

"잘 봐요. 나를 봐요. 나를 봐봐요."

남자가 고개를 들어 영미를 본다.

"나는 사람이에요. 응? 이게 사람한테 할 짓이에요?"

"……."

"나를 구해줘요."

"……"

"나를 살려줘요. 난 정말 이곳에서 나가고 싶어요. 생각해 봐요? 이렇게 여기서 갇힌 채 살아가는 것이 어떨 것 같아요?"

남자는 차마 영미와 눈을 마주치지 못한다.

"잘 봐요! 나 사람이라구요!"

"……알아요."

"그럼 경찰에 전화 한 통화만 해줘요! 네? 내가 여기 있다고."

"안 돼요!"

"왜요?"

"경찰이 그 말을 믿을 것 같아요?"

"!!"

"재벌 부회장이 여자를 지하에 가두고 감금한다는 걸 어떤 미친 놈이 믿을 것 같아요?"

"!!"

"그는 모든 것을 감시하고 있어요. 나도 약점이 잡혀서 어쩔 수가 없어요!"

"그럼 나보고 이곳에 이렇게 갇혀 있으란 말이에요?"

"……어쩔 수 없어요."

"싫어!! 나는 나갈 거야!"

영미가 철문 쪽으로 나간다. 그러자 남자가 영미를 잡는다.

"안 돼요! 나가자마자 잡힐 겁니다!"

"그럼 계속 여기 있으란 말이야?"

"정말 나가고 싶다면 증거를 잡아서 나가야 해요! 당신이 여기 있었다는 증거! 그 사람이 당신을 여기에 가뒀다는 증거!! 그걸 잡아서 나가야 해!"

"……그걸 어떻게?!"

그때 남자가 시계를 본다.

"!!! 난 돌아가야 해! 그분이 올 거예요!"

"!!! 다시 올 거지? 다시?!"

"……."

영미가 남자의 손을 잡고 바라본다. 그리고 눈물을 흘린다. 많이 사용하지 않아서 그렇지 이렇게 해서 영미에게 넘어가지 않는 남자는 거의 없었다. 남자가 영미의 그런 눈을 바라본다. 흔들린다.

"돌아와줘! 제발!"

그리고 남자를 안는다. 꽈악! 쿵쾅거리는 심장 소리가 들린다. 흔들리고 있다.

남자가 영미를 떼어내서 바라본다.

"병이 깨진 건 당신이 실수해서 깨뜨린 거야. 그러니까 조심해. 알겠지?"

영미가 고개를 끄덕인다.

남자는 고개를 돌려 밖으로 달려 나간다. 영미는 일어나서 천천히 깨진 유리병을 치운다. 그리고 휴지로 토마토 주스를 닦아낸다. 얼마나 지났을까, 문이 열리고 천천히 민수가 들어온다.

민수가 영미를 바라본다.

"뽀삐, 잘 지냈어?"

"뭐…… 그런 편이죠."

그런데 갑자기 민수가 멈칫하더니 영미를 바라본다. 꿰뚫는 듯한 그의 눈빛.

"너 무슨 일 있었어?"

"!!!"

"뭔가 어색해. 숨기고 있는 것 같아."

"……아니에요."

하지만 목소리가 떨린다. 심장이 뛴다. 안 된다. 그때 민수가 천천히 걸어와서 카펫에 묻어 있는 붉은 자국을 본다. 그리고 주저앉아 손바닥으로 그곳을 훑어본다. 그리고 냄새를 맡는다. 그리고 천천히 쓰레기통 쪽으로 가서 안을 살핀다. 깨진 유리 조각들. 민수가 냉장고 쪽으로 걸어가서 안을 바라본다. 뭔가 계속해서 추리하는 듯한 민수의 표정. 그리고 뭔가 결론을 내린 듯 영미를 바라본다. 추궁하는 듯한 눈빛. 떨린다. 두렵다. 뭔가를 알아챈 것일까?

"뽀삐."

"!!!"

"드디어 이곳이 편해졌구나?"

"???"

"거실에 앉아서 입 대고 주스도 마시고. 응?"

"……그건."

"부끄러워하지 마. 괜찮아. 드디어 너는 이곳이 맘에 든 거야. 익숙해진 거야. 그렇지?"

"그런 게 아니야!"

"크크크. 말은 그렇게 하고 있지만 너는 점점 내게 길들여지고 있는 거야."

영미는 생각한다. 그래 조금 끌려가주자. 이자가 안심할 수 있도록 그렇게 해주자.

"뽀삐, 정말 아니야?"

"……말을 잘 들으면 나를 내보내줄 건가요?"

"그럼 뽀삐. 당연하지."

"정말 약속할 수 있나요?"

민수가 웃는다.

"그럼."

사실 영미는 알고 있다. 완전히 이자에게 길들여지는 순간. 그녀의 목숨은 끝난다는 것을. 이자는 재미가 없어진 것을 남겨두지 않는다. 그러니까 선을 타야 한다. 이 남자가 안심하도록 점점 끌려가주자. 대신 절대 완전히 길들여진 척해서는 안 된다.

"뽀삐, 이제 내 앞에서 무릎 꿇을 수 있겠어?"

영미가 잠시 고민하는 척을 한다. 그리고 천천히 무릎을 꿇는다.

그러자 민수가 웃으면서 천천히 다가온다.

그리고 손을 내밀어 영미의 턱을 만진다.

그 순간!

영미가 그 자리에서 일어나 뒤로 물러선다.

"아니야! 나는 개가 아니야!!!"

민수가 웃는다. 아직 정복되지 않은 것을 보는 그 눈빛.

"역시 너는 재밌어."

그러면서 천천히 다가온다.

영미는 생각했다. 반드시, 반드시 나간다. 그리고 어딘가에 있을 카메라를, 그리고 그 너머에서 바라보고 있을 그 남자를 생각한다.

그리고 고통을 참아내기로 한다.

그러나 고통은 익숙해지지 않는다.

민수가 더욱 잔인해지기 시작했다.

영미는 나가야 한다는 마음으로 모든 것을 견뎠다.

추격자들

영미의 할머니와 엄마는 지치고 초췌한 모습으로 방 안에 앉아 있었다. 오후가 되면서 좁은 창틈으로 햇살이 비집고 들어와 영미의 할머니 얼굴을 내리쬐고 있었다. 할머니의 고통이 적나라하게 드러난다. 할머니는 햇살을 피할 생각조차 하지 못한다. 그저 멍하니 앉아 있다. 영미의 엄마는 저녁을 차리는 것도 잊은 채 누워 있었다. 점점 무기력해진다. 세상이 무서워졌다. 그렇게 점점 더 숨어든다. 새어 들어오는 빛조차 두렵다.

그때 밖에서 문 두드리는 소리가 들린다.

환청인가?

가끔씩 그랬다. 영미가 찾아와서 문을 열고 들어오는 환상을 보곤 했다. 그 장면이 너무 현실적이라서 소스라치게 놀라 밖으로 나가보면 아무도 없었다.

지금도 그런 것일까?

그러나 다시 문 두드리는 소리. 분명한 현실이다. 진짜 소리가 들린다.

할머니와 어머니가 놀라서 밖으로 나가 문을 열어본다.

영미가 온 것일까?

하지만 문밖에 서 있는 것은 한 남자였다.

처음 보는 남자였다.

키가 크고 잘생겼다. 잘생겼다기보다는 아름답다고 하는 것이 더 맞겠다. 예쁘고 아름다운 남자였다. 영미의 할머니는 꼭 여자 같은 남자라고 생각한다. 뿔테 안경을 쓰고 있는 남자는 키가 너무 커서 고개를 숙여야 할 정도였다.

"안녕하세요."

남자가 인사한다. 하지만 할머니는 허탈감에 털썩 주저앉는다. 영미가 아니다…….

"누구세요?"

영미의 엄마가 날카로워져서 묻는다.

"아, 기자입니다."

"기자요?"

"네."

"기자가 왜요?"

"장영미 씨 댁 맞죠? 실종된."

할머니가 흐느껴 운다. 허탈감. 엄마가 겨우 정신을 차리고 대답한다.

"네, 맞아요. 기자가 왜 왔냐구요?!"

짜증 섞인 말에도 남자의 표정은 변하지 않는다. 오히려 차분하게 웃는다. 홀릴 것 같은 웃음.

"좀 들어가도 되나요?"

"기자가 왜요?! 뭐가 궁금해서!!!"

"이 사건에 대해서 좀 조사해 보려구요. 의외로 많이 알려지지 않았더라구요."

"그만해요. 저희가 너무 힘들어요. 그러니까 그만해요!!"

"기사가 나가면 장영미 씨 찾는 데 도움이 될지도 몰라요."

"!!!"

순간 할머니와 엄마가 서로를 바라본다.

"언론에 나가서 이 사건이 알려지면 장영미 씨를 찾을 가능성이 더 높아지는 거죠. 사람들이 장영미 씨를 알게 될 테니까요."

할머니와 엄마는 정신이 번쩍 든다. 영미를 찾는 데 도움이 된다!

"들어오세요!"

남자는 들어와서 핸드폰 녹음기를 켠다.

"녹음 좀 할게요."

"그러세요."

"많이 힘드시죠?"

남자가 할머니와 어머니를 보고 안쓰러워하며 말한다. 충분히 이해하고 공감하고 있다는 표정. 그 눈빛이 너무 따스해 어머니는 눈물이 터진다.

"너무 힘들어요."

"충분히 이해합니다. 자 그럴수록 더욱 힘을 내셔서 인터뷰에 응해 주셔야 합니다. 그것이 장영미 씨를 찾을 수 있는 가장 좋은 방법입니다. 우리 장영미 씨를 사람들에게 알리자구요. 자, 장영미 씨가 어떤 사람이고 어떻게 해서 실종됐는지 자세하게 말씀해

주세요."

할머니와 엄마가 이야기를 시작했다. 마치 찾아달라고 호소하듯이 절절하게. 중간중간에 남자가 질문을 한다. 얼마나 보고 싶은지? 얼마나 찾고 싶은지? 그리고 지금 얼마나 힘이 드는지.

할머니와 엄마는 남자가 유도하는 대로 이야기한다. 지금의 고통을 슬픔을 그리고 허탈감을. 세세하게 낱낱이 보고한다.

딸과 손녀를 찾을 수만 있다면.

우리의 이야기가 도움이 된다면, 그 무엇이라도 하겠다고.

인터뷰가 거의 끝날 때쯤 할머니와 어머니는 너무 울어서 거의 녹초가 되어 있었다. 겨우 잠잠해지고 있는 상처를 헤집어놓은 것과 같아 보였다.

남자는 침통한 표정으로 두 사람을 바라본다. 그리고.

"제가 반드시 이걸 기사화해서 사람들에게 알리겠습니다. 그래서 장영미 씨 꼭 찾을 수 있도록 할게요."

"기자님."

"네."

"그 아이가 지금도…… 살아 있을까요?"

남자가 엄마의 손을 꼭 잡는다.

"네. 분명히 지금 살아 있습니다!!"

그렇게 남자는 집을 빠져나온다.

할머니와 엄마는 남자를 따라 나와서 몇 번이고 고개를 숙이고 기사를 잘 써달라고 말한다.

남자는 두 사람을 뒤로하고 재개발로 인해 뒤숭숭한 그 동네를 빠져나온다. 그렇게 두 사람의 시야에서 벗어났을 때쯤 남자는 멈춰 선다. 그리고 웃는다.

"키키키키키키키키키."

너무 우스워서 참을 수가 없다는 듯이 웃는다. 그렇게 한참을 웃고 나서야 다시 길을 간다. 대로로 나가서 남자는 택시를 잡는다.

"어디로 갈까요?"

"성북동으로 가주세요."

택시 기사는 남자의 얼굴을 어디선가 많이 봤다는 생각을 한다. 하지만 설마 그 유명한 대기업 부회장이 택시를 타겠냐는 마음에 그냥 운전을 한다. 그리고 이민수 부회장은 안경을 쓰지 않는다. 뒤에서 그 남자는 가끔씩 웃음이 나는지 피식피식 웃기 시작했다.

그렇게 민수는 집으로 돌아가고 있었다.

그 후로도 태산의 연락은 없었다. 유정이 수차례 접촉을 시도했지만 태산은 같은 말만 반복했다.

"지금 조사 중에 있습니다. 기다려주세요."

유정은 다시 기다렸다. 여전히 이민수 부회장을 믿었다.

'부회장님이 지금은 바쁘시니까…….'

'부회장님이 조사하고 계실 거야.'

'시간이 걸리는 일일 거야.'

'하지만…… 우리에겐 시간이 없는데…….'

'부회장님을 믿자.'

기다리기로 한다.

부회장님의 그 눈빛. 같이 주저앉아 눈을 맞추던 그 마음을 믿기로 한다.

하지만 현실은 시시각각 조여오기 시작한다. 유정도 병원비를 위해서 그동안 모은 돈을 모두 투자했다. 그래도 유정은 그나마 나은 편이었다.

지선의 상황은 점점 더 극한으로 치달아가고 있었다. 지선의 아버지 준철은 병원비를 위해서 사채까지 쓰고 있는 상황이었다. 하지만 그럼에도 지선의 병세는 악화 일로를 걷고 있었다.

유정은 병원에서 지선을 문병하고 돌아서던 순간 처음으로 그런 생각이 들었다.

'우리에겐 내일이 없다.'

그렇게 두려운 마음으로 복도를 지나가는데 지선과 유정의 담당의가 보인다. 환자를 위해 최선을 다하는 의사였다.

그 사람이 웃고 있었다. 데스크에서 간호사들과 이야기를 하며 즐겁게 웃고 있다.

한쪽에서 사람이 죽어가는데 한쪽에서 그 담당의가 자신의 일상을 살아가고 있다.

그래 이곳은 그 사람의 일터고 저건 일상이니까. 그래 저렇게 웃어야지 환자도 돌볼 수 있지.

사소한 저 사람의 일상.

하지만 그 사소함이 비수처럼 유정의 마음을 파고든다.

'아프고 죽어가는 나만큼 절실하지 않다. 그 누구도!!'

그 순간 병원을 지나다니는 모든 사람들이 다르게 보인다.

모두 각자의 삶.

모두 자기 자신만을 생각한다.

그것이 당연하다.

그래 모든 것은 자기 자신을 위해서다.

하지만 유정과 지선은 왜 자신의 일을 남에게 기대고 있는가?

왜 이민수 부회장이 당연히 해결해 줄 것이라고 믿고 있는가?

그 순간 모든 것이 명확해진다.

베풀어주기를 기다리고, 누군가가 해결해 주기만을 바라고.

하지만…… 그게 아니다.

모든 것은 스스로 해결해야 한다.

남은 그 어떤 것도 해결해 주지 않는다.

이민수 부회장도 남.

그에게 노동자가 죽어나가는 것은 남의 일.

결국 최유정을 위해줄 수 있는 사람은 최유정뿐.

유정은 그날부터 진보적 언론사와 시민 단체들을 찾아다니기 시작했다.

태경은 천천히 걸어서 지민의 앞에 섰다. 그리고 지민에게 묻기 시작했다.

"지민 양."

"네."

"3년 전. 산에는 혼자 갔습니까?"

"네."

"친구도 없이 혼자서요?"

"친구랑 가면 혼자가 아니죠."

"무섭지 않았습니까?"

"네."

"그렇군요. 그렇게 가끔 산에 갑니까?"

"자주 가요."

"밤에도 갑니까?"

"답답할 때면유."

태경이 놀랍다는 표정을 지으며 돌아서서 배심원단을 바라보며 동의를 구한다.

소녀가 혼자 산으로? 그것도 밤에?

"왜 그렇게 산으로 가는 거죠? 그것도 밤에."

"답답하니까유."

"그 답답하다는 것이 어떤 뜻이죠?"

"그냥 가슴이 꽉 맥히는 것처럼 답답해유."

"아…… 늘 그런 편인가요?"

"아녜유. 그런 건 아니에유."

"진단을 받은 적이 있나요?"

"네?"

"아 그러니까 병원에 가서 어떤 병인지 알아본 적이 있나요?"

"아니유."

"음. 그럼 혹시 정신적인 문제……."

준미가 더 이상 참지 못하고 박차고 일어서 소리친다.

"재판장님!! 변호인은 지금 아직 미성년자인 소녀에게 문제가 될 수 있는 질문을 하려 하고 있습니다!"

"아직 말을 끝내지도 않았습니다."

재판부는 잠시 지켜본다.

"혹시 정말 문제가 있는 거 아닙니까?"

태경이 배심원단을 바라보며 의심스러운 표정으로 묻는다. 배심원단도 점점 술렁인다. 준미는 주먹을 쥔다. 걱정되고 초조한 나머지 너무 서둘렀다. 그러다 오히려 배심원단을 더욱 의심하게 만들었다. 패착이다. 잠시 기다려야 한다. 그 순간이 올 때까지 차분하게. 아직 승부는 시작되지 않았다.

태경은 여기서 제대로 겨누기로 한다. 그리고 배심원단과 재판장들을 번갈아 바라본다.

"만약 문제가 있다면…… 그런 상태로, 그것도 미성년인 아이를 법정으로 끌어낸 것은 검찰 측의 무리수가 아닐까요?"

법정이 조용해진다. 다시 분위기가 쏠린다. 태경이 그대로 치고 나가기로 한다. 준미는 수시로 찾아드는 초조함을 누르며 타이밍을 노린다.

태경이 지민과 눈을 맞춘다. 그리고 천천히 다가간다.

"혹시 지민 양의 그 답답함이 부모님의 직업과 관련이 있나요?"

"!!!"

준미의 반격을 예상했는데 의외로 조용하다. 태경은 의구심을 뒤로하고 계속 파고든다.

"부모님이…… 무속인이시죠?"

"네."

"그러니까 신내림을 받고 그러셨죠? 어머니가?"

"네."

사람들이 웅성거린다. 하지만 지민은 여전히 맑은 눈으로 태경을 바라본다.

"네. 맞아유."

"그럼 오지민 양도 스스로 그 신의 존재를 믿나요? 어머니가 믿는 그 신."

"네. 믿어유."

됐다. 보수적이거나 기독교적인 배경이 있는 배심원단의 거부감은 충분히 끌어냈다.

"그럼 그 신의 존재를 몸 안에서도 느끼나요?"

"네."

"그 신이 지민 양에게 뭔가를 알려주고 그러나요?"

"네."

태경이 회심의 미소를 짓는다. 그리고 천천히 그 멋진 중저음의 목소리로 말한다.

"오준현 사장이 죽는 그 장면도 신이 알려준 건가요?"

지민이 잠시 동안 가만히 있는다. 모두가 지민을 바라본다. 그사이 지민이 천천히 입을 열었다.

"아녜유, 지가 봤어유. 직접."

태경이 웃는다.

"동네 분들 말로는 지민 양이 현실과 환상을 잘 구분 못 한다고 하던데?"

"아녜유. 지는 구분할 수 있어유."

"동네 분들의 증언을 증거로 제출합니다. 그리고 제가 간단히 이야기하자면요. 마을에 사는 장원준 씨는 이렇게 기억합니다. 비 오는 날 오지민 양이 비를 쫄딱 맞은 채 갑자기 앞에 나타나 벼락을 맞을 것이다, 라고 소리쳤고, 이말순 씨는 오지민 양이 동네 앞 다리에 올라가서 마치 작두를 타듯이……."

"그만해유!! 다 거짓말이에유!! 다 거짓말!!!"

방청석에서 이선녀가 소리친다.

"몽땅 다 거짓말이라구유!!!"

법정 경위가 제재한다. 지민이 그런 자신의 엄마를 멍한 눈으로 바라본다.

한기철 판사가 지민에게 묻는다.

"지민 양, 불편하면 여기서 멈출까요?"

지민이 사람들을 바라본다. 모두 의심이 가득한 눈으로 자기를 보고 있다. 늘 그랬다. 어머니의 직업을 알고 나면 그런 눈으로 변했다. 익숙하다. 하지만 여전히 아프다.

"아녜유. 계속할게유."

태경은 분위기가 슬슬 넘어오는 것을 느끼며 앞으로 나아간다. 그리고 지민을 본다.

이 아이 흔들리고 있다. 자, 여기서 지민의 본성을 끌어낸다. 그리고 끝낸다.

태경이 지민에게 더 가까이 다가간다.

흔들리는 아이. 숨을 몰아쉬는 아이. 자 몰아붙이자!

"지민 양은! 그 동네에서 정말 기이한 일을 많이 하고 다녔습니다."

다시 떠는 지민. 아프다.

"그걸 목격한 마을 사람들이 있구요!!!"

배심원단이 지민을 바라본다. 그리고 눈빛으로 묻고 있다. 니가 한 말 믿을 수 있니?

태경은 모두의 궁금증을 대신해 묻는다.

"지민 양의 말은 정말 믿을 수 있는 건가요?"

"!!!"

"정말 오준현 사장을 봤습니까?"

흔들린다. 아직 어린 소녀. 떨고 있다.

"정말 저기 있는 저 사람이 오준현을 죽이는 것을 보았습니까?"

몸까지 떨고 있다.

"그동안 지민 양이 해온 많은 행동처럼. 그냥! 자신의 상상과 현실을 구분하지 못하는 거 아닌가요?"

알 수 없는 눈빛. 몸을 점점 떨기 시작하는 지민. 몰아붙여야 한다. 여기서 끝내자.

"지민 양은 혹시 신내림을 받은 거 아닌가요?"

방청석에서 누군가가 소리치고 소란을 피우지만 들리지 않는다. 몰입한다. 자, 끝이다.

"그 신이 지민 양에게 이 모든 걸 들려주고 있는 거 아닌가요?"

눈을 감는 지민.

그래, 니 다른 모습을 보여!

여기 있는 모든 사람들에게 보여줘!

니가 어떤 아인지.

지민이 눈을 뜬다.

그리고.

"너 이동일이지?"

이동일은 천천히 고개를 돌린다. 그곳에 그 사람들이 있었다. 대어를 낚는 데 정신이 팔려서 자신에게 다가오는 사람들의 존재를 잊은 것이다.
"맞지? 이동일."
"아닌데요."
"동일아."
그때 뒤에서 고개를 돌리고 있던 한 남자가 이동일을 바라본다.
"나야, 성태 형."
송엔터에서 함께 일했던 최성태.
"시발, 니가 튀어서 우리가 얼마나 개고생했는 줄 알아?"
"아 형…… 그게 미안해."
"까고 있네. 개소리하지 말고 앞장서. 대표님이 너 존나 기다린다. 지금."
"!!!"
안 된다. 따라가면 살아남을 수 없다.
"형 잠깐만. 나 짐 좀 챙기고."
"미친놈이 분위기 파악 못 하고."
"형 잠깐만. 이것 봐. 나 엄청난 대어 낚았어."
"야, 이 새끼가 빨리 앞장서라고!"
그러면서 최성태가 이동일 쪽으로 다가온다. 그 순간 이동일이 최성태를 저수지 쪽으로 밀어 넣어버린다.
풍덩!
물속에 빠진 최성태가 허우적거린다. 그 순간 이동일이 달린다. 산속으로 달린다.
"거기 서! 개새끼야!"
남아 있던 사람들이 추격을 시작한다.
이동일은 달리기라면 어릴 때부터 자신이 있었다.

산 위를 향해 달린다.

어느새 물속에서 나온 최성태와 깡패들이 따라붙기 시작한다.

그들은 좌우로 흩어져 이동일을 죄어온다.

동일은 저수지 북쪽에 있는 절벽 쪽으로 달려간다.

아찔하게 솟아 있는 절벽.

돌아보자 동일을 따라오는 추격자들.

동일이 절벽을 오르기 시작한다. 발밑의 돌 부스러기들이 저수지 아래로 떨어진다.

퐁당! 풍덩!

계속 올라간다.

그 절벽을 넘어서면 부안군으로 이어지는 산이 나온다. 그 산을 타고 도주한다. 이번에 도주하면 절대 잡히지 않는다. 완전히 숨어야 한다.

하지만 이 절벽은 너무나 가파르다. 발을 디디고 서는 순간 돌들이 미끄러져 내린다.

숨을 몰아쉰다.

어릴 때부터 나무와 벽을 잘 기어올랐다.

아래서 최성태 일당이 어찌할 바를 모르고 소리친다.

"내려와! 내려오라고 이 새끼야!!!"

최성태 일당은 절벽 아래쪽에서 발을 동동 구르며 올려다본다. 도저히 올라갈 엄두가 나지 않는다. 바라볼 뿐이다.

돌을 던져본다. 그중 몇 개가 이동일을 맞히지만 이동일이 더 위쪽으로 올라가자 더 이상 그곳까지 닿지 않는다.

최성태가 절벽 위로 가는 다른 길을 찾는다.

저 멀리 돌아서 올라가는 길이 보인다.

"야, 너는 저 옆쪽으로 올라가!"

두 명이 그쪽으로 달려간다. 나머지는 아래서 이동일이 떨어지기를 기다린다.

이동일은 한 발짝 한 발짝 내딛는다. 그러나 위로 올라갈수록 발 디딜 곳은 마땅치 않고 돌이 부스러져 아래로 떨어진다. 돌을 잡고 있는 손에서는 힘이 점점 빠져나간다. 잠시 쉬고 싶지만 기댈 데가 없다. 앞으로 나가야 한다. 그렇지 않으면 아래로 떨어져 저수지에 빠지게 된다. 올려다보는데 위쪽으로 조금 숨을 고를 수 있는 난간이 보인다. 그러나 닿지 않는다. 결국 부스러지기 쉬워 보이는 저 앞 돌무더기를 밟고 도약해야 한다.

'저 돌무더기가 버틸 수 있을까?'

이동일이 매달려 있는 지금 이 순간에도 수시로 돌이 부스러지며 떨어져 내린다.

하지만 점점 손에서 힘이 더 빠져나가고 있다. 올라가야 한다.

더 늦어선 안 된다!

이동일은 순간 빠르게 움직여 그 돌무더기를 밟고 그 반동으로 위쪽으로 솟구쳐 오른다. 아슬아슬하게 버텨주던 돌무더기가 아래로 부스러지면서 떨어진다. 그 바람에 위로 올라가던 이동일이 비틀거린다. 하지만 겨우 위쪽 돌난간을 움켜쥐었다. 그리고 버둥거린다.

아래쪽에서 소리친다.

"그만하고 내려와, 이 새끼야!"

하지만 동일은 팔에 남은 마지막 힘을 짜내서 위로 올라간다.

겨우 난간에 도달했다. 숨을 몰아쉰다. 팔에서 끊어질 듯한 고통이 전해진다. 조금만 늦었다면 아래로 추락했을 것이다.

그러나 여유는 없다. 추격자들이 달려오고 있었다.

위를 본다. 남은 것은 10여 미터. 단숨에 올라가야 한다. 동일은 다시 돌의 틈을 디디고 올라서서 위를 향해 나아간다. U 자로 굽은 마지막 코스가 위험하지만 바로 나아가기로 한다. 코스에 맞춰 자신의 몸을 굽혀 올라간다. 드디어 정상이 보인다.

그리고 안전해 보이는 곳을 잡고 올라서는데…….

퍼석!

돌이 쪼개진다.

안 돼!

돌이 떨어지기 직전이다. 동일은 주변을 살펴 다른 잡을 만한 곳을 보는데 없다!

끝인가?

퍼석! 퍼석!

돌이 갈라지면서 떨어진다.

그때 위에서 한 남자가 동일의 팔을 잡는다.

"찾았구나, 바늘."

이 사람은 누구인가?

이동일은 두려운 표정으로 그 남자를 바라보았다.

소녀의 반격

법정의 모든 사람들이 지민의 입을 바라본다.

떨리는 그녀의 몸. 그녀의 눈빛. 불안정한 눈빛.

됐다! 어서 소리쳐! 니 진짜 모습을 드러내!

지민이 드디어 입을 열었다.

"아저씨, 저는 사람이 죽는 걸 봤어유."

"!!!"

"제 두 눈으로 똑똑히. 지는유, 그걸 본 후로 제대로 된 잠을 잔 적이 없어유."

"그래서 우리는 더 의심하고 있는 겁니다! 그렇게 두려움은 영혼을 잠식하는 법이죠! 지민 양이 너무 두려운 나머지……."

"그러니까 제가 미친년인지 아닌지 그게 궁금하신 거잖아유!!! 그츄?"

"!!!"

"아녀유!!! 아니라구유!!! 저는 미친년이 아니라구유!!!"

"지민 양, 흥분하지 말고."

"아저씨! 얄궂은 말로 자꾸 자기더러 정신 이상하다고 그래보셔유! 흥분 안 하겄씨유?!"

"아니 그게……."

"세상 사람들은 무당이 무슨 맨날 빙의해 가지고 귀신 보고 그러는지 아는데유. 그거 아니에유. 저는 현실하고 환상을 분명하게 구분할 줄 알아유. 저도 보통 사람하고 다를 바가 없어유. 저 아이폰도 써유. 아이폰."

구수한 사투리와 천연덕스러운 태도. 이 소녀가 법정 분위기를 미세하지만 자기 쪽으로 끌어가고 있었다. 태경은 조금 당황한다.

"하지만 동네……."

"아, 그 어른들유. 그 어른들은 지를 싫어해유. 지만 보면 맨날 뭐라고 하고 그래유. 그러다 보니께 저도 인사도 안 하고 그래유. 그냥 중2 때부터는 인사하기가 싫더라구요. 맨날 나보고 잔소리하고 우리 엄마 무당이라고 흉보고 그래서유. 저도 그 어른들 싫어유. 그러면 안 되나유?"

"!!!"

무섭게 사람들을 빨아들이고 있다. 이 흡입력. 서서히 좌중을 압도해 나간다. 마치 방언처럼 터져나가는 지민의 말. 묘한 운율과 리듬. 끌려들어간다. 홀리듯이.

"그리고 비 맞고 돌아댕기는 거는 우리 동네 비는 깨끗하거든유. 히히. 그리고 다리 난간에 올라가는 건 그 다리 얼매 높지도 않아유. 한 내 키 정도? 폴짝 뛰어내릴 수 있는 수준이랑께유. 아래는 개울물이 졸졸 흐르구요. 너무 과장들 하셨네유. 그리고 우리는 작두 안 타유. 어유. 무서워서 그거 어떻게 타유?"

방청객에서 웃음이 터진다. 완전히 사로잡는다. 입담, 흡입력, 매력.

여배우의 황홀한 모노드라마 같다.

태경은 놀라서 멍해진다.

정신 차릴 새도 없이 모두가 홀린 것이다.

지민이 방청객과 배심원과 그리고 재판관을 차례로 바라본다. 그리고 다시 태경을 본다.

"그리구유 저는 이렇게 생각해유. 그 어른들이 지를 미친년처럼 보는 건 편견이고 차별이라구유. 만약에 지가 믿는 것이 그 어른들 말대로 다 미신이고 잘못된 거라면 지가 공부해서 더 세상을 알면 그때는 안 믿을게유. 하지만 지는 지금껏 자라나면서 기댈 수 있는 건 그것뿐이니께. 지가 모태 신앙이잖유. 저두 기댈 데가 필요하구요."

사람들 모두 고개를 끄덕인다.

"!!!"

"그라구유 고등학교 정치 책에도 나와유. 대한민국의 모든 국민은 종교와 나이 같은 거에 의하여 차별을 받지 아니한다구유. 변호사님은 똑똑하신 분이니께 더 잘 아실 거 아녀유. 근데 지금 변호사님이 저를 미친년으로 보는 이유는!!! 제가 무당 딸이고! 제가 어리다! 그거뿐이잖유. 그츄? 지를 그렇게 너무 빨간 눈으로 보지 마셔유. 호호호."

그리고 정색해서 태경을 본다.

"지가 미친년이라는 증거를 대보셔유!!!"

"!!! 아니 나는 그게……."

태경이 당황해서 말조차 버벅거린다. 준미가 그런 태경을 웃으면서 바라본다.

"이해해유, 변호사님. 이겨야 하시니까. 근데 목소리 너무 근사하시네유. 멋있어유."

다시 웃음.

이 아이가 완전히 태경을 가지고 논다. 태경을 바라보는 그 눈빛. 뚫어버릴 것 같은 눈빛.

너는 대체 누구니?

지민이 똑바로 태경을 바라본다. 태경은 순간 눈을 피한다. 뭔가 있다, 이 아이.

"그라구 지보고 자꾸 오준현이라는 아저씨가 죽은 거 봤냐 정말 봤냐 그러시는데…… 진짜 봤어유."

그리고 갑자기 두려움에 떠는 표정이 된다. 그리고 그녀의 눈에서 흘러내리는 눈물.

"그거 보고 사실 너무 무서워서!! 잠도 못 자고 덜덜 떨었어유. 맨날 꿈에 나타나고."

"!!!"

"그리고 지는 지금 너무 힘들어유. 여기 계신 분들도 생각해 보셔유. 만약에 눈앞에서 사람이 죽는 걸 봤는데 그걸 말할 수도 없었는데…… 지가 지정신일 수 있겠어유?"

배심원들을 완전히 자기편으로 끌어들인다. 가장 무서운 힘. 흡입력. 자신에게 감정을 이입시킨다.

"근데 자꾸 지보고 그런 식으로 미친년으로 몰아가면 지는 더 아프지유. 어른이신데 그러면 안 되잖아유. 사람들 앞에서. 지가 미친년이 아니라는 걸 뭐 증명하는 조사가 있으면 지가 할게유. 예, 그럴게유. 지는 할 말 다 했어유."

순간 모두 소녀에게 압도당한다.

그래. 그랬다.

이것은 하나의 황홀한 굿판이었다. 그리고 그 말이 기억났다.

최고의 배우들은 배우가 아니었다면 무당이 되었을 거라고.

준미는 겨우 안도한다.

"검사님, 지를 믿으세유. 저는 미친년도 아니구 저 멘탈 쓰레기도 아니에유."

그렇게 말했을 때 의심했었다. 그래서 태경이 어떻게 나올지 미리 알려주고 어떻게 해야 하는지에 대해서 세세히 이야기했을 때도 의심했었다. 하지만 생각보다 저 아이는 강하다. 준미는 눈물이 날 것 같았다.

반면에 태경은 멍하니 서 있을 뿐이다. 이 아이를 몰아세우는 것은 불가능하다. 이미 모두의 호감을 샀다. 잊고 있었다. 사람들을 편견과 증오의 틀에 가두는 것은 쉽다. 하지만 그 사람이 가진 인간적 매력이 부각되어버리는 순간 그 틀은 부서진다.

이 아이의 인간적 매력. 순수하고 천연덕스러운 그 느낌. 그리고 구수하고 거부감 없는 충청도 사투리까지.

"변호인?"

재판장의 부름에 태경이 겨우 정신을 차린다.

"신문 끝났습니까?"

하지만 여기서 물러날 수는 없다.

"아뇨, 재판장님. 아직 끝나지 않았습니다. 지민 양의 이야기는 매우 감명 깊게 그리고 감동적으로 들었습니다. 빨려 들어갈 것 같습니다. 하지만 지민 양의 이야기는 모두 그녀의 시점으로 진술된 것입니다. 오직 그녀만 그걸 봤습니다. 그렇다면 우리는 그녀의 정신적인 상태에 대해 좀 더 면밀히 따져보아야 합니다. 정신감정을 요청하는 바입니다."

준미가 박차고 일어선다.

"지민 양은 이미 논리적이고 명확한 진술을 했습니다!"

"그녀의 이상행동을 증언하는 수많은 진술들이 있습니다! 우리는 그걸 하나하나 더 자세하게 따져봐야 합니다!!!"

태경이 배심원들에게 돌아선다.

"저는 무당 딸이라서 어려서 이 아이를 의심하는 것이 아닙니다! 여기 있는 이 객관적인 증거! 진술! 사람들의 평가에 대해서!! 좀 더 세밀하게 따져봐야 한다는 겁니다!"

준미가 주먹을 꽉 쥔다. 끝까지 물고 늘어질 생각이다. 하지만 그렇게 진흙탕으로 간다면, 정말 그렇세 간다면. 불리하다.

지민이 그 스트레스를 끝까지 견딜 수 있을까? 배심원들이 점점 더 아이를 이상하게 보지 않을까?

한기철 판사가 입을 열었다.

"정신감정은 변호인이 제출한 증거들을 면밀한 살펴본 후에 재판부가 결정하겠습니다. 다음 재판은 일주일 후 같은 시각에 속개하겠습니다. 이상입니다."

재판이 끝나고 태경은 방청석 쪽을 본다. 현 회장의 비서 장윤선이 태경을 노려보고는 재빨리 빠져나간다. 이 상황이 곧 현 회장에게 보고될 것이다.

곤란한 상황.

쉽지 않은 재판이 될 것이다.

양철기가 태경을 본다.

"어떻게 된 거야?!"

"뭘 어떻게 돼? 뭐 된 거야."

법정 경위들이 양쪽에서 잡자 양철기가 소리친다.

"이태경!!! 자세히 말해 봐!! 말해 보라고 이 새끼야!!!"

태경은 차갑게 돌아서고, 양철기는 법정 밖으로 끌려 들어간다. 그 순간 모든 현실이 양철기의 피부에 와 닿는다.

살인!

'그 죄를 혼자 뒤집어써야 하나?'

'형량이 얼마나 되지?'

'그때 서준미 검사가 제안했을 때 받아들였어야 했나?'

'지금은 늦었나?'

'현 회장이 나를 구해 줄까?'

'아니다. 그는 언제든지 나를 잘라버릴 것이다!'

'뭐 나를 믿어? 이태경 이 개새끼!'

양철기는 엄습해 오는 두려움과 싸우기 시작했다.

양철기는 숨을 몰아쉬며 생각한다.

'만에 하나 나를 잘라낸다면 절대 나 혼자 당할 수는 없다! 절대 그럴 수는 없다. 나 혼자 당하지는 않아!!'

두려움이 임계점을 넘어선다.

그 후로 남자는 가끔씩 내려왔다. 두 사람은 조금씩 가까워졌다.

"항상 CCTV 화면 속 당신을 바라보면서 어떤 사람일까 궁금했어요."

"어떤 사람이에요, 나는?"

"그냥 사람. 보통 사람."

'사람. 보통 사람. 나는 보통 사람. 나를 사람으로 보기 시작했다는 것은 어느 정도 끌려왔다는 것이다.'

게임을 시작한다.

"나 이전에도 이곳에 사람이 있었죠?"

"!!! 어떻게 알았죠?"

"그 사람의 흔적을 봤어요."

"……."

"그 사람 어떻게 됐나요?"

"……죽었어요."

"나도 그렇게 되겠죠?"

남자는 눈을 맞추지 못한다.

"맞죠? 날 죽이겠죠?"

"네."

"당신 그걸 그냥 보고만 있을 건가요?"

남자는 움츠린다. 영미는 멈추지 않는다.

"……나를 도와줘요! 제발."

남자가 나가려 한다. 눈을 피하면서. 그때 영미가 잡는다. 필사적으로. 이 남자를 놓쳐서는 안 된다. 이 남자는 마지막 동아줄이다.

"날 내보내 줘요."

"방법이 없어요."

"제발! 생각해 봐요!"

“나가도 아무도 당신 말을 믿지 않을 거예요!!!

“아뇨! 믿을 거예요.”

“어떻게요?”

“증거를 찾았어요!”

“!!”

영미가 카펫을 들추고 작은 비닐 봉투를 꺼낸다. 그 속에 머리카락 몇 개가 담겨 있다.

“그의 머리카락이에요!”

“!!!”

“내가 그에게 갇혀 있지 않았다면! 어떻게 그 사람의 머리카락을 가질 수 있었겠어요. 그리고 내 몸. 내 몸에 남기는 그의 흔적들. 그것들이 모든 걸 증명할 거예요. 증명할 수 있어요! 반드시! 그러니까 제발 나를 도와줘요! 네?”

“하지만 당신이 나가면 나는 무사하지 못해요!”

다시 남자가 피해서 나가려 한다. 영미가 남자를 잡아서 돌려세운다.

“날 봐요! 나를!”

남자가 그제야 영미를 본다.

“나를 봐도 아무런 감정이 없나요? 아무런 느낌이 없나요?”

“!!!”

“응?”

혼란스러운 남자의 표정.

“하지만 당신은 이곳에서 나가기 위해서 나를 이용하려는 거잖아요.”

“아뇨! 아무리 갇혀 있어도 그 정도는 구분할 수 있어요. 내 감정. 느끼고 있어요. 이런 감정 알아요. 이건 사랑이에요."

영미는 남자의 손을 자신의 가슴에 가져다 댄다. 숨을 몰아쉬었기 때문에 가슴이 뛴다. 남자의 눈이 흔들린다.

영미는 최대한 촉촉한 눈빛으로 남자를 본다. 몰입한다. 이래도 지난 몇 년간 연기 연습에 올인했던 영미다. 연기력이 빛을 발하기 시작한다.

사랑에 빠진 여자의 눈빛.

남자가 영미를 바라본다. 안는다.

쿵쾅쿵쾅.

남자의 심장 소리가 느껴진다.

됐다!

남자가 영미를 떼어내서 본다.

"밖에 나가서도 변하지 않을 거죠?"

"그럼요. 당연해요!"

"정말이죠?"

"그래요. 난 당신을 사랑해요."

남자가 영미에게 키스한다. 영미는 눈을 감고 받아들인다. 점점 굳어지는 몸을 최대한 풀고 몰입하기 위해 노력한다. 무조건 살아나가야 한다. 더 적극적으로 남자의 목을 양팔로 감는다. 그리고 밀착한다.

긴 키스가 끝난 후 감정에 몰입한 남자가 영미를 바라본다.

"당신 조금만 기다려. 내가 반드시 꺼내줄게. 조금만 참고 있어! 내가 방법을 찾아볼게. 우리 둘 다 무사히 빠져나가는 방법을!!"

그리고 남자가 초조한 표정으로 시계를 본다.

"나가야 할 시간이야!"

남자가 나가고 난 후 영미는 떨리는 마음을 주체할 수가 없었다.

나간다. 나간다. 나간다. 나간다. 나간다. 나간다. 나간다. 나간다.

나는 나간다. 나갈 수 있다. 곧 나간다. 하늘도 바라보고, 바람도 느낄 수 있고, 친구들과 수다도 떨고, 떡볶이도 먹을 수 있다. 다시 연기를 할 수 있다. 그리고 무엇보다 할머니와 엄마를 만날 수 있다.

기다려라.

조금만 기다려라.

나는 나간다.

37살.

청춘이야 지나갔다 하겠지만 인생은 또 다른 전성기를 앞두고 있다. 사회적 성공도 안락한 삶도 사랑하는 여자와의 삶도 모두 눈앞에 있었다.

하지만 지금 그 모든 것을 잃기 직전이었다.

그는 폭력에 이어 다시 살인죄로 기소되었고, 재판은 점점 더 불리하게 돌아가고 있다. 양철기 본인이 법률 전문가는 아니지만 그도 지금까지 여러 차례 법정을 들락거리며 이런저런 재판을 받아왔다. 재판 진행 과정을 보면 대략 견적이 나오는 것이다.

이 재판은 진다.

그럼 그는 모든 죄를 뒤집어써야 한다. 혼자서 뒤집어써야 하나?

아니다. 현 회장에 대해 불어야 한다.

하지만.

현 회장이 가만히 있을까?

가족들은? 그리고 윤정이는?

현 회장이 가만히 둘까?

무사할 수 있을까?

아니다.

절대 그냥 둘 리 없다. 그들을 볼모로 잡고 협박해 올 것이다. 그리고 모든 죄를 뒤집어쓰게 할 것이다. 지금까지 그런 경우를 많이 보아왔다.

지금 살인죄가 확정되면 몇 년이나 살아야 할까?

전과도 있고 하니 아무리 짧아도 10년. 나가면 오십 줄을 바라보게 된다.

인생의 황금기를 감옥에서 보내게 된다.

그럴 수는 없다.

한 번뿐인 소중한 인생을 이렇게 끝낼 수는 없다.

더 이상 이태경과 현 회장만 믿고 기다릴 수는 없다.

그들 모두 자기만을 생각할 것이다.

내 몫은 내가 챙긴다.

그때 서준미 검사의 제안이 떠오른다.

지금이라도?

그래 늦지 않았다. 제안을 받아들이고 최대한 형량을 줄이자. 그리고 가족을 보호해 달라고 하자. 그런 조건으로 모든 것을 말하겠다고. 윤정에게 이야기해서 현금과 무기명 채권은 빼돌려두라고 해야겠다. 현 회장을 늪 속으로 가라앉히고 밟고 올라서야 한다. 늦어서는 안 된다. 최대한 빨리. 현 회장이 손쓰기 전에.

양철기가 복도의 교도관을 부른다.

"서준미 검사를 만나게 해주세요!"

현 회장은 황룡건설 법무팀으로부터 보고를 받고 있었다.

"아무리 이태경 변호사라도 어려울 것 같습니다."

현 회장은 긴 한숨을 내쉬며 의자 뒤로 기댄다. 잠시지만 아찔함이 느껴진다. 서준미의 칼끝이 목을 겨누는 것 같은 기분이 들었다.

법무팀장이 두려운 얼굴로 현 회장을 본다.

"서준미 검사. 정말 보통이 아닌 것 같습니다."

"그래, 알겠다. 너는 가봐라."

"예, 회장님."

현 회장은 조용히 한숨을 내쉰다. 너무 두고 봤다. 조용히 스무드하게 처리하려다가 결국 위기를 자초했다.

결국 이 문제의 근원에는 서준미가 있었다.

어떤 방식으로든 그 근원을 제거해야 한다.

조심스럽게 해결하려다 일만 키웠다.

결국 그 일을 해야 하나?

가장 피하고 싶은 일.

가장 피해야 하는 일.

그것은 바로 검찰에 손을 대는 일이다.

가장 무서운 공권력.

서로 적대시하다가도 조직원이 다치거나 위기에 처하면 절대 용납하지 않는다. 그것은 조직의 권위를 건드리는 일이기 때문에.

반면에 검찰 조직의 품위나 권위를 훼손하는 검사는 가차 없이 쳐낸다.

어떻게 보면 깡패 조직과 매우 흡사하다.

서준미.

쉽지 않다.

현직 검사.

자칫하다가 검찰 조직 전체를 적으로 돌릴 수도 있다.

차분히 생각에 잠긴다.

하지만 아무리 생각해도 결국 그 방법뿐이다.

현 회장은 결심을 굳혔다. 비서 장윤선을 부른다.

"네, 회장님."

"서현철 전 대법관."

"아, 네."

"약속 좀 잡아라."

"알겠습니다."

"돈 좀 두툼히 준비하고."

"네."

장윤선이 나가고, 현 회장은 웃었다.

돈의 힘을 시험할 시간이었다.

위기

양철기는 신문실에서 준미와 마주 앉아 있었다.

톡…… 톡…… 톡.

준미는 아무 말도 없이 볼펜을 탁자에 대고 두드리며 양철기를 바라본다. 양철기는 초조한 표정으로 준미를 본다. 준미가 먼저 입을 열어주기를 기다리고 있다. 그러나 준미는 말이 없다. 양철기는 기다린다. 조급해져서는 안 된다. 그게 협상의 기본이다. 기다리자.

그런데 그때 준미가 늘어지게 하품을 하더니 서류를 챙겨 일어선다.

"!!! 검사님!"

준미가 양철기를 본다.

"왜요?"

"어디 갑니까?"

"집에요."

"!!!"

"피곤해요. 제가 한 달에 처리해야 하는 사건이 몇 건인지 아세요? 저 엄청 바쁜 사람입니다. 그런데 이렇게 불러다 놓고 묵언수행할 거면 왜 불렀어요? 정말 나 좋아합니까? 미안한데 그쪽은 전혀 내 스타일이 아닌데?"

결국 양철기가 먼저 입을 연다.

"……저기 그게 그때 말씀했던 그거……."

"그거? 그거 뭐요?"

"저 제가 증언을 하면 형량을 줄여주신다는 그 제안 말입니다."

"이봐요, 양철기 씨. 재판하고 연애하고 가장 비슷한 게 뭔지 알아요?"

"!!"

"타이밍이에요. 이미 버스 떠나갔어."

준미가 돌아선다.

"잠깐만요! 잠깐만! 당신이 아는 건 전부가 아니야. 아주 일부분이라구요."

양철기는 조급한 표정을 감추지 못한다.

회심의 미소를 지으며 준미가 다시 돌아선다. 미소를 지우고 일부러 담담한 표정으로 양철기를 바라본다.

"뭐라구요?"

"검사님이 알고 있는 건 아주 작은 부분에 불과합니다."

"누구 이야기죠?"

"당신이 진짜 노리고 있는 바로 그 사람."

준미가 웃는다.

"누구?"

"현 회장."

드디어 제대로 걸었다.

"그 사람에 대해 이야기할 건가요?"

"모두."

"좋아요."

"대신 조건이 있어요."

"무슨?"

"지난번처럼 형량을 감해주고, 우리 가족들을 보호해 줘요. 그럼 내가 아는 걸 전부 말하겠어요."

"음, 감형이라……. 그런데 어쩌나. 사실 우리나라에는 범죄자의 형량을 두고 협상을 할 수가 없어요. 불가능해."

"!!! 뭐야? 거짓말한 거야?!"

"네."

양철기가 일어선다. 그런 양철기를 보며 준미가 차갑게 말한다.

"하지만 우리가 최대한 당신 편의를 봐줄 수 있어. 판사에게 좋게 이야기해 주고 최대한 적게 구형해 줄 수는 있어."

"또 장난질이야? 내가 그따위 개소리에 넘어갈 거 같아?"

"넘어가지 않을 수 없을걸?"

"!!!"

"지금 이대로 재판 가면 몇 년 떨어질 거 같아? 무기? 혹은 사형?"

"!!!"

"지금 현 회장하고 엮여서 들어가면 아마 다시 바깥공기를 맡기 어려울 거야."

"!!!"

"그런데 우리와 엮인다면! 모든 것이 달라지지. 그 모든 사건에 대해서 당신은 지시를 받고 강압과 강요에 의해서 한 것이 될 거야. 왜? 우리가 그렇게 조사할 거니까. 당신이 후회하고 우리 수사에 최대한 협조했다고 판사한테 말해 줄게요. 그리고 몇 가지 덮을 수 있는 죄들은 우리가 기소하지 않을게. 그게 무슨 의미냐고? 대한민국에서 기소를 할 수 있는 건 우리 검찰밖에 없어! 기소하지 않으면 당신도 죄가 안 돼."

"!!!"

"가족의 신변도 최대한 보호해 주지. 그리고 당신이 자백만 한다면 우리는 곧 현 회장을 살인 교사 혐의로 엮을 거야. 그럼 현 회장은 더 이상 힘을 쓸 수 없게 돼. 그렇게 걱정하지 않아도 된다는 거지."

"형량은?"

"그렇게 확답은 못 해. 대신 법무부에게 추천서를 써줄 거야. 매우 훌륭한 태도로 수사에 협조했다고. 가석방에 많이 유리할 거야."

"……."

"솔깃하지?"

"현 회장을 따르는 사람들이 많아요."

"증언만 해! 우리가 다 엮어줄 테니까."

"좋아요. 대신 각서를 써줘요. 검사님이 말한 내용을 지키겠다는."

"미안하지만 그따위 각서 써줄 수 없어!"

"젠장! 그럼 난 뭘 믿고 내 모든 걸 던지라는 겁니까?

준미가 웃는다.

"이봐요, 양철기 씨. 지금 당신에게 선택권이 있나요? 막다른 골목 아닌가? 그 늪에서 빠져나오려면 내 손을 잡는 수밖에 없을 텐데? 아닌가요? 양철기 씨."

준미가 웃으며 손을 내민다.

이 여자의 표정.

혹시 이 모든 것이 훨씬 오래전부터 계획된 것 아닐까?

양철기는 정말 이 여자가 무서워지기 시작했다.

"생각 좀 해봐요. 난 바빠서 이만."

양철기는 그날 새벽 준미와의 대면을 마치고 구치소로 돌아왔다. 구치소 방 안에 누운 그는 잠을 이루지 못하고 생각에 빠졌다.

어떻게 할 것인가? 현 회장인가? 서준미인가?

하지만 대답은 정해져 있다. 선택의 여지가 없다.

서준미.

준미의 말이 맞다. 지금 양철기가 기댈 수 있는 것은 서준미밖에 없다. 현 회장은 위기에 몰리면 양철기에게 희생을 요구할 것이다. 그 희생은 모든 걸 덮어쓰고 입을 다무는 것이다. 혹 그는 목숨을 요구할 수도 있다. 자신이 살기 위해서라면 무엇이든지 집요하게 요구하고 이뤄낼 것이다.

하지만 철기는 그렇게 사라져줄 생각이 없었다.

'내가 살아야 한다!'

그는 누워서 그동안 현 회장과 해온 일들을 생각한다. 천천히 그것들을 비싸게 팔 생각이다. 최대한 자신이 가진 정보를 활용하리라 다짐한다. 그리고 최대한 적은 형량을 살고 빠져나온다. 그리고 손을 턴다. 그는 비밀 금고에 들어 있는 그의 돈을 생각한다. 그 돈이면 아마도 남은 생은 큰 걱정 없이 안락하게 살아갈 수 있을 것이다.

살아남기 위해 현 회장을 밟는다.

그것이 철기의 생각이었다.

이동일은 절벽에서 그 남자의 손을 잡은 채 매달려 있었다. 나이가 들었지만 남자는 이동일을 놓치지 않는다. 하지만 근육에서 핏줄이 튀어나올 듯하다. 팔이 떨린다. 그리 오래 버티지는 못할 것 같다. 이동일이 발을 휘저어서 디딜 만한 곳을 찾아냈다. 겨우 그곳을 디디고 선다.

그 남자가 한숨을 쉬며 팔에서 조금 힘을 푼다. 그사이 이동일은 다른 손을 더듬어 튀어나온 곳을 잡는다. 겨우 몸을 가눌 수 있게 되었다. 그 남자가 잠시 팔을 쉰 다음 이동일을 본다. 그리고 말한다.

"내가 당기면 박차고 올라와."

그리고 그 남자가 당긴다. 이동일이 디딤발을 박차며 위로 오른다. 그렇게 해서 가까스로 절벽 위로 올라간다.

이동일이 숨을 몰아쉰다. 남자가 이동일을 바라본다.

"이동일 맞지? 내가 너를 얼마나 찾아 헤맨 줄 아냐?"

누군가?

그게 중요한 게 아니다. 일단 도망가야 한다. 잡혀선 안 된다.

그 남자를 바라본다. 늙은 이 남자 정도는 제압할 수 있지 않을까?

그래. 밀치고 나가자!

이동일은 남자를 향해 돌진해 나간다. 그러나 곧 바닥에 메다꽂힌다. 그리고 남자는 익숙한 솜씨로 이동일을 제압해서 어깨를 꺾는다.

"아! 아! 아파요!"

"가만히 있어!"

"당신 누구야?"

"서부서 장 형사다!"

형사!!

"장영미 어딨어?"

"!!! 당신이 그걸 어떻게?"

"계속 도망 다닐 수 있을지 알았어?"

그때 최성태 일당이 숨을 몰아쉬며 위쪽에 도착한다. 그리고 장 형사와 이동일을 본다.

"이봐, 영감. 그 친구 그만 내주시지. 우리가 저기서부터 몰고 왔거든."

"송엔터 건달들이냐?"

"뭐?!"

"나 서부서 장 형사야. 물러서!"

형사라는 말에 주춤한다. 그때 최성태가 나선다.

"이봐요, 형사님. 그 녀석은 우리가……."

"이 새끼야, 야부리 털지 마! 뭐 뺏어갈 거야? 와보든가?"

아무도 다가서지 못한다.

최성태 일당이 눈치만 보다가 뒤로 물러선다. 그리고 돌아선다.

장 형사는 이동일을 바라본다. 그토록 찾았던 이동일. 역시 과학수사니 뭐니 해도 형사의 직감과 끈질긴 추적을 무시할 수 없는 것이 바로 이런 이유 때문이었다. 단숨에 핵심에 도달했다. 이동일을 추궁하고 그로부터 일기장을 찾아서 면밀히 분석하면 장영미 사건을 해결할 수 있다. 고지가 눈앞이다. 얼른 서준미 검사에게 연락하고 싶다.

그때 이동일이 눈치를 보다가 다시 도망가려 한다. 장 형사가 재빨리 다리를 걸어버린다. 넘어진 이동일의 손목을 움켜쥔다.

"아! 아! 아파요!!!"

"아프라고 잡은 거야."

"왜 이러세요."

"왜 이러긴, 니가 주요 증인이니까 그렇지. 장영미 어딨어!?"

"……."

이동일이 한참을 고민하다 이야기를 하기 위해 장 형사를 본다.

"회장님, 아무래도 재판이 쉽지 않을 것 같습니다."

"와?"

"결정적인 목격을 한 여자아이가 만만치 않습니다. 아무리 이태경 변호사라고 해도 승리를 장담할 수 없을 것 같습니다."

장윤선의 보고에 현 회장이 피식 웃는다.

"그래?"

"네."

"우짜면 좋겠노?"

"서준미를 그냥 둬선 안 될 것 같습니다."

"우리 사이에 자꾸 빙빙 돌리지 말고 툭 까놓고 이야기를 해봐라."

"제거해야 하지 않을까요?"

"그래? 그라마 만재를 불러라."

정만재. 현 회장의 또 다른 심복이다. 한때 양철기 아래서 일하기도 했지만 다부진 일 처리가 현 회장의 눈에 띄어 현 회장의 직속으로 일하게 되었다. 이렇게 현 회장은 자신의 주변에 여러 명의 심복을 뿌려둔다. 그리고 이들끼리 서로서로를 감시하게 한다.

그리고 그 정만재가 하는 일은 단 하나.

쥐도 새도 모르게 사람을 처리하는 것.

그때 장윤선이 다시 말한다.

"그리고 회장님, 서현철 전 대법관과 약속이 잡혔습니다."

현 회장이 웃는다.

"그 사람 참 만나기 어렵다 그자? 자, 얼마나 고상한 분인지 함 만나보까?"

현 회장과 서현철은 인사동의 한 식당에서 마주하고 있었다. 6천 원 하는 비빔밥을 파는 식당이었다. 서현철은 검사 시절부터 불필요한 식사 자리를 극도로 피하는 스타일이었다. 혹 낯선 이와 식사를 하더라도 공개된 곳에서 만 원 이하의 밥을 먹고 꼭 더치페이를 했다.

"나랏일을 하실 기라고 소문이 자자하던데요, 대법관님?"

"현 회장님이라고 했나요?"

"네, 대법관님."

"저는 이제 대법관이 아닙니다. 그리고 저는 후배가 당신이 꽤 믿을 만한 사람이라고 해서 만나는 겁니다. 저한테 용건이 뭡니까?"

"야 우리 대법관님, 참 앗싸리 하시네요. 그지요? 저도 뭐 용건 같은 거 있어서 그런 거 아입니다. 그냥 우리 대법관님같이 이래 훌륭하신 분을 만나서 밥이나 한 그릇 하고 이야기나 좀 듣고 싶어서 그러는 겁니다. 진짜라요. 지가 무식하고 그렇지만 그거는 알아요. 지금 같은 위기 상황에서 우리 대법관님 같은 그런 분이 필요하다는 거. 그런 거는 아는 깁니다."

"……."

현 회장이 밥을 비벼서 먹기 시작한다.

"야 맛이 기가 막힙니다. 드세요."

서현철도 밥을 비벼서 먹는다.

"대법관님, 앞으로 저한테 필요하거나 부탁하실 일 있으시면 그냥 후배라고 생각하시고 편하게 부탁하이소."

"부탁할 일 없습니다."

"사람 일 그래 단정하는 거 아입니다. 어디서 우예 될지 모르는 기 우리네 인생 아입니까?"

"당신 나한테 왜 이러는 거요? 나는 지금 당신한테 별 도움이 되지도 않는 사람인데?"

"그러니까요. 내가 얼마나 순수한 마음으로 우리 대법관님을 흠모하는지 알겠지요?"

"대법관 아니라니까."

"한번 대법관은 영원한 대법관이지요."

시작된다. 교묘하게 사람의 마음을 파고드는 현 회장만의 수법.

"저 진짜로! 예전부터 대법관님 같은 분 꼭 뵙고 싶었습니다. 왜냐구요? 대법관님, 저 장사꾼이지만 저도 인생의 의미? 같은 그런 거를 찾고 있습니다. 기왕이면 그런 것이 이 나라를 위한 것이면 좋구요. 솔직히 이 나라 위기 아입니까? 그런 나라를 일으키기 위해서는 사실 대법관님 같은 분이 필요한데…… 저 많이 봐왔거든요. 대법관님 같은 분들이 현실 정치에서 우짜다가 무너지는지요!! 그라마 안 되는 거거든요. 진짜로!"

"음……."

흔들린다.

"진짜로 진심으로 사심 없이 후원하는 그런 사람이 필요한 기라요!!!"

"!!!"

"내가 대법관님께 그런 사람이 되드리마 안 되겠습니까?"

태경은 현 회장의 집 앞에 차를 세워둔 채 앉아 있었다. 초조한 마음에 더 빠르게 손을 두드린다. 재판 상황을 현 회장은 이미 보고 받았을 것이다. 그리고 황룡건설 법무팀에서 빠르게 결정을 내렸을 것이다.

'이 재판 쉽지 않다.'

그렇다면 현 회장의 다음 스탠스는? 그냥 당하고 있을 현 회장이 아니다.

무엇을 할까?

반드시 이 문제를 해결하려고 할 것이다.

어떤 방식으로 해결할 것인가?

그가 무슨 짓을 저지르려고 할 것인가?

그때 현 회장의 차가 집 안으로 들어간다. 태경은 그런 현 회장을 지켜본다.

곧 움직임이 있을 것이다.

얼마나 지났을까?

현 회장의 집 안으로 차가 한 대 들어간다.

그리고 가로등 아래 비친 그 남자.

정만재.

해결사.

살인자.

현 회장이 누군가를 죽이려 하고 있다.

준미의 검사실은 밤늦게까지 여전히 불이 켜져 있었다. 재판이 한 고비를 넘어섰고, 양철기까지 돌아선 지금 유리한 지점에 서 있다고 볼 수 있었다. 힘이 났지만 절대 안심할 단계는 아니었다. 준미와 수사관들은 마지막까지 최선을 다하고 있었다. 다음 재판을 위한 수사 기록까지 모두 검토하고 나자 밤 10시가 훨씬 지나 있었다.

지친 표정으로 민진과 상민이 먼저 퇴근한다. 서로 알게 모르게 감정의 골이 있었지만 이번 사건을 진행하면서 수사관들과 준미는 민진에 대한 마음이 많이 누그러졌다. 어떤 의도인지 알 수는 없었지만 민진의 경험과 노하우 그리고 헌신이 없었다면 지금보다 훨씬 힘들었을 것이다. 민진은 최선을 다해 수사를 해나갔다. 잠시 후 진태도 퇴근하고 나자 효림과 준미 둘만이 남았다.

준미가 서류를 들여다보다 문득 효림을 본다.

"퇴근 안 하세요?"

"아, 해야죠."

"이번 재판에 올인하느라 송엔터 수사가 올 스톱 되어버렸네요."

"그러게요. 하지만 만약 양철기의 증언으로 현 회장을 엮어버리면 훨씬 더 쉽게 송엔터를 수사할 수 있을지도 모르죠."

"그렇다고 해도 정혜진이 걸려요. 왜 계속 뭔가 벌어지고 있는 것 같은 기분이 들까요?"

"음…… 그럼 요 며칠 급한 불만 끄고 나서 접근해 보는 걸로 하죠."

"네."

"그만 퇴근하세요. 일 더 한다고 돈 더 주는 것도 아닌데."

"검사님이야말로 좀 쉬세요."

"그래야겠어요. 이제 쉬어야지."

준미는 혼자서 중앙지검을 나섰다.

지민은 아직 잠들지 못하고 있었다. 핸드폰을 만지작거리면서 방탄소년단의 동영상을 보고 있었다. 흠뻑 빠져서 바라본다. 내일 친구들과 만나서 실컷 덕질해야지. 그런 생각으로 다른 동영상을 찾는다.

그때 밖에서 뭔가 소리가 들린다.

시계를 확인한다.

새벽 2시.

어두운 산중에서 누굴까?

'사람이 찾아올 일이 없는데…….'

잘못 들었을 거라고 생각한다. 다시 동영상을 보는데,

퍼석!

확실하다! 나뭇가지 밟는 소리!

엄마와 아빠가 자는 방은 밖으로 나가 마당을 지나가야 한다. 오래된 집이라서 실내로 통하는 문은 없다.

지민은 두려운 마음이 든다. 마음을 다잡지만 진천의 밤은 너무 어둡다.

지민은 천천히 일어나서 문 앞으로 간다.

퍼석!

다시 들리는 그 소리.

재판 때문에 너무 예민해졌나?

그러나 다시.

퍼석!

다가온다. 다가오고 있다.

떨린다.

퍼석! 퍼석! 퍼석! 그렇게 다가오고 있었다.

준미는 택시에서 내려서 골목길로 들어섰다. 천천히 걸어간다. 걸어가며 재판 과정에 대해서 생각한다. 빠진 것은 없는지, 놓치고 있는 것은 없는지.

그때 뒤에서 뭔가 이상한 것이 느껴진다. 묘한 기분이 들어서 준미가 멈춰 선다.

그대로 가만히 서 있는다.

아무런 소리도 들리지 않는다.

'착각인가?'

준미는 천천히 다시 집을 향해 걸어간다.

그러나 그때 다시 뒤에서 소리가 들린다. 따라붙는 소리.

돌아본다.

그러나 아무도 없다.

어두운 밤.

골목은 텅 비어 있다. 그리고 사방팔방으로 뻗어 있는 좁은 길들. 이곳 어딘가로 숨어버린 것일까?

'혹시 현 회장이? 설마?'

현직 검사를 골목길에서?

아닐 것이다.

준미가 고개를 들어 위를 바라본다. 곳곳에 CCTV다.

'현 회장이 미치지 않고서야.'

준미가 다시 걸어간다.

아무 소리도 들리지 않는다. 집이 얼마 남지 않았다.

그때 앞쪽에서 차가 한 대 내려오기 시작한다. 천천히.

준미는 그 차가 내려가기를 기다린다.

그때 차가 갑자기 속도를 높여서 내려오기 시작한다.

전조등이 켜지면서 내려온다.

준미가 그 차를 본다.

속도를 높이는 그 차가 준미의 코앞까지 밀어닥치기 시작했다.

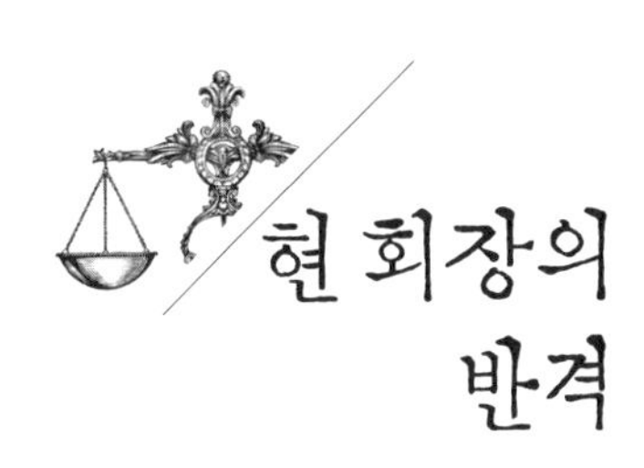

현 회장의 반격

차는 준미를 향해 돌진하기 시작했다. 준미는 미처 피할 새도 없이 놀란 눈으로 가만히 서 있다. 그때 누군가가 준미를 당긴다. 그 당기는 사람의 품으로 안기며 그대로 쓰러진다. 그때 옆에서 쿵 하고 차가 부딪히는 소리가 들린다.

쾅!

그 순간 준미는 정신을 잃는다.

퍼석! 퍼석! 퍼석!

계속 다가오는 그 소리에 지민은 두 손을 꼭 쥐고 있다.

그리고 문을 조금 열어본다. 삐걱이는 소리를 내며 오래된 여닫이문이 천천히 멀어진다.

그리고 다시 퍼석!

놀란 지민이 문을 활짝 열어젖힌다.

문 앞에는 노루 한 마리가 서 있다.

휴우. 지민이 안도의 한숨을 내쉰다.

웃으면서 노루를 본다.

새끼 노루다. 먹을 걸 찾아 내려온 것 같다. 지민과 눈이 마주친다.

한참 바라보다가 후다닥!

소리를 내며 노루가 산 위로 달려 올라간다.

지민은 사라져간 노루의 뒷모습을 잠시 바라보다 문을 닫았다.

이동일이 장 형사를 본다.

그동안 경찰을 찾아가야겠다는 생각을 하지 않은 것은 아니다. 그러나 경찰마저 믿을 수 없었다. 그가 알고 있는 사람들…… 경찰 정도는 한 손에 쥐고 주무를 수 있는 사람이었다. 경찰에 신고했다가 괜히 자신만 다칠 수 있다는 생각이었다.

그런데 형사가 찾아왔다, 자기를.

"나를 어떻게 찾았죠?"

장 형사가 웃으며 이동일에게 이야기한다.

"넌 장영미의 매니저. 지난 2년간의 일기를 들고 사라졌어. 살고 있던 집을 갑자기 빼서 사라졌고. 고향에도 들르지 않았지. 아마 너를 찾는 놈들을 피해서 숨었던 거겠지. 너의 친구 양승조가 말하더군. 니가 숨어 있다면 아마 그곳은 낚시터일 거라고! 그 말 한마디에 매달려 추적한 지 3개월 만에 너에게 도달했어!"

"!!!"

"자, 그러니까 말해."

"감당할 수 있겠어요?"

"그래, 있어! 말해! 장영미 어딨어!"

"그건 확실히 몰라요!"

"이 새끼야! 그럼 일기장 어딨어!?"

"일기장은……."

그때 뒤쪽에서 인기척이 들린다. 이동일이 놀란 표정으로 그쪽을 바라본다. 장 형사가 돌아보자 한 남자가 서 있다. 한눈에 봐도 다부진 체격이다. 운동 같은 걸로 다져진 몸이 아니다. 훈련과 실전으로 다져진 근육. 군인이다. 장 형사는 긴장하며 남자의 얼굴을 자세히 바라본다. 뺨에 새겨진 자상, 검게 그을린 얼굴, 피부의 상태는 모래바람에 오래 노출된 듯하다. 사막에서 근무한 경력이 있다.

최 과장이다.

장 형사가 조용히 최 과장을 응시한다. 최 과장이 웃으면서 천천히 다가온다.

장 형사는 직감한다. 이동일을 노리고 있다. 막을 수 있을까? 전투로 단련된 몸짓이다. 이길 수 있을까?

장 형사가 주먹을 움켜쥔다.

최 과장은 천천히 아주 천천히 다가오기 시작했다. 그리고 뺨을 씰룩이며 웃는다.

장 형사는 맞설 준비를 한다. 그리고 이동일에게 속삭인다.

"내가 저 남자를 막을 테니 도망가."

"네?"

"무조건 달려!"

"!!!"

"그리고 서준미 검사를 찾아! 그리고 그녀에게 모든 걸 말해야 해!"

"!!!"

"잘 들어! 죄 짓고 이렇게 도망 다닐 수 있을 것 같아? 계속?"

"!!!"

"서준미 검사가 도와줄 거야. 서울중앙지검 형사 3부야."

그때 최 과장이 달려온다.

"도망가!"

장 형사가 맞부딪친다.

퍼억!

그러나 최 과장의 주먹이 장 형사의 가슴에 꽂힌다. 아무리 평생 형사 생활로 다져진 장 형사라고 해도 죽음의 강을 건너온 용병에게는 상대가 되지 못했다. 장 형사가 쓰러진다.

"으윽!"

최 과장이 그런 장 형사를 두고 뒷걸음질 치는 이동일에게 천천히 다가간다. 이동일이 물러나지만 뒤에는 절벽. 최 과장이 웃으면서 점점 다가간다.

그때 장 형사가 최 과장의 발을 잡고 늘어진다.

"도망가!!!"

그제야 이동일이 옆쪽으로 달린다. 하지만 최성태 일당이 아래서 올라와서 이동일을 가로막는다.

진퇴양난.

그 순간 이동일이 저수지 쪽으로 달려 수십 미터의 절벽에서 뛰어내린다.

"미친 새끼!"

풍덩!

그 순간 최 과장이 뛰어내리려고 하는데 장 형사가 잡는다.

"안 돼!!"

"개새끼가!"

"안 돼! 새끼야!"

최 과장은 그런 장 형사의 팔을 비틀어버린다.

우둑!

"으아악!!!"

장 형사가 고통에 찬 비명을 지른다. 장 형사가 주저앉는 사이. 최 과장이 절벽을 향해 달려가는데 그때 장 형사가 몸을 날려 최 과장을 잡는다. 결국 중심을 잃은 두 사람이 아래로 처박힌다.

쿵!

쿵!

무게 중심이 흐트러지면서 둘은 절벽에 부딪혔다가 떨어진다.

그리고.

풍덩!

풍덩!

위에서 최성태 일당이 그 모습을 바라본다.

"야, 진짜 뭐 됐다."

준미는 병원에서 깨어났다. 눈을 뜨자 진태와 효림이 걱정스러운 표정으로 바라보고 있었다.

"정신이 좀 드세요?"

"제가 왜?"

그때서야 준미의 머릿속으로 기억들이 스치고 지나간다.

골목길.

속도를 높여 달려오던 차.

전조등 불빛.

끼익.

쿵!

그리고 반사적으로 자신의 몸을 살핀다.

그러나 의외로 멀쩡하다. 팔에 링거만 꽂혀 있을 뿐이다.

"어떻게 된 거죠?"

"큰일 날 뻔하셨어요. 음주 운전한 사람이 그대로 내려와 박아버렸어요. 간발의 차로 옆으로 피하셔서 겨우 살아나셨어요. 아니면 정말. 아우. 지금 생각해도."

준미의 머리가 빠르게 돌아간다.

"그 음주 운전자 조사해 보셨어요?"

"네. 도박 빚을 잔뜩 진 신용 불량자예요. 아마 자포자기한 마음으로 그랬을 겁니다. 혈중 알코올 농도가 취소 수준을 훨씬 넘어섰어요."

"!!!"

준미가 링거를 뽑으며 일어선다.

"주변 CCTV 좀 확보해 주세요."

"좀 누워 계세요. 의사 말로는 몸 상태가 최악이시라구요."

"아뇨. 괜찮습니다."

진태가 더 만류하려고 했지만 준미의 눈빛을 보고 그럴 수 없었다.

경찰에서 넘겨받은 CCTV를 사무실에서 확인했다.

음주 운전 차량은 준미를 향해 돌진했고, 준미가 치이기 직전에 한 남자가 달려 나와 준미를 옆으로 끌어낸다. 준미는 의식을 잃고 쓰러졌고 음주 운전 차량은 그대로 벽에 처박힌다. 남자는 곧 전화를 꺼내 구급차를 부른다. 그리고 그사이에 준미를 들여다본다. 남자는 차에서 나와 도망가려는 음주 운전자를 잡아서 다시 차에 처넣는다. 분노해 있는 남자. 그리고 구급차와 경찰차가 다가오는 소리가 들리자 남자는 그곳을 떠난다. 검은 옷에 모자 그리고 선글라스까지 껴서 얼굴을 알아볼 수가 없었다.

"검사님 주변에 수호천사가 있었네요."

효림이 보면서 말한다.

"대체 누구지?"

모두가 그 사람의 정체를 알아볼 수 없었다.

그는 누구인가?

현 회장은 엎드린 채 안마를 받고 있다. 나이에 비해 탄탄한 체격과 매끈한 피부를 가지고 있었다. 꾸준한 운동을 하며 마사지도 정기적으로 받는다. 그때마다 몸에 좋은 오일을 전신에 바른다.

그가 유일하게 두려워하는 것이 있다면 그것은 늙어가는 것이다. 그는 죽고 싶어 하지 않았다. 그는 지금의 이 삶, 이 쾌락에 누구보다 만족하고 있었다. 그에게는 이 세상이 곧 천국이었다.

긴 마사지가 끝나자 그는 탈진한 상황에서 기분 좋은 가수면 상태에 빠져 있었다.

그때 장윤선이 안으로 들어온다.

"회장님."

현 회장이 천천히 일어난다. 장윤선이 수건으로 현 회장의 몸에 묻은 오일을 닦아낸다.

"우예 됐노?"

"돈을 받았습니다."

"그래?"

현 회장이 회심의 미소를 짓는다. 서현철 전 대법관과의 오래된 밀당이 끝났다. 드디어 그가 돈을 받았다.

"그런데 앞으로 어떻게 하실 생각입니까? 서준미 검사가 자기 아버지 말대로 움직여줄까요?"

"뭐? 하하하하하하하. 참 답답하다. 답답해."

"네?"

"니 그래 생각했나? 내가 서현철이한테 돈 믹이가 서준미 움직일 계획이라고?”

“그게 아니면 왜 서현철에게 돈을…….”

“니 그래 머리가 안 돌아가나? 응? 서준미는 저거 아부지라꼬 말을 들을 아가 아이라. 그라고 서현철이도 즈그 딸한테 그칼 놈도 아이고.”

“그럼 약점을 잡으려고?”

“지랄한다! 약점? 크크크. 내가 겨우 약점 잡을라고 그 돈을 서현철이한테 준 거 같나?”

“그럼 대체 무슨 생각이신 건지요?”

“생각을 해라. 생각을.”

현 회장이 자신의 머리를 손가락으로 툭툭 친다.

“그냥 깔끔하게 제거하는 것이 낫지 않을까요? 차라리 저번에 겁만 주는 게 아니라 확실하게 제거를 했어야…….”

“야야, 이거 봐라! 이래 멍청하다. 니 그라고 무사할 거 같나? 대한민국이 그래 만만해 보이나? 재판 중인 검사다. 그것도 초엘리트 검사. 검찰 조직이 가만히 있을 거 같나?”

“!!!”

“내가 검사를 봐버렸다는 소문이 들리마 내를 돌봐주는 그 사람들도 더 이상 내한테 우호적이지 않을 기라. 그라고 니 사람 고기 맛 들있나? 응? 그런 거 맛 들이마 안 돼. 응?”

“저는 도무지…….”

현 회장이 다가가서 장윤선의 눈을 본다.

“윤선아, 사람은 궁지에 몰릴수록 침착해야 한다. 그리고 머리를 써야 하는 기라. 머리를!”

“……회장님.”

"잘 봐라. 내가 서준미하고 우예 부딪치는지. 내가 가를 우예 다루는지."

장윤선이 현 회장에게 가운을 입혀 준다.

현 회장이 웃으면서 그곳을 빠져나온다.

태경은 방 안에서 깁스를 한 채로 멍하니 앉아 있었다. 어젯밤 준미를 몰래 따라갔다. 설마 해서였다. 현 회장이 정만재를 불렀다는 것은 누군가를 죽이겠다는 명확한 의도.

그것이 만약 준미라면?

아니다. 설마. 현직 검사를? 미치지 않고서야.

그러면서도 마음속 깊은 곳에 있는 불안을 지울 수가 없었다. 만약에 준미가 당하기라도 한다면? 정말 죽는다면?

견딜 수 없을 것이다.

태경은 중앙지검 앞으로 가서 기다리다 준미가 탄 택시를 따라붙었다. 준미가 살고 있는 동네 부근에 도착해서 준미가 택시에서 내리자 잠시 차에 타고 바라본다. 준미가 걸어가는데 위쪽에서 수상한 차 한 대가 보인다. 태경은 차에서 내려 골목길로 올라가는 준미를 따라갔다. 그리고 그때 그 수상한 차가 속도를 높여 달려오는 것을 보고, 준미를 끌어낸 것이다.

'현 회장…… 이렇게까지 할 거라고는 생각하지 못했다.'

음주 운전자. 도박 빚에 쫓기는. 만취한 상태에서 골목길에 올라오는 여자를 향해 차를 돌진한다. 그리고 우연히 그 여자가 현직 검사.

현 회장답다. 교묘하고 잔인하다.

하지만…….

이상하다. 현 회장의 지시라면 이렇게 쉽게 실패할 리가 없다. 만약 음주 운전 사고로 위장하려고 했다면 좀 더 확실한 방법을 택해서 제거했을 것이다.

다시 사고 당시의 기억을 떠올린다.

준미를 향해 돌진하던 자동차. 하지만 급격히 커브를 틀었다. 그리고 비켜 지나가 전봇대에 처박힌다.

어쩌면 처음부터 죽일 생각이 없었던 것이 아닐까?

그냥 경고를 보내는 것이 아니었을까?

그렇다면 현 회장은 어떻게 할 것인가?

정만재를 불러들였다는 것은 누군가를 제거하겠다는 뜻이다.

그것이 누구인가?

누구를 노릴 것인가?

현 회장이 진짜로 노리는 것은 누구인가?

그리고 그때 전화가 울렸다.

현 회장이었다.

태경은 현 회장의 집에 도착해서 다시 안으로 들어갔다. 최 과장은 보이지 않고 장윤선이 대신해서 태경의 몸을 수색했다. 육감적인 몸매의 장윤선이 은근히 태경을 도발하며 올려다본다. 언제 봐도 기분 나쁜 여자다. 장윤선이 웃으며 태경을 본다.

"다 됐어요. 들어가세요."

들어가자 현 회장이 서서 백자를 닦아내고 있었다. 조명 아래서 백자가 은은한 빛을 내고 있었다. 현 회장은 백자를 탁자 위에 올려놓고는 태경을 본다.

"아이고 이 변호사! 으이? 팔은 와카노?"

"그게 별거 아닙니다. 신경 쓰지 마요."

"쯧쯧쯧. 그러게 와 그 밤에 거까지 갔노?"

"!!!"

"내가 모를지 알았나?"

모든 것을 알고 있다. 그리고 역시 현 회장의 지시가 맞았다! 개새끼!

"야! 사랑 위대하다! 위대해! 으이? 안 그렇나?"

"위험했습니다."

"와? 걱정되드나? 애틋하다. 애틋해. 응?"

태경이 현 회장을 노려본다.

"왜 그러셨어요?"

"아이고 무서버라."

"왜 그랬냐구요??!!"

"내가 뭐 우옜는데? 넘어진 거 아이가? 응? 나는 아무 지시도 안했어요. 지가 술 처먹고 가서 처박은 기지. 응?"

"더 이상 건드리지 마세요."

현 회장이 웃으면서 태경을 본다.

"내가 미쳤나? 내 현직 검사 죽일 만큼 멍청하지 않다. 슬쩍 겁만 준 기지."

"……."

"그라고 우리 사이에 쌓아온 정이 있지. 내가 니가 사랑하는 여자를 우예 하겠나? 내 안 그란다. 그란데 말이야…… 이 변호사, 니 양철기 사건 이길 수 있겠나?"

"이제 재판 시작입니다."

"내가 들어보이 그런 게 아인 거 같은데?"

"!!!"

"니 막 밀린다 카더라야. 니 와 이래 약해졌노? 여자 때문이가? 근데 서준미를 살릴라 카마 니가 이기야 된다 안 카드나?"

"이깁니다, 내가! 그러니까 서준미 그냥 두세요!"

"이 변호사."

"네."

"믿어도 되나?"

"믿으세요!!"

태경이 현 회장을 노려본다.

"아이고, 그라마 다행이다. 우리 이 변호사님 이번 재판 믿고 가만히 기다릴 테니까 꼭 이기가 저를 구해주이소!!!"

"!!!"

"내가 이칼 줄 알았나? 응? 내가 그래 띠리한 놈인 줄 알았나? 니만 바라보고 목 빼고 있는? 으이? 크크크크크. 야이 자슥아! 니 내 잘몬 본 기야! 내를 그래 보고도 모리나? 으이? 서준미!!! 그년은 내가 잡아!!!"

"!!!"

"내가 우예 이 자리까지 왔는지 아나? 나는 내가 통제하지 못한다고 믿으마 절대 가만히 안 있어! 먼저 공격하지! 나는 남의 칼 위에 오래 서 있는 놈이 아이야. 상대를 내 칼 우에 세우지."

"어떻게 공격할 겁니까? 현직 검사를! 왜 이번엔 진짜 죽이려구요?"

"크크크. 아니."

"무슨 생각을 하는 겁니까?"

"와 궁금하나?"

"……."

"궁금하제? 궁금할 끼라! 내가 우예 서준미를 잡을 것 같노? 니 생각해 봐라."

모르겠다. 정말 모르겠다.

현 회장은 웃고 있다.

"모르겠제? 그래가 니가 안 되는 기다. 적이 나를 사정없이 물어뜯을라 칼 때는 말이다!!! 나도 같이 미친 듯이 물어뜯는 기라!!! 그래야 내가 산다! 나를 던져서 내 모든 걸 던져서 같이 물고 뜯는 기라. 그것도 가장 약해 보이는 이 모가지를 숨통을!!! 콱 물어뿌야 되는 기라!!!"

"그거 설명하려고 불렀습니까?"

"아니."

"그럼 왜 불렀습니까?"

"내가 변호사 와 부르겠노?"

"??"

"내를 변호해라."

"무슨 죄를 지었는데요."

"서준미를 너무 사랑한 죄."

"??!!"

"크크크크크크크크크크크크."

현 회장이 웃음을 멈추지 않았다.

의사의 만류에도 불구하고 준미는 퇴원했다. 병원에서는 좀 더 안정을 취하는 것이 좋다고 했지만 준미는 모든 것을 거부하고 사무실로 돌아와 서류부터 펼쳤다.

'용서할 수 없다, 현 회장.'

그러면서 태경이 했던 경고의 의미가 이해가 되었다.

"현 회장은 무슨 짓이든 저지를 수 있는 인간이야!"

그래, 그 말이 맞았다.

악마. 괴물.

그래, 맞서 싸워준다. 더 치밀하게 달려들어서 그 악마를 끝장내주겠다. 얼마 남지 않았다.

양철기 재판은 이제 서막에 불과하다. 하나하나 낱낱이 까발려 주겠다!!

준미가 사무실로 들어오는데 진태가 준미를 본다. 그의 표정이 새파랗게 질려 있다.

"왜 그러세요?"

"검사님……."

"말씀하세요. 왜 그러세요?"

"저…… 그게."

"저 괜찮아요. 말씀하세요."

"장 형사님이 돌아가셨습니다."

"!!!"

"부안군에 있는 산속 저수지에서 추락하셔서……."

괜찮지 않았다. 준미는 더 이상 서 있을 수가 없었다.

아버지

“장난하지 마세요.”

“크크크크크. 사실이라니까. 내가 서준미를 너무 사랑하는 거 같아. 응?”

“!!!”

“서준미를 향한 내 사랑이 바로 죄인 기라. 그러니까 니가 나를 변호를 해줘야겠어.”

“정말 무슨 소리 하는 거냐구요!”

“모리겠나? 이래들 머리가 안 돌아간다. 응?”

“어떻게 할 겁니까?”

“우얄 거 같아요?”

모르겠다. 정말 모르겠다.

“생각해 봐요. 자기의 모든 걸 걸고 덤벼드는 사람을 어떻게 상대해야 할 것 같아요?"

현 회장이 웃는다. 그의 음모. 점점 수수께끼 같다.

"모르겠어요?"

"말해요, 그냥."

"에이. 그라마 재미없지."

현 회장이 웃는다. 어울리는 단어인지는 모르겠지만 해맑게. 그는 사람을 가지고 놀 때 가장 순수해진다. 행복해한다.

개새끼야! 니 수작이 대체 뭐냐고?

현 회장이 태경을 본다.

"이 변호사, 우리 검찰청으로 가자."

"검찰청."

"나는 서준미하고 자폭할 생각이야! 크크크."

"!!!"

태경은 이제서야 현 회장의 계략이 그려졌다.

마 형사가 모는 차는 덜컹거리며 점점 산 위로 올라가고 있었다. 올라갈수록 비포장도로의 굴곡은 심해졌고 차는 점점 튀어 올랐다. 차 아래쪽이 다 갈렸겠지만 마 형사는 신경 쓰지 않았다. 지금 차가 어떻게 되는가는 마 형사가 신경 쓰는 바가 아니었다. 신경이 곤두서고 수시로 분노가 치밀어 올랐다. 입에서는 쉴 새 없이 욕이 터져 나왔다. 그는 차의 속도를 높였다. 산악 도로에서 차가 세게 튀어 올랐다. 그렇게 한참을 달리자 곧 현장이 나타났다.

폴리스 라인이 보였고, 행정 구역상 관할서인 부안경찰서 강력반이 출동해 있었다. 시골 마을에서 거의 보기 힘든 살인 사건이어서 그런지 경찰서 전체가 지원을 나와 있는 모양이었다. 마 형사가 차를 세우고 내렸다.

옆에서 담배를 피우던 형사들의 수다가 들린다.

"이게 뭔 날벼락이랴."

"긍게유."

"하필 여기까지 와서 뒤져버리냐 이 말이여."

마 형사가 노려보고는 거침없이 폴리스 라인 안으로 들어간다. 그러자 전경들이 막아선다.

"들어가시면 안 됩니다."

옆에 있는 형사들이 소리친다.

"어이, 당신 뭐여?"

마 형사가 뿌리치고 안으로 들어가자 전경들이 잡는다. 그러자 마 형사가 팔을 휘두르자 전경들이 넘어진다.

"저거 뭐야? 막아!"

부안경찰서 형사과장이 소리친다. 강력반장이 나와서 마 형사를 막아선다.

"당신 뭐야?"

"비키슈!"

"뭐냐고!!??"

강력반장은 마 형사의 이글거리는 표정이 섬찟하다.

"아니 뭐…… 가족?"

마 형사가 신분증을 꺼낸다.

"서울 서부서 마 형사요."

"!!!"

"동료?"

"마누라요. 그만 좀 비키지."

"이봐. 계급으로 보나 나이로 보나 영 아랜데 예의 좀 지키지. 회사 내에서."

"그런 예의 달나라 가서 찾아 드시고 비키라고!!!"

"이 새끼가!!"

부안서 형사들이 달려와서 마 형사를 잡고 늘어진다. 마 형사는 흥분해서 주먹을 휘두른다. 부안서 형사들이 마 형사의 주먹에 놀라 비켜선다.

"시발!! 내가 지금 미칠 것 같거든? 응? 비키는 게 좋을 거야."

"야! 야! 비켜줘! 지 마누라 죽었는데 오죽하겠냐?"

수사과장이 외치자 형사들이 물러선다.

마 형사가 숨을 몰아쉬며 앞으로 나아간다. 그리고 그곳에 장 형사가 있었다.

아니 누워 있었다.

차갑게 식은 장 형사.

시신은 물에 부풀어 올랐다 퉁퉁 불어 있었지만 알아볼 수 있었다.

장 형사였다.

"마 형사, 수사는 땀을 흘려야 돼. 응? 결국 사건을 해결하는 건 형사의 두 발이고, 수갑을 채우는 두 손이야. 잊지 마!"

"술 좀 그만 먹어, 임마!"

"임마, 넌 정신만 차리면 진짜 좋은 형사야. 근데 멘탈이 왜 그러냐?"

잔소리꾼.

아무도 신경조차 쓰지 않고 피하기만 하던 마 형사를 진심으로 대한 한 사람.

정말 선배라고 부를 수 있었던 단 한 사람의 형사.

평생 동안 수사에 모든 것을 던졌던 사람.

그래서 가족에게마저 버려졌던 그 사람.

그 사람이 그곳에 누워 있었다.

장 형사가 죽었다.

"장난해?!"

"그럼 뭐 어쩌라고?!"

"처음부터 제대로 수사를 하라고!!!"

부안군의 형사가 마 형사 앞에 서류를 흔들어 보인다.

"자, 여깄어! 수사! 봐! 보라고!!"

마 형사가 그 서류들을 빼앗아서 부안군 형사에게 던진다. 서류가 흩어지면서 흩날린다.

"이딴 서류 못 믿겠으니까!!! 첨부터 다시 수사하란 말이야!!!"

"이 새끼가!"

상대 형사가 달려들자 마 형사가 가볍게 그를 되친다. 그러나 옆에 있던 형사들이 달려와서 엉키고 마 형사가 그들과 맞서면서 더욱 엉킨다.

"다 와!! 다 오라고, 이 새끼들아!!!"

결국 마 형사는 여러 명의 형사들에게 제압당해 끌려 나온다. 그때 강력반장이 다가와서 마 형사를 본다.

"놔줘!"

다른 형사들이 머뭇거리자 반장이 소리친다.

"놔주라고!!!"

놔주자 마 형사가 몸을 털면서 노려본다. 다른 형사들이 몸을 사리며 피한다.

반장이 담배를 하나 내민다. 마 형사가 반장을 노려본다.

"눈에서 레이저 나오겠다. 자, 피워!"

마 형사가 그렇게 노려보다가 담배를 문다. 두 사람은 그렇게 담배를 나눠 피운다. 그렇게 마 형사가 겨우 진정한다.

"마누라 잃은 니 심정 이해 못 하는 바가 아니야."

"……."

"우리도 회사 사람 잃었는데 왜 수사를 안 하겠냐? 응?"

마 형사가 피식 웃는다.

"야, 가서 들여다봐. 뭐가 없어. 그 위에서 떨어지면서 절벽에 부딪혀서 으스러진 거야. 온몸이 성한 데가 없어. 거기서 더 무슨 단서를 찾냐? 응?"

"왜 거기까지 기어들어 갔는지? 어떤 놈들이 거기에 있었는지?"

"니가 가서 봤잖아! 낚시터야! 드물다고 해도 주말 되면 다들 한 자리씩 차지하는 곳이라고. 거기서 무슨 단서를 찾아."

마 형사가 재밌다는 듯이 반장을 본다.

"이봐, 그거 알아?"

옆에 있던 형사가 마 형사를 노려본다.

"야! 예의 지켜!!!"

"됐어. 말해 봐."

"그 영감은 그렇게 멍청하지가 않아요. 거기서 혼자 떨어질 만큼. 평생 동안 잡은 범인이 몇 명인 줄 알아? 어떤 사건들을 해결했는지 알아? 머리가 반짝반짝한 사람이야! 몸에 군살 하나 없고! 그런데 뭐? 거기서 혼자 뛰어내려 죽어? 장난해?"

"후우. 말이 안 통하는 친구구만."

"다시 수사해!"

옆에서 다른 형사들이 끼어든다.

"니가 해! 니가 수사해, 이 새끼야!!"

"시발, 촌닭들 그냥 거저 놀라고 하는구만."

"뭐 촌닭?"

"이 개새끼가!"

복도에서 다시 엉킨다. 그리고 결국 마 형사는 강제로 끌려 나간다.

부안경찰서 서장실.

서장이 사무실에서 블라인드 사이를 열어 밖으로 끌려 나가는 마 형사의 모습을 지켜본다. 그때 노크 소리가 들린다.

"들어와."

강력반장이다.

"어때?"

"말이 안 통합니다. 완전 꼴통입니다."

"그래. 지가 뭘 어쩌겠어. 그건 그렇고 잘 마무리했지?"

"네. 시키신 대로……."

서장이 몸을 돌려서 노려본다.

"뭐?"

"아…… 아, 아무리 조사해 봐도 다른 단서들을 찾을 수 없어서 마무리했습니다!!!"

"그래, 알겠어. 나가봐."

반장이 밖으로 나가고 서장은 블라인드를 내린다.

차량 트렁크에 들어 있는 박스를 생각하며 웃는다.

"가족들이 부검에 반대하는 모양입니다. 실족사로 처리될 것 같습니다. 부안서에서도 그렇게 사건 종결할 모양이구요."

진태의 말에 준미는 잠시 손을 떨었다. 진태가 그런 준미를 본다.

"괜찮으세요?"

"……네."

"검사님, 좀 쉬시는 게……."

준미가 고개를 들어 진태를 본다. 흔들리는 준미의 눈빛.

"견딜 수 없을 것 같을 때 어떻게 하시나요?"

"!!!"

"저는 그냥 살아가요. 평소와 다름없이. 그 일 때문에 일상을 멈춘다면 더욱 걷잡을 수 없이 무너지곤 해요, 저는. 그냥 살아갈게요, 저는."

"……."

준미가 다시 서류 속으로 고개를 파묻었다.

진태가 돌아서는데 준미가 조용히 말한다.

"현 회장을 잡는 것."

진태가 돌아서자 준미가 다시 말한다.

"그게 장 형사를 위한 일입니다. 단지…… 그것뿐이에요. 내가 할 수 있는 건."

그때 고개를 숙인 채 준미가 들여다보는 서류에 뭔가가 번진다.

진태는 돌아선다.

준미는 한참 동안 고개를 들지 않았다.

그때 주만용 부장검사가 사무실로 들어온다.

"너 괜찮아?"

"네. 괜찮습니다."

"그래? 의외로 쎈데. 멘탈 갑이야."

"스틸 멘탈입니다. 걱정하지 마세요."

"그래. 그럼 다행이고. 근데 외부의 시선은 그렇지 않은 것 같은데?"

"네?"

"야, 나도 너무 실망이 커. 어떻게 그러실 수가 있냐?"

"무슨 말씀이세요?"

"너 아직 모르는구나?"

"네?"

"야, 이거 정말 어떡하냐?"

"대체 무슨 말씀 하시는 거예요?"

"인터넷 봐봐. 난리가 났어요!"

그리고 주만용이 교묘한 웃음을 짓는다.

준미가 핸드폰을 켜고 초록 검색창을 띄운다. 그리고 확인하게 된다.

전설의 검사이자 전 대법관 서현철. 불법 정치자금 수수로 검찰 기소. 황룡건설 현준오 회장으로부터 10억 원대 뇌물 수수. 국민 검사의 추락.

어지럽다.

땅이 꺼져 내리는 것 같다.

"괜찮아? 야, 너희 아버지 그렇게 안 봤는데 말이야. 검찰 체면이 있지."

그렇게 들려오는 주만용의 말소리가 아득하다.

점점 가라앉는다.

그렇게 깊이깊이 추락하고 있다.

아니 끌려 내려가고 있다.

끝은 어디인가?

그러나 끝은 보이지 않는다.

그렇게 한참을 더 끌려 내려간다.

그리고 드디어 다다른 어둠의 끝.

그 어둠 깊은 곳에 아버지가 있다.

황룡건설 현 회장.

10억.

뇌물.

아버지.

서현철은 가난한 집의 수재였다. 뼈대 있는 집안이었지만 조부의 독립운동으로 집안은 말 그대로 풍비박산이 났다. 서현철은 어린 시절 그 가난을 뼈에 사무치게 겪어야 했다. 하지만 그 와중에서도 윤리적이고 도덕적 우월감은 꺾이지 않았다.

'나는 독립운동가 서만준의 후손이다.'

그런 자부심이 그를 살아가게 하는 원동력이었다. 어머니가 바느질과 허드렛일을 가리지 않고 모은 돈으로 그는 어떻게든 학교를 이어갔다. 그는 그런 어머니에게 보답하기 위해서 늘 전교 1등을 놓치지 않았다. 서현철은 서울대 재학 중 사법 고시에 패스했고, 곧이어 검찰 생활을 시작했다. 그는 검찰에서도 자신의 자부심을 잃지 않았고 권력에 꺾이지 않았다. 군부독재 시절에도 자신의 수사를 밀어붙였고, 권력의 핵심 실세를 구속시키기도 했다. 그의 손에 여러 명의 재벌 총수가 구속되었다. 국민들이 그를 주목하기 시작했고, 그는 그럴수록 철저하게 자신의 주변 관리를 해나갔다. 문제가 될 만한 사람과는 밥 한 끼 먹지 않았다.

그렇게 명예롭게 검찰에서 은퇴했다. 끝까지 티끌 하나 묻히지 않고. 그리고 그는 대법관에 지명되었고 그렇게 다시 최고의 6년을 보냈다.

거기에서 끝냈어야 했다.

하지만 인생 막바지에 찾아온 달콤한 유혹.

정치.

권력.

그의 내면 속에 늘 꿈틀거리고 있었던 세속적 욕망들.

그러나 주변의 시선 때문에 참아야 했던 것들.

인생을 마무리해야 할 그 시점에서 그것이 고개를 쳐들기 시작했다.

위기에 처한 보수 여당에서는 그를 끊임없이 유혹했다.

"대법관님 같은 분이 나라를 구하셔야 합니다!"

"오직 대법관님만이 해내실 수가 있습니다!"

그래서 뛰어들었다. 정치.

그러나 정치는 돈이 많이 들었다.

자신도 그랬고, 부인도 그랬고, 돈 버는 데 재주가 없었다.

그나마 부인이 알뜰하여 평생 모은 돈으로 서초구 외곽에 마련한 25평 남짓 되는 전세 아파트가 전부였다. 강남에 아파트라도 한 채 사두었다면 나았을 텐데 남의 이목을 생각해서 부동산 투자니 하는 것은 엄두도 내지 않았다.

공직자 월급은 뻔했고, 서현철은 진심 반, 남의 이목 반을 생각해서 월급의 꽤 상당한 액수를 기부했다. 물론 그것이 알려졌을 때 대중의 환호는 서현철에게 돈 이상의 것을 가져다주었다.

그러나.

결국 돈은 없었다.

공직자 월급으로 부를 축적하는 것은 사실 불가능했다.

그렇게 인생이 끝난다.

어릴 적 사무치게 가난에 시달려서 그랬을까? 그는 돈 욕심이 있었다. 그의 도덕적 윤리적 우월감이 그걸 막고 있었을 뿐.

그리고 정치.

그것은 돈과 뗄 수 없었다.

돈이 아쉬웠다. 절실했다.

그때 현 회장이 찾아왔다.

그리고 그의 달콤한 유혹.

"선배님, 절대 정치하시면서 다른 놈들한테 돈 받지 마세요. 그렇게 하시다 잘못됩니다. 그러니까 제 돈으로 좋은 일에 쓰시면서 절대 나쁜 길로 빠지지 말아주세요. 선배님!"

그 말을 믿었다.

그 달콤했던 유혹을.

그러나 지금 그는 자신이 근무했던 서울중앙지검 특수부 신문실에 앉아 있게 되었다.

그때 누군가 문을 열고 들어온다. 준미다. 준미가 조용히 아버지의 앞에 앉는다. 그렇게 처음으로 부녀는 단둘이 집 밖에서 마주 앉는다. 준미는 아버지의 얼굴을 바라본다. 초췌한 얼굴. 그러나 서로에게 지울 수 없는 서로의 모습.

아버지와 딸.

"시간이 별로 없어요. 곧 신문이 시작될 겁니다."

차가 식어가고 있었다. 아버지는 말이 없었다.

"아버지."

딸이 아버지를 본다. 아버지도 딸을 본다.

"현 회장에게 정말 뇌물을 받으셨어요?"

침묵.

피하는 눈길.

기대하던 한 줄기 빛마저 사라진다. 준미는 컴컴한 어둠에 유폐된다.

"왜 그러셨어요?"

"……."

"왜 그러셨냐구요?!"

아버지는 여전히 말이 없다. 준미는 터져 나오는 울음을 참으며 아버지를 본다.

"그 돈 왜 받으셨냐구요?!!"

아버지가 드디어 고개를 들고 딸을 본다.

"가서 일해라."

"아버지!!"

"나를 버려라!!"

"!!!"

"그래야 니가 산다!"

"……그게 버려야 한다고 버려지는 건가요?"

"!!!"

"아버지!!!"

"……."

"말 좀 해보세요! 네? 왜 그러셨냐구요?"

"……."

"왜 하필 내가 수사하는 현 회장!!! 그자의 돈이었냐구요?!"

"……그건 몰랐다. 그것만은…… 나는 그저."

"……."

"이렇게 될 거라고는 상상도 못 했다. 미안하다."

"아버지!!!"

그때 문을 두드리고 특수부 장형렬 부장검사가 들어온다.

"선배님, 티타임이 다 되었습니다."

"……그래. 시작하지."

준미는 여전히 아버지에게서 눈을 떼지 못한다. 장형렬 부장검사가 재촉한다.

"서 검사."

"……."

"잘 알겠지만 우리도 시간이 얼마 없어."

준미는 일어선다.

"네."

그리고 밖으로 나간다. 특수부 검사들이 그런 준미를 본다. 준미는 걸어간다.

"검찰 성골의 몰락이군."

"그동안 아버지 덕 많이 봤지."

"금수저들은 저래서 안 돼."

"얼굴 봤어? 새파랗게 질린 거?"

"야, 세상에서 가장 든든한 벽이 무너졌는데 기분이 어떨 거 같냐?"

그 뒷담화를 뒤로하고 복도로 걸어 나온다. 유난히 중앙지검의 복도가 길어 보인다.

겨우 정신을 차려서 천천히 엘리베이터로 가는데 그때 엘리베이터가 열리고 현 회장과 태경이 내린다. 그리고 그 뒤로 황룡건설 법무팀이 서 있다.

"아이고 서 검사님! 이거 오랜만입니다."

준미가 부들부들 떤다.

"이거 얼굴이 영 말이 아니시네요. 식사를 잘하시야 되는데? 일이 많지요?"

준미가 현 회장을 본다. 옆에선 태경도.

"재밌네요."

"검사님, 참 진짜 이래 어렵게 고생하시는데……."

"우리 아버지한테…… 왜 그랬어요?"

"응? 그기 무슨 말입니까?"

"우리 아버지한테 일부러 돈을 준 거죠!"

"아!! 아!! 서준미! 서현철!! 아부지라요? 아! 그렇구나! 이거 인연이 이기 묘한 기라! 응? 안 그러나 이 변호사!! 하하하하하! 인연 묘하네요?"

"당신 진짜……."

옆에서 지켜보던 담당 검사가 재촉한다.

"그만 가시죠."

"아, 그래야지요. 서 검사님, 이거 참 우리 둘이 이래 인연이 깊은데 응? 참 전생에 무슨 인연이 있기는 있는 기라. 아무튼 조심하이소, 검사님."

현 회장이 준미를 지나친다.

"당신 아직 끝난 거 아니야. 각오하고 있어."

현 회장이 멈춰 선다.

"서 검사님."

준미가 멈춰 선다.

"너무 어둡다. 그러는 거 있잖아요. 사람들이 고통스러워서 세상 참 어둡다 그래요. 근데요. 그거는 진짜 어둠을 안 봐서 카는 기라요. 크크크. 이제 진짜 가입시다."

현 회장이 걸어가고 변호인단이 뒤따른다. 태경이 멈춰 서서 돌아본다. 준미가 서 있다.

잠시 바라보는 두 사람.

무너질 듯 보이는 준미.

그러나 준미는 차갑게 돌아선다.

태경은 깁스한 팔을 잡으며 돌아선다.

그렇게 다시 돌아선다.

탈출

태경은 현 회장과 함께 신문실로 들어갔다. 뇌물 수수에 대한 검사의 신문과 수사가 진행되었다. 검사가 현 회장의 뇌물 공여에 대한 집중적인 공세를 이어갔고, 황룡건설 변호사들은 그에 대한 법리적 변호를 했다.

그사이 태경은 이 사건의 전체적인 그림을 세세하게 머릿속으로 그려나갔다.

현 회장은 준미의 아버지 서현철에게 접근해 뇌물을 주었다.

그것은 덫이었다. 서준미의 수사를 막기 위한.

기업인이 자신을 수사 중인 검사의 아버지에게 뇌물을 준다.

여러 가지로 해석이 가능해진다.

자신의 수사를 막기 위해서 자발적으로 뇌물을 주었을 수도 있다.

혹은 이렇게도 해석할 수 있다. 검사가 수사를 통해 기업인을 압박하고 뇌물을 강요했다?

빙고.

언론 기사도 그쪽으로 나갈 것이다.

검사의 뇌물 강요.

모든 것은 세팅되어 있다.

현 회장은 자신을 던져 수사를 막을 것이다.

물론 그는 유유히 빠져나갈 것이다. 뇌물 수수하는 것을 들었다는 서현철의 운전기사는 자신의 진술을 철회할 것이다. 왜냐고? 그는 이미 오래전에 매수되었기 때문이다. 그는 현 회장이 계획한 대로 움직일 것이다. 그가 진술을 철회하게 되면 검찰은 더 이상 현 회장을 기소할 수 없다.

다른 증거가 없기 때문에.

요란하게 수사를 진행하다가 기소 중지가 내려지고 얼마 지나지 않아 무혐의로 풀려날 것이다.

흐지부지.

현 회장은 혐의를 받았지만 풀려나고 서현철은 똥물을 뒤집어쓴다. 그의 딸까지.

서준미는 더 이상 현 회장을 수사할 수 없다.

그렇게 서준미를 깔끔히 털어낸다.

현 회장은 깔끔해진다.

사람들의 비난?

상관없다.

그는 도덕성이나 대중의 인기로 먹고사는 사람이 아니다.

그의 회사가 짓는 건물들은 황룡이란 이름이 아니라 잘 포장된 영어 이름으로 팔려나간다. 아무도 모를 것이다.

그러나 서현철 전 대법관은 다르다.

그는 모든 것을 잃었다.

딸마저.

"고마 밥 좀 묵고 하입시다. 으이? 서초동 설렁탕이 그래 맛있다 카는데 나도 맛 좀 보입시다."

"배짱 한번 두둑하시네."

현 회장은 설렁탕을 우걱우걱 씹어 먹으며 태경을 본다.

"니는 와 안 묵노? 무봐라. 죽인다 야."

"언제부터 생각한 겁니까?"

"뭐를? 아아. 이래 검찰로 들어오는 거. 오래됐지."

"……."

"근데 이기 끝이 아이라."

"!!!"

"니 함 봐봐래이. 곧 엄청 재밌는 일들이 또 벌어진다."

"!!!"

"서준미는 곧 알게 될 기다. 어둠이 얼마나 깊은지!"

현 회장이 웃는다. 섬찟한 그 웃음.

그래, 정만재.

그가 그냥 움직이지는 않았을 것이다.

누구인가?

대체 누구를 노리고 있는가?

준미는 깊고 어두운 터널 속을 지나간다. 끝이 보이지 않는 그 깊고 어두운 터널. 막막한 어둠뿐이다.

싸늘한 고통이 가슴을 스치고 지나간다. 그리고 알게 된다. 지금 느끼고 있는 이 고통이 생전 처음이란 것을. 지금까지 수많은 고통과 아픔을 보아왔지만 그것은 모두 남의 일이었다. 가슴 아프지만 결국은 남의 일. 자신은 그것을 수사하는 사람이었을 뿐이다. 하지만 지금은 다르다. 자신의 아버지가 범죄의 피의자로 몰려 있고, 자신도 그것에서 자유로울 수 없었다.

애정을 느낄 수 없었지만 강인하고 자랑이었던 아버지. 의식하지는 않았지만 그가 큰 울타리였다는 사실도 알게 된다.

하지만 지금 그는 피의자가 되어 자신이 일했던 곳에서 수사를 받고 있었다.

이 어둠에 과연 끝이 있을까?

준미가 처참한 심정으로 사무실로 돌아간다. 수사관들이 난감한 표정으로 준미를 바라본다. 어떤 표정을 지어야 하는지 고민하는 것 같다.

마음을 추스른다. 웃으면서 자리에 앉는다. 효림이 다가온다.

"검사님."

준미가 일부러 밝게 웃으면서 대답한다.

"네?"

"부장검사님께서 찾으십니다."

신이 나셨군.

"아버지 만나봤어?"

"네."

"그래, 잘 위로해 드리지 그랬냐? 많이 힘드실 텐데."

"네."

"그리고 너 말야. 옷 벗는 게 도리 아니겠어?"

"네? 그게 무슨 말씀이시죠?"

"그럼 아무 일도 없었다는 듯이 계속 근무하겠다는 거냐?"

"당연한 것 아닙니까?"

"너 의외로 뻔뻔하다."

"!!!"

"니 아버지! 서현철. 지금 뇌물 수수로 저 위에 와 있어."

"우리나라는 법적으로 연좌제가 금지되어 있는 걸로 알고 있는데요."

"연좌제? 지랄한다. 니가 정말 무관해? 야! 너희 아버지가 니가 수사하고 있는 현 회장으로부터 뇌물을 받았어! 이게 보통 일인 거 같아?"

"저는 몰랐습니다."

"몰랐다? 야! 한정식집 앞에서 냄새도 안 맡고 룸살롱 앞에서 고개도 안 돌리는 게 요즘 공직자들의 도리야. 비타500은 꼭 박스 뜯어서 봉지에 넣고. 응? 근데 너는 의혹이 아니라 아예 팩트 아니야, 팩트."

"제가 관여한 게 아닙니다!"

"그건 니 이야기고. 우리 모두는 그렇게 생각하고 있지 않아. 니가 아버지 정치자금을 마련하기 위해 현 회장을 압박한 걸로 알고 있다고!"

"말도 안 됩니다!"
"넌 인터넷도 안 보냐? 그걸로 도배됐어!"
"!!!"
"청렴한 척, 고고한 척 해온 부녀 검사가 제대로 해먹었다고. 전 국민을 속였다고! 떡검 부녀라고 난리 났어. 우리나라 네티즌들 진짜 센스 죽이지 않냐?"
"!!!"
"여기 댓글들 읽어줄까? 비리 검사! 도둑 부녀! 머리만 좋은 엘리트의 비극적 최후! 독립운동가 후손의 비윤리적인 몰락!!"
"그만하세요!!! 사실이 아닙니다!!"
"그래? 그럼 증명해 봐."
"!!!"
"니 말이 아니라 증거를 내보이란 말이야! 니가 결백한!"
"!!!"
"없지? 왜 하필 니가 수사를 한 시점에서 얼마 지나지 않아서 현 회장이 너희 아버지에게 뇌물을 주었을까? 응? 니가 현 회장을 만나서 혹은 그 부하들을 수사하는 그 시점에 말이지. 응?"
"!!!"
덫이다.
점점 조여온다.
너무 치밀해서 빠져나갈 틈이 없다.
걸려들었다.
빠져나와야 한다. 어떻게든 빠져나와야 한다.
결국 이 덫을 해체할 사람은 자신밖에 없다.
그 덫을 푸는 방법은 단 하나.

양철기와 현 회장 사건을 직접 마무리 지어 누명과 오해를 벗어야 한다.

준미는 부장검사실을 나온다.

'반드시 내 손으로 현 회장을 감옥에 처넣는다!'

준미는 그런 단호한 마음으로 사무실 안으로 들어간다. 그런데 자신의 사무실 안에 낯선 남자들이 서 있었다.

진태를 비롯한 수사관들은 사색이 되어 있었다.

"무슨 일입니까?"

"대검 감찰본부에서 나왔습니다."

"언론 보도만 보고 이래도 되는 겁니까?"

진태가 준미를 본다.

"검사님."

"……."

"양철기가 감옥에서 자살을 했습니다!!!"

"!!!"

불행은 혼자 찾아오지 않는다. 짝을 짓는다. 그리고 수를 불린다.

장 형사의 죽음, 아버지의 기소, 그리고 양철기의 자살.

현 회장의 반격은 예상치 못한 곳에서 수시로 찾아온다.

그를 제대로 파악하지 못했다.

감찰반이 준미의 사무실을 뒤지기 시작했다.

그동안 준미는 어디에 서 있어야 할지 몰라 난감했다.

그녀가 있을 곳은 그 어디에도 없었다.

태수는 독사로 불렸다. 이제 겨우 21살이었지만 조직에서 키울 만한 아이로 인정받고 있었다. 깡도 있고, 일 처리가 깔끔해서 보스와 스폰서로부터 인정을 받고 있었다. 이번에도 성인 오락실 운영권을 두고 실랑이가 벌어졌을 때 가장 앞장서서 일을 매조졌다. 덕분에 경찰에 달려 들어왔지만 다시 한 번 명성을 쌓았다.

'이대로 쭉 가서 서른 전에 반드시 자리 잡는다. 좋은 스폰서 만나서 괜찮은 가게 하나 꿰찬다!'

태수는 오직 그 생각뿐이었다.

그렇게 구치소에서 하루에 팔굽혀 펴기 500개씩 하며 몸과 정신을 다지고 있을 때 그가 찾아왔다.

정만재.

변호사까지 달고. 같은 조직 출신 선배로 꽤 자리 잡은 사람이었다. 소문에 뒤에 굉장한 스폰서가 있다고 했다.

"니가 독사냐?"

"예."

"소문에 일 잘한다고?"

"뭐, 그렇습니다."

"성공하고 싶냐?"

"당연한 거 아닙니까?"

"일 하나 있는데 할래?"

"!!!"

태수의 눈이 빛난다.

"저한테 뭐를 주시겠습니까?"

"무슨 일인지는 안 궁금하고?"

"뭐든. 일이야 어려운 게 아니고요."

"마인드 좋네."

만재는 제대로 된 일꾼을 골랐다고 확신한다. 통장을 꺼내 펴 보인다.

"큰 거 한 장이다. 보이지? 남대문 김 박사 비밀 창고에 맡길 거다. 어딘지 알지?"

어둠의 금고. 그러나 신용만은 확실하다.

"돈이야 뭐."

"니가 비밀만 잘 지키다 나오면 일 제대로 하게 될 거야. 그때 이 정도 돈은 우스울 거야. 이건 신인 계약금 정도라고 생각해."

"무슨 일입니까?"

만재가 웃는다.

철기는 구치소 도서관에서 책 정리를 하고 있었다. 도서관은 구치소 내에서 가장 꿀보직으로 통한다. 다른 작업에 비해 실내에서 근무할 수 있고, 거의 터치를 받지 않는다. 양철기는 현 회장의 힘으로 도서관 작업에 배치되었고, 거의 찾는 사람이 없는 도서관에서 혼자 잡지를 읽으며 시간을 보내고 있었다. 지금은 일과 시간이라서 아무도 없었다. 이런저런 잡지를 한참을 뒤적이고 나서 지겨워지자 창가로 간다. 도서관은 5층에 위치해 구치소에서 가장 전망이 좋은 곳이다. 그곳에서 초여름 풍경을 바라본다. 전임 소장이 재소자들이 단 한 곳이라도 쇠창살 없는 곳에서 세상을 보라는 뜻으로 만든 곳이다.

그때 뒤에서 발소리가 들린다. 양철기가 순식간에 돌아본다. 어디서 봤던 똘마니가 서 있다.

"너 뭐야?"

"예, 형님. 저 오거리 식구 독사입니다."

양철기가 독사를 빤히 바라본다. 기억이 난다.

"그래. 근데 니가 일과 시간에 도서관 댕길 짬밥이냐? 어떻게 들어왔냐?"

"아. 학교 있을 때 졸업장이나 따둘라고 신청했더니 보내주더라구요"

"아, 검정고시. 지랄들 한다. 깡패가 졸업장은 어디다 써. 구석에 처박혀 있어라."

"예."

양철기는 다시 돌아서서 창밖을 본다. 여름 풍경.

긴 한숨을 내쉬며 윤정을 생각한다.

이번을 끝으로 이 생활을 쫑 내야겠다는 생각을 한다.

그래서 어디 가서 정말 윤정과…….

그 순간.

순식간에 몸이 들린 양철기가 그대로 거꾸로 아래쪽으로 떨어진다.

쿵!

거꾸로 머리부터 떨어지면서 목이 꺾인다.

떨어진 바닥에서 피가 흘러나온다.

태수는 재빨리 도서관을 빠져나온다.

잠시 후 호각 소리가 들리고 교도관들이 달려온다.

그러나 이미 늦었다.

마지막으로 양철기의 눈에 비친 것은 시멘트 바닥에 번진 자신의 피였다.

그사이 태수는 얼른 목공소로 들어와 일과 시간에 참여한다.

그곳을 지켜보는 교도관과 눈을 마주친다.

아무도 본 사람은 없다.

인원 초과의 교도소. 콩나물시루 같은 그곳에서 교도관의 묵인만 있다면 어디에 갔다 왔는지 아무도 알 수 없다.

그렇게 모든 것이 끝났다.

깔끔하게.

양철기의 죽음은 준미를 더욱더 코너로 몰아넣었다. 아버지의 정치자금을 마련하기 위해서 무리한 수사를 강행했고, 피의자를 심한 정신적 코너로 몰아넣었다는 것이 언론 보도를 통해 알려졌다.

준미는 대검 감찰부로 불려 가서 하루 종일 조사를 받았다. 전도유망한 검사에서 하루 사이에 감찰 대상자로 전락한 것이다.

검찰에서는 골칫덩이를 얼른 잘라내고 싶은 기색이 역력했다. 문제 검사를 단호하게 쳐내는 검찰의 모습이 국민들 보기에도 좋을 것이다.

감찰본부장은 준미에게 차를 건네며 은근히 말한다.

"서 검사, 조용히 옷 벗으면 우리도 더 이상 뒤지지 않아. 무혐의 처리해서 곧 끝낼 테니까. 사과하고 옷 벗어."

"부장님, 죄송하지만 그럴 수는 없습니다."

감찰본부장의 표정이 굳어진다.

"뭐?"

"저는 잘못한 것이 없습니다."

"없어?"

"아무리 생각해도 제가 뭘 잘못했는지 모르겠습니다."

"인터넷 안 해? 뉴스 안 보냐고!"

"사실이 아닙니다!!!"

"그럼 피의자가 왜 자살을 하냐고!?"

"자살이 아닙니다!"

"뭐?"

"양철기의 사망 사건을 철저하게 조사해 주십시오. 그리고 저의 수사 과정도 철저하게 조사해 주십시오. 진실은 드러날 겁니다."

감찰본부장이 긴 한숨을 내쉰다.

"어렵게 만드는구나."

하지만 준미의 표정은 변화가 없다.

"아픈 척을 해. 그냥 아픈 것이 아니라 바닥에 뒹굴면서 발작을 일으킨 것처럼 해야 돼. 곧 죽을 것처럼."

남자가 말했다.

"할 수 있겠지?"

영미가 단호한 결의를 나타내며 고개를 끄덕인다.

"해야죠, 무조건."

"니가 그렇게 계속 발작하면 나를 부를 거야. 그럼 내가 너를 병원에 데려가야 한다고 말할 거야. 맹장염이라고. 수술을 해야 한다고. 그다음에는 너를 태산병원의 비밀 병실로 옮길 거야. 여기서 차로 30분 정도 거리에 있어."

30분. 얼마 걸리지 않는다.

"가는 도중에 신호를 받고 멈추면 그때가 기회야! 내가 신호를 줄게. 당신의 팔을 꼬집을 거야. 그럼 절대 멈추지 말고 무조건 밖으로 달려 나가야 해! 할 수 있겠어?"

"할 수 있어요!!!"

"밖으로 나가면 무조건 달려. 멈추지 말고 달리면서 소리쳐! 살려달라고!!! 그럼 사람들이 그런 당신을 보고 가만히 있지는 않을 거야."

"응. 알겠어요!!"

"니 연기가 중요해. 잘할 수 있겠어?"

"반드시 해낼 거예요."

영미가 단호한 결의를 보인다. 남자가 그런 영미를 안아준다.

"당신을 사랑해."

"나도 사랑해."

둘은 키스한다.

영미는 마지막 순간까지 연기에 최선을 다한다. 그렇게 눈빛을 주고받은 후 남자는 밖으로 나가고 영미만이 남겨진다.

영미는 마음을 굳힌다. 인생을 건 연기를 지금부터 펼쳐야 한다.

마음속으로 몇 번이고 리허설을 반복한다.

차가 멈췄을 때 남자의 신호를 받으면 문을 열고 뛰어내린다. 그리고 무조건 달린다.

긴장된 마음으로 몇 번이고 상상 연습을 한다.

얼마나 지났을까?

문이 열리는 소리가 들린다. 그리고 안으로 걸어 들어오는 발소리.

민수다!

영미는 웅크린 채 가만히 신음한다.

민수가 그런 영미를 바라본다.

"뽀삐! 일어나야지!"

"아…… 배가 아파요. 너무 아파요."

영미는 웅크린 채 움직이지 못한다. 민수가 그런 영미를 잠시 내려다본다. 그사이 영미는 신음 소리를 점점 키워나간다. 고통을 참지 못하는 표정과 신음 소리. 강도를 높인다. 그리고 어느 순간 발작과 같은 상태에 도달한다.

바닥을 뒹굴며 소리친다. 고통을 이기지 못하는 신음 소리를 내지른다.

"으아악!!! 아악!! 으으으으!!!"

민수가 다소 당황한다.

"왜 그래?"

"아파요!!! 너무 아파요!!!"

"뭐?"

"정말 죽을 것 같아요!!!"

민수가 영미를 차분히 들여다본다.

"으으으악!!! 제발!! 점점 더 아파요!!! 아아!"

영미의 상황이 점점 더 심해진다. 영미가 의식을 잃어가는 듯하다. 눈을 뒤집고, 발버둥을 친다. 이마에 땀이 흐른다.

민수가 CCTV 카메라를 향해 손짓을 하자 남자가 달려온다.

남자가 준미를 살핀다.

"맹장염 같습니다. 시간이 없어요."

"뭐?"

"병원으로 옮겨야 합니다!"

"안 돼! 여기서 나갈 수는 없어!"

"그럼 죽습니다."

"!!!"

"죽일 수는 없어! 죽어서는 안 돼!!!"

"어쩔 수 없어요. 여기서 할 수 있는 건 아무것도 없습니다."

"이런. 야, 죽지 마!! 너는 아직 나한테 굴복하기 전에는 죽을 수 없어!! 죽어서는 안 돼!!!"

"위험합니다! 시간이 없어요!"

"……."

"어떻게 할까요?"

"밖으로 끌어내!"

남자가 영미를 안아 든다.

"눈을 가려!"

영미의 눈이 가려지고, 영미는 어둠 속에서 어디로 가는지 알지 못한 채 밖으로 나가고 있었다.

그러나 안의 공기와는 다른 바깥 공기가 느껴졌고, 차에 오르는 것도 느껴졌다. 밖이다! 이곳은 밖이다!!!

그녀는 그렇게 세상 밖으로 나왔다.

끝내지 못한 수사

경찰은 구치소 안까지 들어와서 양철기의 자살 사건을 조사했다. 양철기가 떨어져 내린 도서관에 대한 집중적인 조사가 이루어졌다. 당시는 일과 시간이었기 때문에 양철기 혼자서 이곳 도서관에 있었다. 도서관은 구치소에서 유일하게 쇠창살이 없는 구역이다. 전임 소장이 단 한 곳이라도 미결수들이 세상을 향해 마음을 열 수 있는 공간을 만들라고 지시했고, 그곳이 바로 도서관이었다.

때문에 만약 살해할 의도가 있었다면 이곳 도서관에서 추락을 의도했을 가능성은 농후했다. 경찰은 다른 재소자나 교도관이 이 시각에 출입한 흔적을 찾으려고 했지만 찾을 수가 없었다.

그곳에 도서관 쪽으로 설치되어 있던 CCTV 7대는 공교롭게도 며칠 전부터 중앙 시스템의 일부 오류로 작동이 되지 않는 상황이었다.

경찰은 그 사실을 대수롭지 않게 넘겼다. 관공서에서 흔히 있을 수 있는 일이었다. 의문을 품은 한 형사가 왜 하필 이 시기에 CCTV가 고장 났는가에 대해 조사할 필요가 있다고 이야기했지만 묵살되었다.

게다가 양철기에게 특별한 저항 흔적이 전혀 발견되지 않았고, 당시 도서관에 다른 사람이 없었다는 것이 자살임을 증거하고 있었다. 거기다가 양철기와 사실혼 관계에 있는 김윤정이 양철기가 심각한 우울증 증세를 보이며 자신에게 자살하고 싶다는 이야기를 했다고 증언함으로써 사건은 사실상 일단락되었다.

결국 오준현을 살해한 양철기의 혐의는 그대로 종결되었다.

더 이상의 수사는 불가능했다.

윤정은 방 안에 앉아 있었다. 양철기와 찍은 핸드폰 사진들을 바라본다. 그는 사진 속에서 즐겁게 웃고 있었다. 윤정은 죄책감에 사진을 지워나가기 시작한다.

양철기가 죽기 얼마 전 그에게 한 남자가 찾아왔다. 정만재였다. 한때 양철기의 동생으로 있다가 따로 일하기 시작한 사람이었다.

"형수님, 옥바라지하기 힘드시지요?"

"네, 뭐."

"형수, 철기 형님이…… 회장님 뒤를 불라고 하는 것 같아요?"

"!!!"

"이라마 안 되는 거거든?"

"그 사람한테 그만두라고 말할게요! 당신들이 안다고!!"

"크크크. 형수, 지금 장난허요? 야?"

"!!!"

"이미 버스 떠났어!"

"그 사람 건드리지 마!!!"

"이게…… 술집 년보고 내가 형수 형수 해주니까 이게 진짜 지가 뭐 되는 줄 아네?"

"!!!"

"너 이대로 인생 종 쳐볼래? 산속에 한번 묻혀 볼래? 너 같은 술집 년 하나 없어졌다고 눈 깜박할 사람 있는지 한번 찾아볼까?"

"왜…… 그래요?"

정만재가 김윤정 쪽으로 다가와 머리카락을 만진다.

"윤정이라고 했지?"

"!!!"

정만재가 윤정의 귀에 대고 속삭인다.

"철기 죽으면…… 철기 돈 다 니꺼여."

"!!!"

정만재가 웃으며 윤정을 본다.

"자, 우리 여기서 쇼부 보자. 어쩔래?"

"……내가 어떻게 하면 돼요?"

"내일 면회 가고…… 나중에 경찰들이 조사하러 오면 그냥 죽고 싶어 했다고, 자살하고 싶다고 말했다고 하면 돼. 쉽잖아?"

윤정이 망설이자 정만재가 키를 하나 꺼낸다.

"남대문 김 박사 금고 키야! 양철기 꺼지. 얼마나 들어 있는지 안 궁금해? 응?"
윤정이 외면한다.
"돈이야. 응? 싫어?"
윤정이 키를 움켜쥔다.
"콜?"

윤정은 양철기의 모든 사진을 지우다 마지막 한 장의 사진을 두고 망설인다. 웃고 있다, 환하게. 윤정이 웃는다.
'사랑? 시발 깡패 새끼.'
윤정은 사진을 지운다.

대검 감찰반은 준미에게서 아무것도 찾아내지 못했다. 수만 페이지의 수사 기록을 다시 점검하고, 수사관들을 불러 조사했지만 서준미 검사가 강압적으로 양철기를 수사하고 그 과정에서 현 회장으로 하여금 서현철 전 대법관에게 뇌물을 주도록 강요한 혐의가 발견되지 않은 것이다. 준미의 수사는 모두 정상적인 절차에 의해서 이루어졌다. 특히 준미의 검사실 수사관들은 대검 감찰부의 고압적인 신문에도 끝까지 준미를 옹호했다. 결국 대검 감찰부는 아무것도 찾아내지 못했다.
하지만 감찰부는 언론을 의식해 준미에 대해 꼬투리 잡기식 수사를 계속했고, 그 사실을 언론에 흘렸다. 언론은 준미를 집요하게 물고 늘어졌다. 준미는 좋은 먹잇감이었다. 대중이 보기에 준미는

금수저였고, 평생 동안 엘리트 코스만 달려온 아름다운 젊은 여성이었다. 남들이 보기에 부러울 완벽한 인생이었다. 독립군 증조부에 청렴한 대법관 아버지. 평소에는 호감의 대상이었을 그녀의 이력은 뇌물 수수 사건 이후 급반전해서 사람들의 반감을 자극했다.

"그렇게 좋은 머리로 그따위 짓을 해?"
"염치도 없어!"
"결국 수사에는 관심 없고 자기 아버지를 위해서 일한 거 아냐?"

검찰 수뇌부와 대검 감찰부도 제 식구 감싸기라는 검찰의 이미지를 벗기 위해 준미의 수사를 대대적으로 홍보했다. 결국 준미는 미움의 대상이 되었다. 인터넷에서는 그녀를 '국민 썅년'이라고 불렀다. '국민 검사'라고까지 불렸던 아버지의 별명을 비튼 것이다. '국민 썅년'이란 이름으로 사이트까지 개설되었고, 그 사이트에서 만들어지는 조롱은 끊임없이 이어지고 퍼져나갔다.

검찰은 준미에게 검사직을 던지라고 강요했다.

"옷만 벗어. 그럼 니 명예 회복을 위해 노력해 줄게."

하지만 준미는 꿈쩍도 하지 않았다.

검찰로서도 답답한 일이었다. 왜 그렇게까지 검사직에 연연해하는가를 이해하지 못했다.

대검 감찰부에서 친분이 있던 검사가 준미를 따로 불렀다.

"서 검사, 그만하면 충분히 했어."

"뭐를?"

"조사하는 과정에서 알겠어. 니가 얼마나 정직했고, 수사에 얼마나 최선을 다했는지. 위쪽에서도 다 알아."

"그럼 왜 이래?"
"딱 보면 몰라? 보여주기지. 너는 지금 좋은 먹잇감이야."
"……."
"너희 아버님하고 현 회장 사건, 그건 수렁이야. 그냥 여기서 털어. 그게 니가 살 길이야! 니가 계속 버티면 위에서 어떻게 나올지 몰라! 어떻게든 엮어서 널 구렁텅이로 몰아갈 거야. 모르겠어? 이건 마녀사냥이야!"
"……."
"어제 이야기했는데 인창하고 대서양에서는 니가 나오기만 기다린다더라. 다른 로펌들도 마찬가지고. 외국계 로펌도 너 스카우트하고 싶어서 몸살이래. 나가면 너한테 나은 일이야. 일 년에 십수억씩 벌면서 즐겁게 살아. 그동안 박봉에 고생 많이 했잖아. 사시 수석에 특수부 검사 7년. 너 떼돈 벌어."
준미가 피식 웃는다.
"그래 웃으니까 보기 좋다. 그만 고생하고. 나가."
"나 있잖아."
"응."
"수사가 하고 싶어."
"!!!"
"그게 내가 할 수 있는 유일한 일이야. 내가 좋아하고."
"서 검사……."
"나 정말 다른 일을 하며 살아갈 자신이 없어."
"!!!"
"나 현 회장 꼭 잡고 싶어. 미치도록. 내 모든 걸 다 던져서라도 그 사람 잡고 싶어."

"대체 왜?! 무엇 때문에 그래! 니가 부서질 수도 있어!"

"그게 정의니까."

준미가 대검과 언론에 시달리는 사이 현 회장과 서현철의 뇌물 수사도 혼돈스러운 양상으로 들어섰다. 현 회장과 서현철 모두 뇌물을 주고받은 사실을 부인했기 때문이다. 게다가 유일한 증인이었던 서현철의 운전기사가 증언을 취소했다. 앙심을 품고 거짓 제보를 했다며 증언을 번복했다. 검찰 측은 현 회장이 증인을 매수했다며 역공을 펼쳤지만 받아들여지지 않았다. 매수를 했다는 어떤 증거도 나오지 않았다. 게다가 준미가 현 회장을 압박해서 뇌물을 주도록 했다는 정황도 발견되지 않았다. 그때 슬슬 현 회장을 비호하는 고위층들이 움직이기 시작했다. 식사 자리에 불러 담당 검사들에게 넌지시 한마디 건넨다.

"그 사건 뭐 없는데 자꾸 파 뒤집는 거 아냐?"

"증거도 없다며?"

"표적 수사 아닌가?"

"그만 접지 그래?"

"현 회장 그 사람 저번에도 무혐의였다면서?"

"경기도 어려운데 말이야. 기업인들을 범죄인마냥 취급해서는 안 돼요."

"그만 접어."

결국 기소가 중지되고, 얼마 지나지 않아 무혐의로 불기소 처분

되었다.

현 회장은 유유히 검찰청을 빠져나갔다.

하지만 서현철은 모든 것을 잃었다.

그리고 그녀의 딸 서준미는 황폐화된 심정으로 그 모든 것을 홀로 견뎌내야 했다.

검찰 내부에서 집요하게 사직을 강요했지만 준미는 결국 버텼다. 감찰반에서도 그녀를 퇴직시킬 만한 결정적인 증거는 찾아내지 못했다. 결국 그녀는 복귀했다. 하지만 그녀는 전주지검으로 발령을 받았다. 검사로서 저 끝까지 밀려난 셈이었다. 서울중앙지검과 대검에서 주로 근무하던 엘리트 검사에게는 사직보다 더한 굴욕일 수도 있었다.

그러나 그녀는 끝까지 사직서를 던지지 않았다.

그녀는 흔들리지 않았다.

국민 쌍년은 그녀의 이름 연관 검색어가 되었다.

그 모든 굴욕과 모욕 들을 그녀는 담담히 견뎌냈다.

어쩌면 그녀에게 그것은 굴욕이 아니었다.

수사만 할 수 있다면.

그 모든 것을 견뎌낼 수 있다.

그녀가 사무실에서 짐을 싸던 날, 그녀의 수사관들이 모두 모였다.

진태와 효림 그리고 민진과 상민까지.

모두 만감이 교차하는 표정이었다.

효림은 눈물을 참지 못한다. 진태는 한숨만. 민진은 미안함과 안타까움 그리고 속 시원함도 느낀다. 더 이상 스파이로 살지 않아도 된다. 상민만 어리둥절하다.

"모두 저 때문에 고생 많으셨습니다."

"……."

"검사님……."

"어떻게 회식이라도 거하게 한번 시켜드려야 되는데…… 어쩌죠. 근신 중이라서. 게다가 또 구설수에 휘말릴 수 있어서. 아시다시피 제가 국민 비호감이잖아요. 헤헤. 여러분께 피해가 갈 수……."

결국 효림이 눈물을 터트린다.

"이럴 수는 없어요!"

"……."

진태가 그런 효림을 말린다.

"효림 씨 이러면 검사님이 더 힘들어."

효림은 밖으로 뛰어나간다.

준미는 씁쓸한 표정으로 상자를 든다.

"나오지 마세요. 정말 그동안 감사했습니다."

그렇게 준미는 작은 상자를 하나 들고 중앙지검을 빠져나온다. 그렇게 걸어 나온다. 지나가던 검사들이 그녀를 바라본다.

엘리트 검사의 추락.

가장 강력했던 경쟁자의 제거.

그러나 모두 알고 있는 그녀의 결백.

준미는 걸어간다.

진태는 창밖으로 그녀의 마지막 뒷모습을 바라본다.

멀어져가는 그녀의 뒷모습.

잊지 못할 것이다.

진태는 자기 몫의 박스를 들고 새롭게 배정된 검사의 방으로 간다.

모두들 그렇게 떠나간다.

잠시 후 효림이 검사실 안으로 들어온다.

아무도 없다.

문득 준미의 책상을 본다.

그곳에서 늘 좀비처럼 서류를 들여다보고 있던 준미. 그리고 야근 때마다 함께 시켜 먹었던 떡볶이와 보쌈 들. 가끔씩 주고받던 농담들.

다가가본다.

그녀의 책상에 아직 완성하지 못한 보쌈집 쿠폰이 덩그러니 놓여 있다. 겨우 세 개 남았다. 그걸 드는데 뒤에 준미가 해둔 메모가 보인다.

'효림 씨! 꼭 완성해서 서비스 받아요. 안녕!'

효림은 울다 웃다 한다. 한참 그렇게 있다가 돌아선다.

그리고 자신의 책상으로 돌아가 짐을 싼다. 다른 검사실로 이동해야 한다.

그때 차마 버리지 못한 서류 하나를 본다.

송엔터테인먼트.

사라진 여배우들.

그리고 정혜진.

지금 너는 괜찮니?

끝내지 못한 이 수사 파일을 효림은 버리지 못하고 상자 속에 담는다.

끝내지 못한 수사…….

효림은 돌아선다.

혜진은 잠을 잘 수가 없었다.

몸은 너무 피곤해서 손가락 하나 까딱할 수도 없지만 정신은 멀쩡하고 점점 더 신경이 곤두서는 상황이 계속됐다. 그러다 너무 지쳐 잠이 들면 다시 악몽이 찾아왔다.

그 남자. 가혹한 학대.

"안 돼!"

하지만 그녀는 무력하다. 아무것도 할 수가 없다.

"가만히 있어."

"제발……."

비명을 지른다. 그리고 깨어난다. 그 남자의 손길이 다시 느껴지는 것 같다. 다시 소스라치게 놀라면서 뒤로 물러선다. 숨을 몰아쉰다. 어둠 속이다. 얼른 일어나서 전등을 켠다. 주변을 살핀다. 아무도 없다.

구석에 앉아서 다시 벌벌 떨었다.

그러다 다시 샤워실로 뛰어 들어간다.

씻는다.

뽀득뽀득. 정신없이 솔로 피부를 문지른다. 이렇게라도 씻어내 버리고 싶다.

그러다 곧 붉은 피가 샤워물 속에 섞여 떨어진다. 그러나 아픔을 느끼지 못한다. 그저 멍하니 자신의 피를 바라본다.

피는 소용돌이치며 배수구 아래로 빨려 들어가고 있다.

'이럴 수는 없어! 계속 이렇게 당할 수는 없어!! 경찰에게 다 말해 버릴까?'

그때 탁자 위에 가족사진이 보인다.

부모님, 그리고 동생. 눈물이 고인다.

안 돼! 절대 안 돼!

거기다 지금 말해 버리면 그동안 고생하며 쌓아왔던 것들이 물거품처럼 사라져버릴 수 있다.

여기까지 왔으니까 어떻게든 가보는 거야.

곧 끝날 거야! 조금만 견디자.

그리고 매니저가 준 약을 본다.

"잠들 수 있을 거야."

먹으면 잠드는 약. 마치 죽은 것처럼. 그리고 점점 멍해지고 그 약을 찾게 된다. 약 없이 버티고 싶었지만 더 이상 견딜 수 없다.

혜진은 약을 먹는다.

그리고 죽음 같은 잠 속으로 빠져들었다.

영미를 태운 구급차는 달리고 있었다. 영미는 안대로 눈을 가린 채로 계속해서 고통스러워하는 연기를 해야 했다. 지쳐간다. 그래서 차라리 의식을 놓은 것처럼 누워 있는다. 도로의 굴곡이 느껴지고, 가끔씩 멈춰 선다. 그때마다 영미는 바짝 긴장하지만 남자가 신호를 보내지 않는다. 아직은 아니다. 그렇게 차가 몇 번이나 멈추는 동안에도 신호는 없었다. 영미는 계속 긴장한 채 누워 있다. 점점 더 초조해진다.

아무런 소리도 들리지 않는다.

지금은 얼마나 지났을까?

혹시 무슨 일이 생겨서 밖으로 탈출하지 못하는 것은 아닐까?

영미는 점점 더 초조해지고 긴장감이 커져갔다.

목이 바싹바싹 타들어가는 것 같다.

신경이 바짝 곤두선다.

그리고 그때 다시 차가 멈춘다.

그리고 드디어!

남자가 영미의 팔을 꼬집는다.

순간 영미의 머리는 하얗게 변한다. 너무 두려워서 신음이 새어 나오고 팔다리가 떨린다. 그러나 이겨내야 한다!

바로 지금이다!!

영미는 순간 벌떡 일어선다. 그리고 문의 걸쇠를 열고 그리고 밖으로 뛰어나간다. 눈이 가려져 있지만 무섭지 않다. 차에서 내려서면서 쿵 하고 넘어지지만 신경 쓰지 않는다. 일어난다. 동시에 소리를 지른다.

"도와주세요!!"

달린다.

미지근한 바깥 공기가 느껴진다.

계속 소리치며 달린다.

"살려주세요!!! 살려주세요!!! 저 사람이 나를!! 가뒀어요! 태산 그룹 부회장 이민수가 나를 가뒀다구요!!!"

그렇게 한참을 소리친다!

그리고 영미는 드디어 눈을 가린 안대를 벗었다.

준미, 안녕

주만용은 다시 이민진을 불러냈다. 민진은 지긋지긋함을 느끼지만 벗어나지 못한다. 한번 그물에 든 물고기는 쉽게 벗어나지 못한다. 하지만 그물을 찢어버리고 싶다.

"다른 곳에서 근무하고 싶습니다!"

"야! 남들은 여기 중앙지검에서 근무하지 못해서 안달인데…… 넌 왜 그러냐? 응?"

"더 이상 이런 일에 엮이고 싶지 않습니다!"

"지랄한다."

주만용이 민진을 대하는 태도는 점점 더 막가파가 되어가고 있었다. 주만용이 돈을 내민다.

민진이 바라본다.

"너, 이번에 니 공이 커. 니가 그렇게 그쪽 정보 꼼꼼하게 속속들이 흘려주지 않았다면 쉽지 않았을 거야."

겨우 가라앉고 있던 자책감과 무력감이 몰려온다. 마지막 순간 그런 죄책감을 덜어내려고 최선을 다해 준미를 도왔지만 결국 모든 정보를 주만용에게 흘려주었다. 결국 그 정보가 준미의 발목을 잡았다.

'나는 얼마나 나쁜 짓을 하고 있었던 것인가.'

준미 쪽에서 정보를 통제한다고 했지만, 허점이 생길 수밖에 없었다. 게다가 한번 새어 나간 중요 정보들은 갈수록 힘을 발휘했고, 현 회장은 그 정보를 바탕으로 준미를 무력화하는 전략을 짤 수가 있었다.

주만용이 손에 쥔 돈을 흔든다.

"받을 거야, 말 거야?"

민진이 그 돈을 바라본다.

"복잡하게 생각하지 마! 돈이야."

민진이 눈을 질끈 감으면서 돈을 받는다.

주만용이 웃는다.

'넌 절대 벗어나지 못해.'

이민진을 앞으로도 잘 활용해야겠다고 생각한다. 그녀만큼 고참이고 능력 있는 수사관을 스파이로 활용할 수 있는 것은 그에게 매우 유리했다.

민진이 차문을 열고 내리려는 순간 주만용이 민진의 손목을 잡는다.

"외로우면 언제든 이야기하고."

개새끼.

민진이 내린다. 주만용의 차가 떠나자 남겨진 민진이 녹음기를 꺼내서 확인한다.

'그래. 끝까지 한번 가보자, 개새끼야.'

준미는 산길을 걸어 올라간다. 차로 올라갈 수 있는 포장도로가 있었지만 준미는 꽤 가파른 산길을 걸어서 오른다. 차를 타고 공원묘지 입구까지 갈 수도 있었지만 걸어서 그곳에 도착하고 싶었다. 그것은 죽은 장 형사에 대한 마음의 표현이고 정성이었다.

형사 생활의 마지막 휴가조차도 수사를 위해서 던진 그 남자를 위한. 늘 두 발로 수사해야 그것이 진짜 수사라고 믿었던 그 남자. 그 남자처럼 그녀도 두 발로 걷고 있었다. 날은 찌는 듯이 무더웠고, 그녀의 옷은 이미 땀으로 흠뻑 젖어 있었다. 하지만 그녀는 쉬지 않는다. 주변으로 매미와 벌레 들이 요란하게 울어대고 있었다. 그렇게 한참을 올라가자 공원묘지가 나타났다.

준미는 그곳에서도 장 형사의 묘를 찾기 위해서 한참을 돌아다닌다. 공원 사무소에 물어서 단번에 알아낼 수도 있겠지만 어쩐지 그렇게 찾고 싶었다. 그렇게 돌아다니다 보면 진짜 장 형사를 만날 수 있을지도 모른다는 생각을 한다. 사실 아직 그의 음성들이 생생하다.

"검사님, 가끔은 범인들이 애인 같다는 생각을 합니다. 어떤 애인도 그만큼 보고 싶지는 않았거든요. 그런 마음으로 잡으러 다닙니다. 보고 싶다, 정말. 정말 보고 싶어 미치겠다, 이놈아."

장 형사의 묘 앞에 선다. 그의 묘는 공원묘지 가장 구석 응달에 위치해 있었다. 해가 들지 않는 것에 마음이 쓰였지만 장 형사다운 곳이라는 생각이 든다. 어쩐지 그는 해가 내리쬐는 밝은 곳보다는 다소 외지고 조용한 이곳을 더 좋아할 거라는 생각을 한다. 떼를 입힌 지 얼마 지나지 않아서 아직 누런 흙으로 덮여 있었고, 그 틈으로 푸른 잎들이 드문드문 돋아나 있었다.

실감하지 못했던 슬픔들이 몰려온다.

장 형사의 죽음.

준미는 장례식장에도 들렀지만 오래 앉아 있지 못했다. 죄책감과 고통이 그녀를 끊임없이 괴롭혔다.

'내가 수사를 시작하지 않았다면 장 형사가 살아 있었을까?'

하지만 의미 없는 가정.

지금 이 순간…… 너무나 잔인하게 준미를 찌르고 들어오는 이 현실.

장 형사의 죽음.

그가 가지고 있던 수사에 대한 열정, 인간적 고뇌, 허무 같은 것들이 모두 사라져버렸다는 것이 견딜 수 없이 서러웠다. 하나의 우주가 사라져버린 것이다. 준미는 그 우주를 좋아했었다.

그 마음은 순수한 애도이기도 했지만 지금 준미가 처해 있는 현실에 대한 안타까움이기도 했다.

수사만을 생각하는 사람들.

그 사람들을 이해하지 못하는 세상.

그녀는 가로막혀 있었다.

그때 뒤에서 소리가 들린다. 돌아보자 한 남자가 서 있다. 담배를 피워 물고 불량스러운 자세로 서 있는 그 남자는 며칠은 감지 않은 듯한 머리에 푸석푸석한 얼굴을 하고 있었다. 면도도 하지 않아서 검은 수염이 꽤 얼굴을 가리고 있었다. 그 남자가 점점 다가와서 준미 옆에 선다. 남자의 손에 들린 꽃다발. 다가와서 장 형사의 묘 앞에 툭 하고 꽃다발을 던진다.

준미가 바라보지만 남자는 신경 쓰지 않고 담배를 다 피워낸다.

준미도 고개를 돌려 묘를 바라본다.

그렇게 두 사람은 잠시 동안 묘를 바라보고 서 있다.

얼마나 흘렀을까?

남자가 먼저 이야기를 꺼낸다.

"딸입니까?"

"아뇨."

"……."

후우.

담배 연기 뿜는 소리가 들리고 연기가 흩어진다.

"그럼 누구슈?"

"수사 과정에서 알게 된 사람입니다."

"회사 사람인가?"

준미가 고개를 돌려 남자를 본다.

"나 서부서 마 형사요."

남자가 손을 내밀어 준미를 본다.

"이 영감 마누라지."

준미가 손을 잡고는 다시 고개를 돌린다.

"누구냐니까?"

"전주지검 서준미 검사입니다."

"검사?"

"네."

"이 영감하고 어떻게 아는 거유?"

"함께 사건을 조사했습니다."

"무슨 사건?"

준미가 차갑게 마 형사를 바라본다. 순간 준미는 자기도 모르게 생겨나는 이 남자에 대한 반발감을 느끼고 놀란다. 익숙해졌나 보다. 검사라고 밝히면 수그러드는 상대에 대해……. 그렇게 하면 대부분 해결되는 상황들에 편안했던 것일까? 그런데 이 남자는 상대가 누구인지 전혀 신경 쓰지 않고 있었다.

"왜 묻죠?"

"내가 이 영감 죽인 놈 쫓을 거거든."

"!!! 죽인 놈?"

"그럼 이 영감이 정말 거기서 멍청하게 혼자 죽은 줄 알았슈?"

이 남자 제법이다.

"이 영감이 좀 늙었어도 거기서 그런 저수지에 빠져서 뒤질 만큼 멍청하지 않아. 응? 시발. 어떤 새끼가 있어. 분명히 있어!"

마 형사가 이글거리는 눈빛으로 준미를 본다.

"나는 알고 있다고."

준미가 차갑지만 다소 흥미 어린 표정으로 마 형사를 본다.

"그래서 어떻게 할 작정이죠?"

"뭘 어떻게 해. 뒤져야지. 거기서, 그 산골 저수지에서 무슨 일이 있었는지를…… 내가 제대로 한번 파볼 거거든."

"그쪽 회사에서 허락받았나요?"

"내가 누구 허락받고 움직이는 그런 사람이 아니거든."

피식.

“나한테만 자꾸 캐묻는데 당신 진짜 뭐야? 왜 검사 나리가 영감하고 엮여 있을까?”

“서북부 부녀자 살인 사건 같이했죠.”

“제법이네. 그 사건 유명한데. 영감이 가끔 그때 이야기 했었지. 함께했던 검사가 똑 부러졌었다고. 당신이야?”

“그래요. 나예요.”

“그럼 그냥 여긴 옛 추억 떠올리며 추모하시려고? 의리가 있네.”

“그리고 이번에도 함께했죠.”

마 형사가 갑자기 흥분하며 준미를 바라본다.

“!!! 아는 거 있음 빨리 나한테 넘겨.”

준미가 웃으면서 마 형사를 본다.

“마 형사님.”

“뭐야?”

“형사면 두 발로 뛰세요.”

“!!!”

“그리고 저에게까지 도달하세요. 그게 수사죠.”

“무슨 개소리야!!!”

“당신이 혼자의 힘으로! 당신의 수사로! 나에게까지 도달할 수 없다면…… 당신은 이 사건을 해결할 수 없어요. 아무런 도움이 되지 않아요!”

“뭐?”

“이 수사! 의욕과 감정만 가지고 할 수 있는 일이 아닙니다.”

“!!!”

“한번 보죠. 당신이 어느 정도인지!”

"뭐? 지금 나를 테스트하는 거야?"
"네. 테스트하는 겁니다."
"당신이 뭐야? 검사라 이거야?"
"검사라서가 아닙니다. 생각을 한번 해보세요."
"뭐?"
"장 형사가 죽었습니다."
"!!!"
"훌륭한 형사였죠. 내가 보았던 형사 중에 최고였어요."
"!!!"
"그런 형사가 죽은 사건입니다. 상대가 만만치 않아요."
"!!!"
"그런데 대낮부터 술 냄새 풍기면서 분노로 들끓고 있는 제비족 같이 생긴 형사에게 모든 걸 말하라구요?"
"뭐, 제비족?"
"이 사건이 그렇게 단순하고 만만해 보이나요?"
"!!!"
"마 형사님, 수사를 하고 싶다면 수사를 통해서 저에게 도달하세요. 그 전에 술부터 끊으세요."
"!!! 이봐 함부로……."
"함부로가 아닙니다!!!"
"!!!"
"복수가 하고 싶으세요?"
"!!!"
"그런 말이 있죠. 복수는 차갑게 식었을 때 가장 맛있다고."
"!!!"

“평정심부터 찾으세요.”

준미가 마 형사를 노려보다 돌아선다. 그리고 천천히 걸어간다. 마 형사는 한마디도 대답하지 못한다. 마지막 그녀의 말에 완전히 압도당한다. 할 말이 없다.

마 형사가 차를 타고 걸어가는 준미를 따라간다.

“타요!”

준미가 말없이 걸어간다.

“안 더워요?”

“…….”

“고물 같지만 에어컨 빵빵합니다.”

“…….”

“이봐요.”

“저기요. 미안하지만 조용히 걷고 싶은데?”

“…….”

마 형사는 공원묘지 주차장에 차를 대고 앉아서 담배를 피운다. 그리고 사이드미러를 통해 내려오는 길목을 바라본다.

‘언제쯤 내려올까?’

기다리게 된다. 이상하게 잡아끈다. 무엇 때문일까? 수사 때문일까? 장 형사와 어떻게 엮여 있는지 알고 싶긴 하다. 그녀가 알고 있는 수사 정보를 얼른 듣고 싶다. 하지만 그것보다…… 이상하게 잡아끈다.

제비족?

거울을 본다. 좀 초췌하지만 여전한데? 이렇게까지 자신에게 무심한 여자는 별로 보지 못했다. 어느 정도 튕겨도 거의가 넘어왔는데……. 무슨 생각을 하는 거야. 그냥 수사야. 수사일 뿐이야.

그때 준미의 모습이 사이드미러에 비친다.

땀이 범벅이 된 그녀는 주차장에 있는 자신의 차로 간다.

마 형사가 운전을 해 그녀 옆의 차로 간다.

"더울 텐데 어디 가서 시원한 커피라도 한잔 마십시다."

마 형사가 준미를 본다.

"내가 살게."

준미가 차 문을 열고 보온병에 든 시원한 물을 마신다.

"전 이걸로."

그리고 차에 탄다.

"연락처 좀 줘봐."

준미가 창문을 내리고 마 형사를 본다.

"근데 왜 반말해?"

"뭐?"

"왜 반말하냐구."

마 형사가 다소 당황한다. 바라본다. 준미가 마 형사를 빤히 바라본다.

"그거야 뭐…… 어린 것 같아서."

"몇 살인데?"

"서른."

"나 서른둘이야."

"아…… 네. 뭐, 그거야……."

"마 형사라고 했죠?"

"……네."

"그래, 그렇게 존댓말 해야 착하죠."

"!!!"

준미가 피식 웃으면서 차를 타고 떠나간다. 남겨진 마 형사가 그런 준미의 차를 바라본다. 마 형사가 차를 몰고 그런 준미의 차를 따라간다. 두 사람은 한참을 그렇게 달린다. 그리고 분기점에서 갈라질 때 마 형사는 문득 생각한다.

다음번에는 끝까지 따라가야겠다고.

진태는 어젯밤의 폭음으로 결국 출근하지 못했다. 검찰 생활 10여 년 만에 처음 있는 일이었다. 사무실에는 부인이 전화를 걸어 미리 말해 두었다. 감기 몸살이 너무 심하다고. 결국 부인은 지각을 감수하고 아이를 유치원에 데려다준 후 출근했다. 집에 혼자 남겨진 진태는 몸을 일으키지 못했다.

그렇게 하루 종일 누워 있었다.

아무 생각도 할 수 없었다. 온몸에서 뭔가가 빠져나가버린 느낌이었다. 바짝 말라비틀어진 나무를 떠올린다. 부러지고 진액이 빠져버린 나무를. 그 나무가 자기처럼 느껴졌다.

그렇게 누워 처음으로 지난 수사 과정들을 생각해 본다. 순간 울분과 분노가 치밀어 오른다. 그토록 열심히 매달렸던 사건들. 처음으로 가슴을 뛰게 만들었던 사건. 정말 수사다운 수사들. 눈앞에 있었던 양철기. 그리고 현 회장.

그 거대한 사건이 몸체를 드러내기 직전에 모든 것이 무너져 내렸다.

예상 못 했던 것은 아니었다. 그럴 수 있을 거라고 생각했었다.

이 사건의 뒤에 도사리고 있는 권력을 생각하며 뭔가 저항이 있을 거라고 생각했었다.

하지만 현 회장은 전혀 예상하지도 못한 방식으로 공격해 왔다.

철저하게 당했다.

세상을 몰랐다.

어리석었다.

현 회장에게 덫을 놓고 있는 것이라고 생각했지만 사실 현 회장이 쳐놓은 덫에 걸려서 허우적대고 있는 꼴이었다.

이태경 변호사를 노리는 척하고 다른 곳을 공략했지만 현 회장은 그것마저 파악하고 있었다. 모든 것이 현 회장의 손아귀에 놓여 있는 꼴이었다.

그리고 정보는 끊임없이 새어 나갔다.

이민진 주사보를 역이용한다고 생각했지만 결과적으로 그런 의도마저 현 회장에게 완전히 읽혀버린 것이다. 결국 패를 다 보여주고 카드 게임을 벌인 꼴이었다.

구역질이 치밀어 올랐다.

어제 마신 술이 다시 그를 극심한 고통 속으로 몰아세우고 있었다.

변기를 잡고 다시 씨름을 한다.

한참을 토해 내고 나서야 진태는 겨우 일어나서 거실 소파로 나왔다.

잠시 그렇게 가만히 앉아 있는다.

문득 생각해 본다.

이렇게 한가롭게 혼자 있는 것이 얼마 만인가?

수사…… 양육…… 가족…….

그 사이를 그렇게 바쁘게 왔다 갔다 했던 시간들.

그리고 지금 이 진공의 순간.

어떻게 해야 하나?

무엇을 해야 하나?

서준미 검사.

그 여자의 뒷모습.

그 사람의 수사.

모든 것을 던진 수사.

그것이 부서져버렸다.

진태는 눈물이 나왔다. 참았다. 그러나 멈추지 않는다.

제길, 젠장, 이런 시발! 시발…… 개새끼들…….

진태는 그렇게 한참을 울었다.

변하는 것은 없었다.

집에 도착했을 때 준미는 집 앞에 서 있는 남자를 본다. 돌아선다. 익숙했던 그 모습. 태경이다. 준미가 차분히 다가선다.

마주 선다.

태경이 준미를 본다.

"준미야……."

준미가 주변을 둘러본다. 그리고 다시 태경을 본다. 그의 다친 팔.

"용역 나가서 철거도 하고 그러나 봐."

"……."

"준미야."

"오빠."

"응?"

"오빠라고 부르는 것도 이제 마지막이었으면 해."

"!!!"

"나 머리가 좋아. 그렇게 감정에 휘둘리지도 않고. 그리고 오빠와의 감정이 그닥 많이 남아 있지도 않고. 벌써 10년도 넘었어."

"!!!"

"왜 찾아왔어?"

"난 그저……."

"위로하려고? 재밌네. 오빠가 지금 나한테 위로가 될까?"

"……."

"난 생각했어. 오빠가 지금 이 모습으로 있는 거. 싫었어. 그렇게 된 거 안타까웠어. 그랬었어. 그런데 이제는 아무렇지도 않아!"

"!!!"

"왜냐고? 넌 원래 그런 인간이니까!"

"!!!"

"이제야 알겠어. 현 회장이 어떤 인간인지 똑똑히!!! 알겠어!!! 그리고 그 옆에 있는 니가 어떤 인간인지도 알겠어. 그냥 너는 그런 인간이었어!!"

준미가 태경을 노려본다. 떨어지는 눈물. 준미야.

"……."

충혈된 눈으로 준미가 태경을 본다.

"말해 봐."

"나는 이렇게 하면 너를……."

구차하다. 비겁하다.

"말해 봐!"

"아니야."

준미가 눈물을 멈춘다.

"우리 이걸로 끝내자. 더 이상 어떤 감정도 남기지 말자. 다음에 만날 땐 모른 척하자. 그 어떤 것도 남기지 말자. 이제 내 마음에서 너를 지울게."

"!!!"

준미가 집으로 들어간다.

태경이 잠시 혼자 서 있다. 잠시 후 등이 꺼진다.

어둠 속.

올려다보니 준미 방의 불이 켜진다.

그래. 이게 어울릴지 모른다.

나는 어둠.

너는 밝음.

처음부터 그랬을지도 모른다.

어둠 속에서 괜히 밝음을 꿈꾸지 말자.

더 이상 밝음을 보려 하지 말자.

그대로 이대로 어둠 속에서.

그래, 더 이상 어떤 마음도 남기지 말자.

모든 것을 지우자. 비워내자.

준미야, 이젠 안녕.

빼앗긴 영혼

영미는 미친 듯이 달리며 소리쳤다. 마치 무아지경을 헤매고 다니듯이 그렇게 달렸다.

쿵!

그러다 넘어진다. 꽤 큰 충격이 온몸으로 느껴진다. 아프다. 그리고 그 아픔이 그녀의 정신을 차리게 한다.

영미는 안대를 벗었다.

순간 모든 것이 희미하다. 환한 뭔가가 눈으로 쏟아져 들어온다.

'네온사인인가?'

그러면서 서서히 눈이 빛에 적응하기 시작한다.

흐릿한 풍경들. 숨을 몰아쉰다. 호흡하면서 서서히 모든 것이 명확하게 보이기 시작한다.

황량한 풍경.

아무것도 없는 황무지.

그 누구도 없다!

이제까지 그녀가 달려온 곳이 보인다. 그녀의 발자국뿐.

그리고 다가오는 두 남자.

그 남자들의 뒤로 비치는 거대한 불빛.

이곳은 채석장! 채석장 위에 붙어 있는 작업용 서치라이트에서 빛이 쏟아져 내리고 있었다.

두 남자가 다가온다. 강렬한 빛 때문에 어두워서 누군지 구분하기 어렵다.

영미는 소리친다.

"도와주세요! 도와주세요!!"

두 사람은 점점 더 다가온다.

"도와주세요!"

거리가 좁혀지면서 두 사람의 얼굴이 서서히 보이기 시작한다.

두 사람의 얼굴, 표정.

웃고 있는 두 사람.

이제 확실하게 보인다.

그런데!

영미를 탈출시켜주겠다고 했던 그 남자, 영미가 유혹했다고 생각했던 그 남자. 하지만 그 남자는 지금 이민수와 함께 웃으며 영미를 바라보고 있다.

"!!!"

민수가 웃으며 말한다. 옆에서 그 남자도 웃는다.

"크크크."

"반가워, 뽀삐!"

"으아악!!!"
영미는 돌아서서 달린다.
그러나 달리다 곧 넘어진다. 그녀의 다리는 이미 힘이 풀려버렸다.
하지만 다시 일어나 달린다. 전조등을 향해 달린다.
계속해서 달린다.
비틀거리면서도 달린다.
그리고 소리친다.
"살려주세요!! 도와주세요!!!"
그러나 그곳에는 아무도 없다.
거대한 돌벽뿐이다.
일어서서 다시 달리려는데 미칠 듯한 고통이 발목에서 느껴져서 다시 주저앉는다.
보는데 자신의 발목이 엄청나게 부어 있다.
너무 아파서 달릴 수가 없다.
속았다. 그들이 자신을 가지고 논 것이다.
"으아아악!!"
"히히히히히."
"크크크크."
영미가 다가온 두 남자를 노려보며 소리친다.
"이 나쁜 새끼들아!!!"
"뽀삐, 그러게 나를 배신하면 안 되지!"
영미가 민수 옆에 있는 그 남자를 본다. 웃고 있는 그 남자.
"뽀삐 덕분에 재밌었어! 크크크."
영미의 눈에서 눈물이 흐른다. 너무 분하고 억울해서 운다. 미칠 것 같다.

"우리는 너를 계속 지켜보고 있었어. 니가 하는 게 너무 재밌었거든. 우리가 만든 이 리얼리티 쇼가 어때? 재밌었어?"

"크크크."

"사람을 가지고 노니까 재밌니?"

"그거보다 더 재밌는 게 있는 줄 알아? 크크크."

"개싸이코 새끼들!!!"

그러나 아무런 표정도 느낄 수 없는 두 남자.

"뽀삐."

"!!!"

"이제 어둠이 얼마나 깊은지 알겠어?"

"!!!"

"넌 벗어날 수 없어! 절대."

시간이 흐른다. 말없이 흐른다. 꾸준하고 성실하게. 태경은 그 흐름에 몸을 맡긴다. 아무 생각도 하지 않고, 기계적으로 주어진 일을 한다.

의뢰를 받으면 변호를 한다.

나쁜 놈이든 좋은 놈이든 가리지 않는다.

상대의 약점을 찾아내고 집요하게 파고들고 교묘한 말로써 공격해서 승리를 쟁취한다. 그 대가로 막대한 보수를 챙긴다. 단지 그뿐이었다.

그리고 하나의 묘한 버릇이 생겼다.

문득문득 차를 몰고 최서인의 집으로 간다.

어머니에게 버림받고, 아버지에게 학대당하고, 선생에게 성추행당하고 그렇게 세상에서 버려진 아이.

가끔 집 앞으로 가서 그 아이를 기다린다.

그 아이가 나타나지 않는 날은 그냥 떠난다. 그러나 그 아이가 나타나면 차를 타고 그 아이를 따라다닌다. 그냥 아무 생각 없이 그 아이가 가는 곳을 따라간다.

놀이터, 술집, 편의점.

그리고 놀고 있는 그 아이를 바라본다.

그렇게 그 아이를 바라보다 돌아오는 것이다.

이유는 없었다.

있지만 태경이 모르는 것일 수도 있다.

그사이 최서인은 점점 더 막 나가고 있었다. 학교는 재판 직후 그만두었다. 술과 담배, 폭력, 부탄가스까지 저지르는 짓도 점점 다양해지고 과격해진다.

태경은 그저 바라본다.

그 바라보는 순간의 고통을 고스란히 견뎌낸다.

자, 니가 저지른 짓이야. 잘 봐. 잘 봐둬. 저 아이가 어디까지 가는지 잘 봐두라고.

현 회장이 악마라고?

진짜?

그럼 너는 뭐야?

크크크.

그때마다 태경은 견딜 수 없을 것 같은 기분이 된다.

어쩌면 최서인을 매번 다시 찾아가는 것이 그 고통 때문인지도 모르겠다.

그 고통을 느끼려고 고스란히.

스스로를 자학하고 있다.

너는 개새끼야!

너는 악마야!

니가 또 하나의 악마를 만든 거야!

잘 봐!

최서인이 하는 짓을.

또 하나의 악마야!

그게 최서인이야!!

니가 만들어낸 악마.

서인의 행동은 점점 더 과격해지고 있었다. 놀이터에서 서인은 후배 여자들 서너 명을 불러놓고 겁을 주다가 때리기 시작했다. 맞는 아이들은 여중생으로 보였다. 그 어린아이들의 뺨과 얼굴을 사정없이 때린다. 태경은 여자가 여자를 때리는 모습을 처음 본다. 몰랐었다. 더 잔인하고 집요할 수 있다는 것을. 짝! 짝! 짝!

최서인의 손이 집요하고 매섭게 여중생들의 뺨으로 날아간다. 여중생들의 뺨이 점점 더 부풀어 오른다. 그러나 최서인은 재미 들린 듯이 여중생들을 때리기 시작한다.

차마 들어주기 힘든 욕을 거침없이 내뱉는다. 태경은 그저 바라보고 있다. 어린 여중생들은 덜덜 떨면서 차마 저항조차 하지 못한다.

최서인은 아이들을 완전히 장악하고 있다.

아이들은 그저 두려움에 떤다. 저 아이들은 왜 집 밖으로 나와서 최서인에게 맞고 있는 것일까? 엉덩이를 겨우 가리는 짧은 치마. 짙은 화장. 아이돌 가수들의 무대의상같이 반짝이는 옷들. 특별해 보이고 싶어서 잘나가 보이고 싶어서 그랬을 어린아이들은 잔혹한 현실 앞에서 덜덜 떨고 있었다.

다시 때린다.

두꺼운 화장으로 덮었지만 그 아이를 때리는 아이도 역시 아이였다. 아이가 아이를 때리고 괴롭히고 죽게 만드는 세상.

서인의 폭력은 점점 심해지고 있었다.

"시발년들이 발랑 까져가지고."

서인이 주먹을 쥐고 그대로 여중생의 배를 때린다.

퍽!

여중생이 숨을 쉬지 못하고 그대로 주저앉는다. 옆에 있던 다른 여학생이 덜덜 떤다.

"언니…… 제발 살려주세요."

"살려줘?"

"살고 싶은 년이 정후 오빠한테 그렇게 꼬리를 치냐?"

"저 진짜 아니에요. 정후 오빠가 먼저……."

짝! 짝! 짝!

다시 뺨을 갈긴다. 계속. 집요하게 때린다.

"개 같은 년!!!"

여중생이 쓰러지면서 운다.

"언니, 제발!"

여중생이 처절하게 운다. 흐느끼며 운다.

"언니, 정말 살려주세요. 네?"

서인은 잔인하게 웃으면서 피우던 담배를 빨아들인다. 담뱃불이 빨갛게 달아오른다.

"진짜 살고 싶어?"

"네."

"그럼 어깨 까!"

"!!!"

담배를 빨자 다시 빨간 불씨가 달아오른다.

"어깨 까라고!"

"제발요!"

여중생들이 울먹인다.

"뒈질래? 빨리 어깨 까라고!"

"언니! 제발 용서해 주세요! 시키는 대로 다 할게요."

"그런 소리는 니네 엄마한테 가서 하고 어깨 까라고!"

그러면서 서인은 다시 담배를 빨아들인다. 빨간 담뱃불. 서인이 담뱃재를 털어내고 불씨의 크기를 확인한다.

"안 까? 그럼 얼굴에다 지져줄까?"

"흑흑흑."

"언니, 제발요. 제발."

"언니 용서해 주세요."

"부탁해요!"

서인이 한 아이의 얼굴을 잡는다.

"확!"

"으아악!!!"

"알았어요. 언니! 알았어요!!!"

아이들이 셔츠를 내리고 어깨를 드러낸다. 맨어깨. 서인이 담뱃불을 가져간다.

아이들이 울기 시작한다.

"언니, 제발."

담뱃불이 어깨에 닿으려는데 누군가 서인의 손목을 잡는다. 그리고 담배를 빼앗아서 던진다.

서인이 돌아본다. 태경이 서 있다.

"뭐야, 시발."

"야, 너희들은 빨리 집으로 가!"

태경이 소리친다. 여중생들이 놀라서 바라본다.

"안 가?! 가!!!"

아이들이 달려서 사라진다.

남겨진 태경과 서인. 서인이 태경을 바라본다. 비웃음.

"와, 겁나 빡치네."

"……."

"당신이 여기 왜 나타나?"

"너 완전히 미쳤구나."

"응. 나 미쳤어. 근데 당신이 왜 여깄냐고?"

"지나가다 본 거야."

"시발 진짜 엿 같네."

"너 이러고도 무사할 것 같냐?"

"뭐?"

"너 이러다 잡혀가."

"하하하. 잡아가라 그래! 하나도 안 무서우니까."

"이렇게 살고 싶어?"

"시발 꼰대질 오지네. 그래서 그게 당신하고 무슨 상관이야?"

서인이 웃으면서 태경을 본다.

"야, 겁나 웃겨. 니가 그런 말 하니까."

"!!!"

"누구는 제자 팬티에 손을 집어넣고 휘저어도 멀쩡하게 잘 사는데. 응? 그걸 만드신 분이 갑자기 공자님 모드야. 응? 당신이 그랬잖아. 세상에 희망이나 정의 같은 거 없다고. 당신이 말하는 대로 사는 거야. 어때? 오지지?"

"!!!"

"그래서 그냥 이렇게 사는 거야. 근데 나 혼자 당하는 건 좀 억울한 거 같아서 말이지. 응? 시발 나도 내가 할 수 있는 건 하면서 살려고."

서인이 희번덕거리며 웃는다.

"나 나쁘게 살라고. 무슨 말인지 알겠어?"

"!!!"

"왜 또 훈계질 하지 그래? 응?"

서인이 재밌다는 듯이 웃는다.

"내가 무섭지? 징그럽지? 그치? 나 요즘 별짓 다 하고 다녀. 응? 들어볼래?"

서인이 웃음을 지우고 태경을 본다.

"근데 그거 알아?"

그리고 차분하게 말한다.

"니가 이렇게 만든 거야. 크크크."

"너 이따위로 막 나갈래?"

서부서 강력반장이 마 형사를 노려보고 있었다. 마 형사는 숙취에 찌든 표정으로 귀찮은 듯이 반장을 같이 노려보고 서 있었다. 물러서지 않는 마 형사의 눈빛에 반장이 긴 한숨을 내쉬며 이해한다는 표정으로 마 형사를 본다.

"니가 장 형사님 그렇게 되고 나서 상처받고 힘든 거 내가 다 안다."

마 형사가 반장을 본다.

"그렇다고 해서 맨날 술이나 처먹고 와서 여자 향수 냄새나 풀풀 풍기면 되겠냐?"

"그럼 내 말대로 수사 한번 해보자니까요! 장 형사님 사건."

"수사는 무슨 수사를 해! 이미 결론 다 났는데!"

"그거 아니라니까!"

"뭐가 아니야! 다 맞다고 하는데 너만 아니라고 지랄이냐! 지랄이!!!"

"시발 몇 번 말을 해! 자살 아니라니까!"

"뭐 시발? 이 새끼가!!!"

반장이 서류를 집어 들었다가 참는다. 던졌다가 또 무슨 일이 벌어질지 모른다. 아 꼴통. 반장은 마 형사의 얼굴을 보는 것만으로도 골이 쑤셨다. 정말 어디 저 멀리 가져다 치우고 싶었다. 하지만 치워지지도 않는 쓰레기다. 한숨을 내쉬며 다시 어르기 시작한다.

"내가 어디 너한테 많은 거 바라냐? 그냥 제때 나와서 그냥 앉아만 있어!"

"반장님!"

"왜!?"

"내가 정말 생각을 많이 해봤어요. 생각을."

"근데?"

"장 형사가 정말 잔소리 많이 하는 쫌팽이였지만 완전 빠꼼이였잖아요. 그건 인정하죠?"

"하지."

"그런 사람이 혼자 그 저수지에 떨어져 뒈졌다? 응? 이게 말이 됩니까?"

"이상하긴 하지."

"그러니까 내 말이! 수사를 해보자고요!"

"야! 근데 거긴 우리 관할도 아니야!"

"관할이고 나발이고! 해보자니까!"

"야, 그게 말처럼 그렇게 쉽냐?"

"아우 몰라! 그럼 나도 안 해!!!"

"하지 마! 하지 마! 이 새끼가 진짜!!! 너 이따위로 하면 정말 내가 보고하지 않을 수가 없어! 그럼 너 어떻게 되는지 알아?"

"마음대로 하슈."

마 형사가 푸석한 머리를 긁으며 밖으로 걸어간다.

"또 어디 가!!"

"술 마시러 갑니다!"

그렇게 마 형사가 밖으로 걸어 나간다. 그런 마 형사의 뒤에다 대고 반장이 소리친다.

"니 맘대로 해, 이 새끼야!!!"

결국 마 형사는 3일 후 6개월의 정직과 감봉 처분을 받았다. 그따위로 해댔는데 의외로 약한 처벌이 나왔다. 아마도 동료 형사의 죽음이라는 이유가 정상참작된 것이리라. 사실 마 형사는 잘려도 별수 없다고 생각했다. 하지만 지금 생각하니 아니다. 6개월간의 자유로운 휴가가 주어졌다. 거기다 경찰이란 신분도 유지된다. 그래서 생각한다.

'니들이 안 하겠다면 내가 한다. 나 혼자서라도!'

마 형사는 정직 명령서를 바라보며 피식 웃는다. 옆에 앉은 동료 형사들이 눈조차 마주치지 않는다. 일단 피하고 보자란 생각을 하는 동료들. 그때 문득 마 형사가 장 형사의 책상을 보는데 다른 형사들의 물건이 올려져 있다. 마 형사가 그 물건들 집어 들고 던져버린다.

"시발 의리 없는 새끼들. 여기가 쓰레기통이야!!!"

마 형사가 그렇게 소리치자 다른 형사들이 한숨을 내쉬며 눈을 피한다.

피하자. 일단 피하자.

"아, 똥은 더러워서 피하시겠다? 그래, 그럼 더러운 똥은 나가주시겠다 이거야. 응?"

마 형사가 자신의 책상 서랍을 열어 필요한 사건 서류를 꺼낸다. 그때 장 형사와 함께 찍은 사진이 툭 떨어진다. 그 사진을 잠시 바라본다. 그리고 안주머니에 구겨 넣으며 서류를 챙겨 일어난다.

'이제 내게 남은 게 당신밖에 없군.'

마 형사는 밖으로 걸어 나갔다.

영미는 넋이 빠진 채 앉아 있었다. 며칠째 식사도 거부하고 잠들지도 않았다. 남자와 민수가 들어와서 영미에게 링거라도 꽂을라치면 영미는 발버둥을 치며 저항했다.

"놔! 놔! 이 개새끼들아. 놔!"

"어쩌려고 그래? 뽀삐!"

"죽을 거야!"

"뭐?!"

"여기서 굶어 죽을 거야! 절대 너에게 굴복하지 않고! 여기서 죽어버릴 거야!"

"안 돼!"

영미가 차갑게 민수를 보고 웃는다.

"난 너에게 굴복하지 않아. 절대. 이제 알았어. 그게 너한테 복수하는 유일한 길이야. 이 미친 새끼야. 평생 고통스럽게 만들어줄게. 넌 가지지 못하면 견딜 수 없어 하지? 넌 절대 내 영혼을 가지지 못해! 난 그냥 죽어버릴 거야!"

"안 돼! 안 돼!! 이 시발년아!!! 안 된다고! 죽으면 안 돼!!"

갑자기 민수가 영미를 잡고 흔들어댄다. 그러자 영미가 웃는다.

"무섭지?"

"!!!"

"그래. 이제 알게 된 거야. 어둠이 얼마나 깊은지. 넌 나를 살려줄 마음이 없어. 그치? 그냥 가지고 노는 거지. 그래서 너한테 완전 굴복하는 그 순간을 그냥 즐기려는 거지? 미안하지만 나는 니 의도대로 움직일 생각이 전혀 없어! 나는 끝까지 저항하다가 죽어버릴 거야! 니 앞에서! 그리고 귀신이 되어서도 니 옆에 붙어서 끝까지 괴롭힐 거야!"

섬뜩한 영미의 눈.

그러나 그런 영미를 차갑게 바라보는 민수.

"그래 잘 알고 있네. 똑똑해 뽀삐. 넌 내가 만난 뽀삐 중에서 가장 강하고 똑똑해. 나를 자극하는구나, 뽀삐. 재밌어. 넌 별로 지겹지도 않고 꽤 괜찮은 뽀삐야. 역시 신이 나. 재밌어."

영미가 돌아보지 않는다.

"하지만 이건 어떨까?"

영미가 신경도 쓰지 않는다.

"너한테 이것만은 들려주지 않으려고 했는데."

민수가 손짓을 하자 스피커에서 익숙한 소리가 흘러나온다.

어디선가 많이 듣던 한숨 소리.

할머니!

그리고 이어지는 목소리.

"영미가…… 우리 영미가……."

영미의 표정이 굳어진다.

"!!! 어떻게!!!"

할머니의 슬픔에 찬 말이 이어진다.

"우리 영미만 살아 돌아온다면!! 그냥 돌아온다면 저는 그냥 이 자리에서 죽어도 여한이 없어요. 흑흑."

영미가 울부짖는다.

"할머니!! 할머어니!!!!"

그때 들려오는 민수의 목소리.

"할머니 정말 고통스러우시겠어요!"

영미가 민수를 본다. 민수가 차갑게 웃고 있다.

"당신!!!"

"그래 내가 갔었어!! 내가. 아주 슬퍼하고 있더라고!"

"개새끼!!!"

녹음 파일이 계속 이어진다. 민수가 위로하는 척하면서 교묘하게 할머니와 어머니의 상처를 건드려나간다.

"얼마나 고통스러우실까요? 손녀를 잃어버리고 살아가다니 정말 그런 삶이 의미가 있을까요? 아니 할머니의 삶이 의미가 없다는 것이 아니라…… 너무 고통스러워서. 어머니는 식사 잘 하세요? 식사할 때마다 영미 씨 생각이 나시겠어요?"

두 사람은 민수의 교묘한 유도 질문에 넘어가 고통을 토해 낸다. 민수는 교묘하게 두 사람의 고통을 건드려나간다. 할머니와 어머니는 서서히 허물어진다.

"우리가 이렇게 살아도 되는 건가요?"

"너무 무서워요."

"뭘 어떻게 해야 하는지 모르겠어요!!!"

민수는 그런 고통을 서서히 더 교란시켜나간다.

"음, 그 고통 감히 가늠할 수가 없네요. 딸이 사라지다니 저 같으면 견딜 수 없었을 겁니다. 차라리……."

차라리. 차라리, 뭐?

영미가 소리친다.

"이 개새끼!!!"

"크크크."

영미가 민수에게 달려들어 그의 팔을 잡는다. 하지만 곧 꺾인다. 영미가 눈물을 흘리며 민수를 쏘아본다.

"너는 정말 누구니? 어떻게 된 인간이니? 니가 인간이야?!"

"크크크."

그사이에 할머니와 어머니의 고통스러운 울음소리가 이어진다. 처절하게.

"제발…… 제발……."

"끝까지 말해! 제발 뭐?"
"제발 그만 들려줘!"
"그럼 밥을 먹을 거야?"
"!!!"
"다시 살아나서 나에게 저항해야지? 응?"
"……."
버틸 수 있을까? 더 이상 힘이 없다. 곡기를 끊은 것도 자신이 없어서였다. 무너질 것만 같아서. 그냥 다 포기하고 굴복하고 싶어서. 그러면 그냥 다 편해질 것 같아서.
머릿속으로 들어오는 혼돈과 생각들.
정말 이 남자는 나를 지배할 자격이 있는 것이 아닐까? 하는 자포자기의 생각들.
제발…… 죽게 해주세요!
죽어도 끊임없이 되살려낸다.
굴복하고 나서 죽어!
너라는 자체를 잃고!
영혼마저 모두 빼앗겨서!
좀비가 되어!
그렇게 죽어!
그렇게 죽으면 넌 하늘나라에서도 나의 종이 되는 거야!
크크크.
"밥을 먹을게요."
그제야 민수가 손짓을 한다. 할머니와 어머니의 울음이 사라진다.
모든 것이 고요하다.
민수가 주저앉아서 영미를 바라본다.

"넌 누구지?"

"……."

영미의 텅 빈 눈동자.

"응?"

"……."

"말해 봐. 너는 누구야?"

"나는 뽀삐."

개미들

태산 그룹 본사. 57층의 부회장 사무실 전면 유리창 앞에 서서 민수는 조용히 아래를 내려다보고 있다. 아래쪽이 아득해 보인다. 모든 것이 미세하게 작아 보여 현실감이 느껴지지 않는다. 민수는 이렇게 아래를 내려다보고 관찰하는 것을 좋아했다. 이렇게 내려다보다 보면 인간이란 것이 좀 더 잘 들여다보이는 느낌이었다.

그때 비서가 들어온다.

"홍보 담당 부사장입니다."

"네, 들어오시라고 하세요."

민수가 아래쪽 관찰을 멈추고 고개를 돌리자 홍보 담당 부사장이 들어와 있다.

"네, 말씀하세요."

"부회장님, 그때 회사 앞으로 찾아왔던 노동자들 기억하십니까?

우리 공장에서 병에 걸렸다는 여자들 말입니다."
민수가 부사장을 본다. 아무런 표정 변화 없이 차분하다.
"그런데요?"
"그 노동자들이 시민 단체와 접촉해서 소송을 준비하는 것 같습니다. 지금 용인 공장에서 근무자들을 상대로 조사를 벌이고 있답니다."
민수가 들고 있던 펜을 내려놓고 손을 매만진다. 그리고 저 아득히 아래서 움직이는 그것들을 생각한다. 부사장은 계속 말을 이어간다.
"게다가 진보적인 언론사들을 찾아가서 인터뷰도 한 모양입니다. 저희가 잘 통제가 안 되는 쪽 매체라서……."
민수는 태블릿 PC를 켜고 관련 기사를 검색한다.
'태산 용인 공장 노동자 피부암 발병.'
'태산 측 부회장 면담 이후 묵묵부답.'
민수는 웃으며 PC를 내려놓는다. 내버려두었던 저 아래 세상을 통제해야 될 시간이었다.
"공식적으로 기사 내세요. 우리 공장에서는 아무런 문제도 없다고."
"!!! 괜히 애들을 자극하는 것이 아닐까요? 더 공격적으로 나올 수도 있습니다. 차라리……."
부사장은 말을 하려다 민수의 차가운 눈빛에 그만둔다. 옳은 말만 해서는 조직에서 살아남을 수 없다.
"알겠습니다. 지시대로 하겠습니다."
"네, 우리는 아무 문제가 없으니까요."
부사장이 나가자 민수는 일어서서 창 앞으로 간다. 57층의 아찔한 높이에서 다시 아래를 내려다본다. 발아래 모든 것들이 다 작아 보였다. 차들도 사람들도 보이지 않을 만큼.

모두 개미들 같았다.

어릴 때부터 드는 생각들이었다.

한심한 벌레들.

그 벌레들이 꼬물거린다. 살아가려고 바둥거린다. 그 꼴이 재밌다. 나뭇가지로 이리저리 몇 번 헤집어본다. 재밌다. 그러다 어느 순간 그것들이 기어오르려고 할 때,. 그때는 내버려두어서는 안 된다. 절대.

민수는 그날 저녁 한남동의 비밀 안가에서 현 회장을 만났다.

"회장님."

"네."

"대기업 회장들 집무실이 왜 다 최고층에 있는 줄 아세요?"

"지 같은 놈이 그런 분들 마음을 우예 알겠습니까?"

"내려다보는 기분. 다들 그런 심정이죠."

"아! 그거 참 멋집니다!"

"내려다보면 다른 풍경이 보여요. 그 아래서 빽짝빽짝 살아가고 있는 사람들이 참 우스워 보여요. 뭘 하는지 자세히 보이지는 않지만 꼬물거리고 아등바등하는 것 같고, 발버둥 치는 것 같기도 하고 말입니다. 재미있어요."

"그렇겠습니다. 워낙 높은 데들 계시다 보니까요."

"네. 저는 어릴 때 개미를 들여다보는 걸 좋아했어요. 가만히 들여다보면 재미가 있어요. 인간하고 별다를 바가 없죠. 인간들은 스스로를 뭔가 굉장한 존재라고 생각하겠지만 제가 볼 때 개미나 인간이나 별다를 바가 없습니다. 좁은 굴 같은 집에서 살다 때가 되면 기어 나와 먹이를 물고 다시 돌아가죠. 전 원래부터 그런 것들을 내려다볼 운명을 타고난 특별한 인간인 거죠."

"아하!"

"그리고 보통의 인간들은 별생각도 없이 먹고살기 위해서 살아가고 자유도 없이 몇 푼 벌라고 죽도록 일만 하다 죽죠. 평생 동안 큰 그림을 보지 못하죠. 그러고서는 마치 똑같은 인간인 것처럼 생각하고 있어요. 잘못된 것이죠. 제가 볼 때 가장 이상적인 사회는 저같이 특별한 인간들과 보통의 인간을 구분 지어서 자신의 본분에 충실하도록 하는 사회입니다."

"굉장한 생각입니다. 그 자리에 있으면 그런 그림이 보이다니. 멋집니다!!"

"그런데 가장 짜증 나는 순간이 언젠지 아세요?"

"언젭니까?"

"개미가 기어 올라올 때입니다."

"아!!"

"재밌게 보고 있는데 내 다리를 타고 기어 올라오면 그건 참을 수가 없지요. 내가 관심을 가지고 좋아해주는 건 내 다리를 타고 올라오라는 뜻이 아니에요. 개미는 개미답게 아래서 일을 해야 합니다. 그러다 불행한 일을 당하면 그걸로 끝입니다. 나에게 기어올라서는 안 돼요. 인간이 불행한 일을 당했다고 신을 원망합니까? 말도 안 되는 일입니다! 원래 그런 운명이었던 겁니다. 받아들여야 합니다!"

"그렇습니다. 그기 세상의 이치고 진리지요. 세상이 원래 그런 의도로 만들어진 거 아니겠습니까?"

"현 회장님."

"네."

"제 몸에 붙어서 올라오려는 개미를 좀 털어내 주세요."

현 회장이 웃고 있다.

"어떤 개미를 우예 털마 되겠십니까? 부회장님."

마 형사는 커다란 유리컵에 가득 소주를 부어 넣었다. 정직을 받은 형사. 더 이상 수사를 할 수 없는 형사. 가득 담긴 소주를 바라본다. 침이 꿀꺽 넘어간다. 언제부턴가 그런 증상이 심해지고 있었다. 술만 보면 침이 넘어간다. 술을 마시지 않으면 손이 떨린다. 판단이 잘 되지 않는다. 뭔가 복잡한 생각을 할 때 술이 간절해진다. 그래서 일을 그르친다. 그리고 수시로 피곤해진다.

알코올중독.

문득 준미의 충고가 생각난다.

'술부터 끊으세요.'

이제 겨우 서른을 넘겼을 뿐인데……. 사실 그동안 많이 마시긴 했다. 언제부터였는지 생각해 본다. 이렇게 술을 마시고 의존하기 시작했던 것이.

그래 그때부터였다.

신입 형사 시절, 지독하게 매달렸던 그 사건.

한 남자가 아무 이유도 없이 대낮에 아기와 아기 엄마만 있는 집으로 들어가 아기 엄마를 살해했다. 아기는 울면서 남겨져 있었다. 그것이 마 형사가 담당한 첫 살인 사건이었다.

신참이었던 마 형사는 미친 듯이 수사에 매달렸다. 덕분에 3일 만에 범인을 검거했다. 그 3일 동안 마 형사는 필요한 음식만 이동 중에 먹고 잠들지 않았다. 피곤하지도 배고프지도 않았다. 그저 범인을 잡겠다는 생각뿐이었다.

'이 새끼는 반드시 내가 잡는다! 내 손으로! 지옥으로 보낸다!'

그리고 오징어잡이 배에 숨어 있던 그놈을 잡았다. 하지만 지옥에 보내지는 못했다. 그는 구치소에서 재판을 받고 형무소로 갔고 그곳에서 아직 잘 먹고 잘 살고 있다. 힘들어 보이지도 않았고 그저 담담히 자신의 형기를 채워나갔다. 그것으로 끝이었다.

하지만 아기 엄마는 살아 돌아오지 않았다.

남편은 비통한 울음을 멈추지 못했고, 아이는 영문을 알지 못한 채 따라 울었다.

적어도 수십 명의 사람들이 그녀의 죽음을 슬퍼했다.

그중 많은 사람들은 평생 그 상처를 극복하지 못할 것이다.

검거하고 난 후에 스스로 깨달았다. 아무것도 변한 것은 없었다.

뭔가를 해냈다고 생각했었다.

그러나.

멍한 눈빛으로 아기를 안고 있는 아이의 아빠를 보았을 때, 그리고 무표정하게 아무런 감정 없이 앉아 있는 범인을 보았을 때,

마 형사는 깊은 구렁텅이로 떨어지는 것 같았다.

아무것도 해결되지 않았다.

한 여자가 죽었다.

아기는 엄마를 잃었고,

남편은 부인을 잃었다.

결혼한 지 2년밖에 되지 않았다.

엄마는 딸을 잃었고,

아빠도 딸을 잃었고,

친구들은…….

끝이 없다.

한 인간의 죽음. 그가 남긴 고통과 잔해.

"왜 죽였냐?"

하지만 범인은 무표정하게 대답한다.

"그냥 하도 아기를 보호하면서 소리치길래 그냥…… 심심해서."

"시발 새끼!"

마 형사는 범인을 때렸다. 잠깐 정신이 나갔고, 주변의 형사들이 말렸을 때 범인은 피투성이 곤죽이 되어 있었다.

마 형사는 처음으로 정직 처분을 받았다.

"야, 좀 쉬면서 정신 챙겨. 잘했어."

그렇게 쉬면서 술을 마셨다. 잊으려고, 아기의 울음과 남편의 고통을 잊으려고. 하지만 잊히지 않는다.

시발 새끼.

분노는 가라앉지 않는다. 도대체 이 비극을 누가 책임질 것인가?

그때부터 시작됐다.

범죄자들만 보면 주먹부터 나가는 그 버릇.

개새끼들.

그것이 버릇이 되고 습관이 되고 성격이 되어버렸다. 술과 함께.

통제할 수 없었다.

하지만 그러다 보니 잊어버렸다.

자신이 누구인지?

무엇을 하는 사람인지.

유리컵에 가득 든 술을 바라본다.

'정말 수사를 하고 싶다면 당신 힘으로 나에게까지 와요.'

서준미.

다시 술을 바라본다.

참는다.

마시지 않기로 한다.

그리고 주머니에서 장 형사의 사진을 꺼내 바라본다.

유일하게 자신을 이해해 주었던 형사.

장 형사를 잃었다. 영원히 그의 애정 어린 잔소리를 듣지 못할 것이다.

마 형사는 일어나서 밖으로 나간다.

식당 아주머니는 마 형사가 손도 대지 않은 소주가 가득 담긴 맥주잔을 잠시 바라보았다.

태경은 현 회장을 만나기 위해 그의 삼성동 집을 찾았다. 최 과장이 그를 맞이했다. 걷는 모양으로 봤을 때 몸이 조금 불편해 보였다. 하지만 평소와 다름없이 꼼꼼하게 태경의 몸을 뒤진다.

"어디 안 좋은가 봐."

최 과장은 말없이 안으로 들어가라는 손짓을 한다.

"어디 가서 좀 맞았나 봐."

"……."

"폼만 이빠이 잡더니…… 물 주먹 아냐?"

순간 최 과장이 태경을 잡고 노려본다.

"왜?"

"말 조심해."

"내가 입으로 먹고사는 사람인데 그럴 수가 있나? 그나저나 몸으로 먹고사는 사람이 어떡해? 응?"

태경의 어깨를 잡은 최 과장의 손에 힘이 들어간다.

"손에 힘이 많이 빠졌네. 많이 당했나 봐. 크크크."

최 과장이 흔들린다. 태경이 최 과장의 손을 쳐낸다.

"시발, 때가 어떤 땐데 힘으로 겁을 주고 있어. 다리나 절고 가오 많이 상했네. 크크크."

태경이 안으로 걸어 들어간다. 태경은 스스로에게 놀란다. 어느 순간부터 상대의 약점을 보면 놓치지 않고 비꼬아주고 파고든다.

괴물이 되어가고 있었다.

장윤선이 웃으면서 태경을 맞이한다. 몸매가 고스란히 드러나는 밀착된 원피스를 입은 장윤선이 웃으며서 교묘하게 태경을 바라본다. 태경도 웃어준다.

늘 하는 생각이지만

'징그러운 년.'

안으로 들어가자 현 회장이 있다.

"오랜만입니다, 회장님."

"이 변호사 잘 지냈어요?"

"그러니까 우리가 그동안 좀 소원했어요. 그죠?"

"아, 나는 이 변호사 생각 많이 했는데."

"아 그래요? 이거 영광이네."

"우리 사이에 아직 정산이 끝나지 않았잖아요."

"정산? 무슨 정산?"

"내하고 약속을 했잖아요. 서준미 검사를 막기로."

"막았잖습니까."

"아니지. 그건 내가 막은 거지. 검찰 조사까지 받아가면서. 응? 이 변호사가 서준미를 막지 못해서."

"흰 고양이든 검은 고양이든 쥐를 잡았으마 된 거 아니겠스요?"

태경이 현 회장의 말투를 흉내 내며 말한다.

"그지요?"

현 회장이 무표정하게 일어난다. 그리고 일어나서 차를 따라 마신다.

"혼자 드시나?"

"이 변호사."

"왜요?"

"이태경이."

"왜 그러시나?"

"태경아."

"말해요."

"닌 내하고 계약을 어깄어."

현 회장이 태경을 본다. 웃지 않는다.

"너는 나를 위험에 처하게 했어."

태경이 두려움을 떨치며 현 회장을 바라본다. 그러나 여기서 기가 죽어선 안 된다.

"회장님! 재판을 끝까지 했으면 제가 막았습니다! 그런데 회장님이 먼저 나선 것이죠. 그러니까 제가 계약을 어긴 게 아닙니다."

"!!!"

현 회장이 갑자기 책상 위의 명패를 들고 달려와서 태경의 얼굴을 내리치기 시작했다.

퍽! 퍽! 퍽!

피가 튀었다.

태경이 격렬하게 맞선다.

"놔! 놔! 놔!!"

하지만 현 회장이 괴력을 뿜어낸다. 나이가 많았지만 그는 한때 잘나가던 건달이었다. 태경을 쥐고 흔든다.

"뭐? 뭐? 뭐라고? 응? 다시 아가리를 놀리봐! 응? 확 찢어버릴 테니까!!!"

"으윽."

"내를 검찰청까지 들어가게 하고!!! 구치소 안에 들어간 놈까지 죽이게 하고!!! 응? 그런데 뭐? 니가 뭘 했다고? 야, 이 개새끼야!! 이 개 똥파리 같은 새끼야!!! 다시 아가리를 놀려봐!!!"

평소 점잔 빼고 있지만 이것이 현 회장의 본모습.

현 회장이 태경의 입에 손을 집어넣고 당긴다.

"으아악!!!"

"다시 지끼봐!! 아가리를 벌리보란 말이다!!! 응!!!"

"으아악!!!"

"개새끼가!"

현 회장이 태경을 구석으로 처박는다.

쿵!

태경이 죽은 듯이 처박혀 있다. 현 회장이 태경을 바라본다. 그런데.

"크크크크크."

갑자기 태경이 웃는다. 요란하게 웃는다. 현 회장이 황당하다는 듯이 태경을 바라본다.

"웃어?"

"웃기잖아. 당신은 개똥밭에서 뒹굴면서 개똥은 안 묻힐라고 해! 응? 그게 말이 돼? 당신이 저지른 일들을 생각해 봐. 여기저기서 피 냄새가 진동을 해!! 응? 몇 명을 죽였어?"

"!!!"

"그러는 동안에 그 불법 서류를 누가 다 챙겼어?"

"!!!"

"그거 누가 다 뒷바라지했나? 누가 당신을 법적으로 안전하게 보호했나? 응? 내가!!! 이 이태경이가 개같이 뛰면서 당신 밑에서 일했기 때문이잖아!!!"

현 회장이 태경을 본다.

"니 인제 내가 안 무섭구나?"

"크크크……. 그거 알아요? 자꾸 회장님하고 있다 보니 나도 회장님 닮아가? 인간에 대한 사랑을 버리라매? 근데 그거 알아? 사랑을 버리니까 두려움도 같이 없어지네?"

"!!!"

"회장님, 내가 그동안 왜 회장님을 무서워한 줄 알아요?"

"!!!"

"회장님하고 내하고 다른 사람이라고 생각했거든."

"!!!"

"그런데 아니야!!! 아니라고!!! 내손에 묻은 피를 봐! 내가!!! 얼마나 많은 사람을 짓밟고 서 있는지 보이더라고!!! 시작은 당신 때문에 했겠지만! 잘 봐! 나는 괴물이야!!!"

"!!!"

"그리고 이런 나를 누가 만들었는지 잘 봐."

"!!"

"나를 봐. 나를 들여다보라고."

"!!!"

"나도 이미 악마야. 괴물이야."

"!!!"

"그리고 이런 나를 니가 만든 거야. 크크크크크. 그러니까 자꾸 나를 컨트롤할라고 하지 마. 응?"

"이 새끼가…… 니 마이 변했다?"

"변했지! 당신이 높이 샀던 신념!! 의지!!! 그런 거? 이제 내 안에서 다 악에 대한 의지로 바뀌었어!!!"

"!!!"

"나는 이제 아무것도 무섭지 않아."

"!!!"

"왜냐고?"

"!!!"

"나는 진짜 개새끼거든. 헤헤헤."

태경이 일어나서 도자기를 닦는 손수건으로 자기 얼굴을 닦아낸다. 현 회장이 그 모습을 바라본다.

"에이 씨바. 피 봐. 이거. 어쩔 거야?"

손수건에 피가 가득 묻어난다.

"시발, 잘생긴 얼굴을……. 당신 나 질투해? 너무 잘생겨서."

현 회장이 태경을 한참 바라본다.

"하하하하하하하하하하하하하하하하."

현 회장이 한참을 웃는다. 꺼억 하는 소리가 날 때까지 웃는다. 그리고 한참을 태경을 본다.

"우리 이 변호사 연기 더 좋아졌네. 응?"

"연기?"

"변하기는 개뿔이 변해."

"나 예전에 이태경이 아니에요."

"알지. 알아. 니 변한 거. 그란데 말이지. 사람의 본성까지는 변하지 않는 거야. 니는 여전히 사랑하고 두려워하는 이태경이야. 그냥 니 연기력이 어마어마하게 는 거지."

"뭐 멋대로 생각해요."

"좋아. 좋아. 멋진 전략이야. 뭐가 됐던 좋아. 역시 내 눈이 틀리지 않았어. 남자야! 남자! 내가 깜짝 놀랐어!!! 응? 겁 좀 줘가 말 좀 잘 듣게 할라 캤는데 내한테 선수를 처뿌네? 으이? 그래도 뭐 이제 일 좀 제대로 해볼 수 있겠네?"

"뭔 수작을 또 부리시려고?"

"수작은. 비즈니스지. 크크크. 그건 그렇고 얼굴 괜찮아요?"

"뭐 한 대 맞아주시든가?"

"노인한테 그라마 안 되지."

"노인은 무슨. 나보다 힘 더 좋더구만. 안 늙어. 응?"

"자자, 앉아요. 우리 이제 제대로 비즈니스 이야기 좀 해봅시다."

"또 무슨 비즈니스? 난 이제 더 이상 현 회장님하고 일 못 하겠는데?"

"들어보마 솔깃할 긴데?"

"뭔데요?"

"이 변호사 전공 분야예요."

"뭔 소리냐니까?"

현 회장이 다시 웃고 있었다.

또 다른 덫

마 형사는 부안경찰서 주변에서 차를 세워놓고 나오는 경찰들을 바라보고 있었다. 며칠째 마시지 않은 술의 금단현상 때문인지 손이 떨리고 어지러웠다. 맥주잔에 가득 담긴 소주 한 잔만 마신다면 모두 깔끔하게 개운해질 것 같았지만 참기로 한다. 조금씩이지만 생각이 명료하고 분명해지고 있었다. 한 잔을 꿀꺽 마시는 것이 간절하지만 견디기로 한다.

그때 기다리던 사람이 나타났다. 부안서 강력반에서 마 형사와 갈등했던 심 형사가 걸어 나온다. 그래도 마 형사가 느끼기에 가장 대화가 될 것 같은 형사였다. 마 형사가 차에서 내려 심 형사에게 다가간다. 마 형사를 본 심 형사가 놀라서 바라본다.

“또 뭐야?”

“기억 안 나? 나야. 서울 서부서 마 형사.”

"기억 안 날 리가 있나. 그렇게 난장을 부려놓고 가셨는데!"

"후. 그건 미안하고."

"왜 왔어?"

"이야기 좀 합시다."

"됐어! 내가 왜 당신하고 이야기를 해?!"

"그러지 말고. 응?"

"됐어. 또 무슨 짓을 하려고!"

"이봐. 우리 인간적으로 생각 좀 해주라. 응?"

"뭐?"

"내 마누라가 죽었어! 지금 내 심정이 어떻겠냐?"

마 형사가 갑자기 슬픈 표정을 지으며 심 형사를 바라본다. 촉촉해진 마 형사의 눈빛.

"……에이 씨발."

"제발 부탁 좀 합시다. 회사 있어봤으니까 내 맘 알 거 아냐! 내 마누라가 죽었어."

역시 맞다. 인간적인 정에 약한 사람. 심 형사가 주변을 두리번거리며 눈치를 본다. 그리고 마 형사를 본다.

"내가 뭘 해줘야 하는데?"

"장 형사 차에 있던 서류들과 수첩만 좀 봅시다."

"……정말 그거면 돼요?"

"그거면 됩니다."

몇 분 후 마 형사는 경찰서 뒤편 지하 다방에서 심 형사로부터 서류와 수첩을 받았다.

"딱 한 시간."

한 시간 동안 마 형사는 책상에 서류와 수첩을 펼치고 사진을 찍어나가기 시작했다. 레지가 다가와서 마 형사 옆에 붙어 앉는다.

"와. 오빠 정말 잘생겼다."

"……."

"시크한 거도 맘에 들고."

레지가 슬그머니 마 형사의 허벅지 쪽으로 손을 가져간다.

"오빠, 이따 시간 있어?"

마 형사가 레지의 손을 잡고 바라본다.

"아니. 이제부터 정말 바빠질 것 같아서. 그만 가주실래요?"

정확히 한 시간 후 마 형사는 심 형사에게 서류를 돌려준다.

"고마워."

"됐고. 정말 이번 사건 뒤져볼 거야?"

"물론."

심 형사가 다시 주변을 살피더니 다가온다.

"사실…… 이건 그냥 내 생각인데……."

"말해 봐요."

"뭔가 있기는 있는 거 같아."

"!!! 왜? 뭐가 있는데?"

"위에서 관심이 많아. 아주."

"뭐라고 하던데?"

"뉘앙스가 …… 그냥 덮으라는. 뭐 그런 거지."

"!!!"

"몸 조심해."

현 회장이 태경에게 슬며시 뭔가를 걸어오고 있었다.

"들어보마 좋아할 끼야. 으이?"

"미안하지만 나는 더 이상 회장님하고 엮이고 싶은 마음이 없어!"

"내가 전에 말했잖아. 그기 니 맘대로 되는 건 아이잖아. 응?"

"회장님, 나는 이렇게 생각해. 우리 관계를 좀 재정립할 필요가 있는 거 같아. 응? 그리고 우리 나이 들어가는데 정의롭게 좀 삽시다. 응? 잠시 우리 관계도 휴식을 좀 가지고."

태경이 돌아선다. 그래 슬슬 악마를 다루는 법을 익혀가는 거다.

"이번 의뢰인들이 산재 노동자들이라 카는데?"

"!!!"

멈춰 선다.

"솔깃하제?"

태경이 현 회장을 본다.

"공장에서 잘못되가 암에 걸린 아들이라 카더라. 니 모른 척할 기가? 니 그런 거 좋아하잖아."

태경이 복잡한 표정으로 현 회장을 본다.

"역시! 고양이가 생선 가게를 그냥은 못 지나치지, 그자?"

"뭔 소립니까? 회장님이 그런 사람들을 왜 신경 씁니까?"

"나도 알고 보면 정의로운 사람이야. 소외된 곳에도 신경을 써야지?"

"호랑이 사탕 빠는 소리 그만하시고. 자세히 브리핑해 봐요."

"응…… 공장에서 일하다가 다친 애들인데 많이 억울해가 소송인가 뭔가 한다고 하네. 우리 이 변호사가 잘 좀 해결해 줘요. 억울한 사연도 듣고."

"공장? 어디 공장?"

"태산전자."

"!!!"

"야, 표정 봐라. 확 오재?"

태경이 현 회장을 바라본다. 현 회장이 그 애들을 어떻게 아는 것일까? 지금까지와는 전혀 다른 지시. 도대체 현 회장이 왜 공장 산업재해 노동자들을 변호하라는 것일까?

"잠깐. 나 이거 그냥은 못 받겠는데? 꿍꿍이가 뭐예요?"

"꿍꿍이? 하하하. 봐라 또 이칸다. 무슨 꿍꿍이? 나도 불쌍하고 소외되고 이런 사람들 좀 돌볼라고. 노블리스 오블리제 몰라요? 나도 사회정의 이런 거 엄청 고민하는데 응? 나의 그러한 정의로운 면들이 세상에 잘 안 알려져 있어."

"정의라는 말뜻이 바뀌었나? 싹 발라서 빽어먹는 걸로?"

"크크크크크."

"정말 원하는 게 뭡니까?"

"정의를 위해서……."

"에이씨! 납득이 좀 가게!"

"이미지 세탁이라고 해두자, 으이? 이 변호사 내가 요번에 느낀 것이 많아요. 검찰 가서 조사받고 조서 쓰고 사람들한테 비난받고 그라다 보이까 진짜 아, 이미지 관리 이런 거 참 중요하다는 생각이 들어요. 그런데 봐. 좋은 기회잖아요? 가난한 노동자를 황룡의 고문 변호사가 돕는다? 이 얼마나 멋진 시추에이션이냐 이 말이야!"

납득이 간다. 현 회장이라면 충분히 그럴 수 있다.

"우리 요번 기회에 좀 선하게 화장 좀 하자고 응? 민낯은 숨기고. 응? 콜?"

찜찜하다. 뭔가가 있다. 하지만 이상하게 끌린다. 현 회장과 산재 노동자? 이 어울리지 않는 조합 속에 숨겨진 것은 뭔가? 좋다. 들여다보기로 한다.

"콜."

그렇게 다시 끌려 들어간다.

태경과 원기는 태산전자 산재 피해자인 최유정을 찾아가기 위해 수원으로 향하고 있었다. 원기의 표정이 편해 보이지 않았다.

"아무래도 수상해."

"뭐가?"

"이번 사건 말이야."

"나도 두드려볼 만큼 두드려봤어. 걱정 마, 돌다리야. 이미지 바꾸려는 거지."

"정말 그럴까? 워낙 음험한 인간이라서 말야."

"원기야, 걱정하지 마. 나야 나."

원기는 불안한 표정을 지우지 못한다. 현 회장 때문이기도 했지만 태경 때문이기도 하다. 이상하게 들떠 있다.

그사이 율전동에 있는 다세대 주택가에 도착했다. 동네는 번잡하고 시끄러웠다. 주차할 곳을 찾기 위해서 몇 번이나 돌아서야 겨우 자리를 찾을 수 있었다. 좁은 골목길이 이어졌고, 유료 주차장조차 찾기 힘들 만큼 좁은 골목이 나타났다. 그리고 그 안쪽에 유정의 집이 있었다.

"같이 안 가?"

"여기 주차 위험해. 딱지 뗄지도 몰라."

"그거 얼마나 한다고. 소심한 놈."

태경이 혼자 찾아간 주소지는 오래된 다세대 주택이었다. 그곳 2층이 최유정의 집이었다. 태경은 문을 두드렸다. 20대 초반의 귀여운 여성이 문을 열었다. 유정이었다. 안쪽 안전장치에 걸린 문틈 사이로 유정의 자그마한 얼굴이 보였다.

"최유정 씨?"

"어떻게 오셨죠?"

"변호사 이태경입니다."

"변호사요?"

"네."

"변호사가 어떻게?"

"지금 태산을 상대로 소송 준비하고 계시죠?"

"네."

"그 일 때문에 찾아왔습니다."

갑자기 유정의 눈빛이 차갑게 변한다.

"태산에서 나오셨나요?"

"아닙니다. 저 모르시나요? 스타 변호사 이태경? 〈황금저울〉에 나오는데…… 패널로? 응?"

"……."

유정이 의심의 눈빛을 거두지 않는다.

"제 얼굴과 목소리를 보세요. 제가 어디 사기 칠 페이스와 보이

슨가? 응? 괜찮잖아?"

"킥."

유정이 웃음을 참는다.

"계속 밖에 세워두실 건가요?"

문이 닫힌다. 그리고 열린다.

"들어오세요."

겉으로 보기에 유정은 멀쩡해 보였다. 얼굴이 조금 길고 뽀얀 20대 초반의 평범한 아가씨였다. 어떻게 보면 굉장히 매력적인 얼굴이었다. 주방에서 유정의 엄마가 짝이 맞지 않는 잔에 믹스 커피를 내어왔다. 태경은 잠시 집 내부를 둘러본다. 변두리 다세대 주택. 18평. 방 두 개. 거실과 연결된 좁은 주방. 사진을 보니 남매였다. 청소년기 시절 두 남매의 방은 어떻게 했을까? 남동생이 거실에서 잤을까? 순간 태경은 쓸데없는 생각을 지워버린다.

"뭐 마땅히 내올 게 없어서……."

유정의 엄마가 평생 몸에 배어버린 송구함으로 태경을 바라본다.

"아, 감사합니다. 음, 커피 물이 딱 맞네요. 어머니 역시 커피를 아시네요. 하하."

그러나 입만 대고 마시지 않는다. 몇 년째 그램당 수만 원을 넘는 원두만 마셔왔다. 입에 맞지 않다.

유정을 본다. 바로 들어가자.

"피부암이라고요?"

다시 현실을 마주한 유정은 표정이 갑자기 어두워지면서 고개를 숙인다.

"네."

"보기에는 뭐 전혀……."

유정이 한숨을 쉬며 조용히 팔을 걷자 종기 같은 것들이 드러난다. 수포처럼 돋아 올라 점점 퍼져나가고 있었다. 새하얀 그녀의 피부와 붉은 종기들이 묘한 대조를 이뤘다. 깊은 침묵이 그들 사이를 감싼다. 그리 넓지 않은 다세대 주택의 창문으로 햇살이 잔인하게 쏟아져 들어온다. 햇살은 불행과 슬픔의 깊이를 적나라하게 드러낸다. 태경의 모친이 담담한 표정으로 딸을 바라보고 있다.

"병원에서는 계속 입원을 해야 한다는데……. 중간에 입원비가 도저히…… 감당이 안 돼서. 저희가 죄인이죠. 못난 부모 만나서……."

유정의 어머니가 터지려는 울음을 감추려고 긴 한숨을 내쉰다. 그리고 말을 이어간다.

"제가 하루 12시간 식당에서 일해도 8만 원을 버는데…… 그걸로는 도저히……."

괴롭다. 그만하세요. 이 집만 봐도 어떤 상황인지 알겠어요.

"이 집도 전세 보증금 빼고 월세로 돌렸어요. 그런데도…… 얘 동생은 군대에 있고…… 누가 어떻게…… 해줄 수가……."

가난한 자의 넋두리. 익숙하다. 흔들린다.

그만!

엄마의 넋두리가 이어지는 동안 유정은 담담하게 체념한 듯 앉아 있다. 그녀의 담담함. 무슨 마음일까? 하지만 동정은 금물. 냉정해지자. 오히려 찬스다. 이들이 흔들리고 있는 이때 쐐기를 박자. 비즈니스를 하러 왔다.

"돈이 무척 중요하시겠네요."

두 모녀가 멍하니 태경을 본다. 말이 없다. 눈을 피한다. 가난한 사람들의 특징이다. 돈 앞에 뻔뻔하지 못하다. 어떻게든 자존심을 잃지 않으려 한다. 체면을 지키려 한다. 부자들 특유의 뻔뻔함과 돈에 대한 악착같음이 없다. 이 착한 사람들아. 태경이 말을 돌린다.

"언제부터 그랬죠?"

"한 6개월 전부터……."

"그럼 회사도 그때 그만둔 거네요?"

"암 판정 받고 한 달쯤 있다가……. 휴직은 안 된다고 해서요."

"유정 씨 암이…… 회사 일 때문이라고 생각하는 이유가 있어요?"

"그게 저랑 같은 작업조 언니도 피부암에 걸렸거든요. 8개월 전쯤에. 둘이서 같은 병에 걸리는 게 아무래도 이상하잖아요."

"얘는 사춘기 때도 여드름 하나 안 났거든요."

유정이 엄마를 말린다.

"엄마."

유정의 엄마가 다시 긴 한숨을 내쉰다. 세상에 한숨으로 해결되는 것은 없다.

"회사에서는 뭐라 그러던가요?"

"회사 잘못이 아니라고……. 그런데 제가 인터넷에서 찾아보니까 우리 회사에서 쓰는 약품들이 발암물질이라고……. 여기."

유정이 세심하게 메모한 수첩을 한 권 내민다.

"이 수첩, 제가 회사 연수 받을 때부터 꼼꼼히 적었거든요."

태경이 수첩을 들여다본다. 전문용어들이 뒤섞여 있지만 감이 온다. 뭔가가 있다. 한때 산업재해 전문 변호사로 이름을 날린 태경이다.

"회사에서는 어떤 일을 한 거죠?"

"전자 칩을 소독해요. 쉽게 말하면 전자 칩을 세척액에 담갔다 빼는 거죠."

"좀 더 조사해 봐야겠지만…… 산업재해의 가능성이 분명히 있어 보이네요. 이런 판례가 또 많이 있거든요."

자, 이제 쐐기를 박아야 한다.

"저랑 해보시죠, 이번 사건."

유정과 엄마가 난감한 표정을 지으며 태경을 본다.

"……그런데 다른 분들도 저희를 도와주시겠다고."

"누구요?"

"푸른 변호사회라고."

인권 변호사 단체다. 예전 인권 변호사 시절 알던 선배가 만든 단체로 주로 산업재해를 다루는 팀이다. 좋은 곳이다. 하지만 이 사건 놓칠 수 없다. 현 회장의 지시 때문만은 아니었다. 촉이라고 해야 할까? 이 사건의 뭔가가 태경을 끌어당기고 있었다. 생각해 본다. 예전처럼 어설픈 정의감에 나서려는 것이 아닐까 하고. 하지만 그것만은 아니다. 그때와는 다르다. 이제는 이미 이 계산 저 계산 다 서는 30대 후반의 나이다. 직감이 온다. 언론의 주목. 가난하고 아름다운 20대 초반의 산업재해 피해 여성. 그 여성들을 돕는 정의로운 변호사. 그림이 좋다. 그 누구도 가지지 못한 이미지. 태산과 싸우는 정의로운 변호사.

태산 그룹이 걱정되기는 하지만 원래 제대로 크려면 제대로 된 상대와 붙어야 한다,

정의?

그래 내가 가져주겠어. 내 힘으로 가지겠어.

"아 푸른? 거기 좋은 일 하는 데기는 한데…… 그쪽 사람들이

맡고 있는 변호가 한두 개가 아닐 텐데 유정 씨한테 집중할 수가 있겠어요? 이런 사건 같은 경우 전문성이 엄청 요구되거든. 우리 같은 프로가 나서야지 잘 풀려요. 저 아시죠?"

유정과 엄마가 고개를 끄덕인다.

"TV에서 봤어요."

TV 만세!

"이런 걸 아셔야 해요. 이런 사건 의욕만으로 안 돼요. 푸른하고 했다가…… 지면 어떻게 할 겁니까? 물론 그쪽에서 무료로 해주겠지만 그건 결국 책임도 없다는 뜻입니다."

하지만 모녀는 여전히 망설인다.

"남들은 저 같은 변호사 서로 선임 못 해서 난리예요. 난리."

유정의 엄마가 긴 한숨을 내쉰다. 자, 이제 패를 깔 차례다.

"변호사비 때문에 그래요?"

"예? 아니 그것보다……."

그놈의 자존심. 체면. 체면이 인생을 개선시켜주지 않아.

"툭 까고 이야기합시다. 그래요. 저 비쌉니다. 하지만 저도 뭐 누울 자리 보고 다리 뻗는다고 여기다 대고 처음부터 돈 내놓으라고 그런 소리 안 해요."

두 사람이 태경을 본다.

"일체의 선수금…… 그러니까 미리 돈 받지 않습니다. 오로지 성공수당으로만."

"……네."

"저하고 나눈다고 너무 걱정하지 마세요. 태산에서 엄청 뜯어드릴 테니까."

유정의 엄마가 울음이 터질 듯한 눈으로 태경을 본다.

"감사합니다. 감사합니다, 변호사님. 이렇게 감사할 때가……."

가난하고 약하고 착한 사람들의 또 하나의 특징. 쉽게 감동한다. 게임 끝이다. 태경이 유정을 보고 묻는다.

"그 언니란 분은 병원에 계시나? 함께 일하셨다는?"

"네. 언니는 좀 많이 아파서……."

"어느 병원이죠?"

"서림대 병원 암센터에 있어요. 언니 아버님 연락처를 드릴게요……. 그런데 어떻게 저희 일을 알고 찾아오신 거예요?"

"그러니까 우리가 프로죠."

두 모녀는 넋을 잃고 태경을 바라본다. 홀렸다. 두 사람은 현관 앞까지 따라 나와 연신 고개를 숙인다.

"변호사님만 믿겠습니다!"

태경이 걸어 나와 주차된 차 뒷좌석에 탄다.

"어때?"

"월척이야. 느낌이 팍 오는데."

"이런 데서?"

"야. 대기업에서 희생당한 아름다운 이십 대 초반의 노동자. 그리고 애가 와꾸가 괜찮아. 뽀얗게 분칠해서 사진 좀 풀면 애들 또 확 빨려 들어오겠지. 그런 아름답고 불쌍한 희생자들을 돕는 정의의 사도 이. 태. 경. 야 존나 멋지지 않냐?"

태경이 들떠 있다. 위험하다. 예전 모습 같다. 인권 변호사 시절. 옳은 일 할 때의 모습. 위험하다.

"상대가 누군데?"

"태산"

"미쳤냐?"

"그니까 이 새끼야! 그림 제대로 나오는 거지. 쫙 빨려 들어오게 돼 있어. 시발, 잘만 풀려봐. 여의도가 눈앞이야."

원기가 의심을 지우지 못한다.

"근데 재들 그냥 어거지 쓰는 거 아냐?"

"내가 호구냐? 수첩을 대강 봐도 아가씨가 엄청 공부를 했더라고. 그냥 화가 나서 들이대는 게 아냐."

"뭐 어쨌든 현 회장이 소개한 거니까 할 때까지 해봐야지. 근데 정말 궁금하네. 현 회장이 갑자기 왜 저런 아가씨들을 변호하라고 하는 거지?"

"현 회장이 무슨 상관이야? 이제 내 사건이지."

"어떻게 상관이 없냐?"

"시끄럽고. 안 보여? 나 지금 완전 정의감에 불타고 있다고."

"엄청 감동적이다. 나머지 환자 한 명 더 있댔지? 거기로 가야지. 어디야?"

"서림대 암센터. 너 혼자 가. 나는 따로 들를 데가 있어"

"왜?"

태경이 수첩으로 원기의 가슴을 툭툭 친다.

"일단 이 수첩이 정확한 건지 한번 두드려봐야지. 이게 나머지 한 명 아버지 연락처야. 니가 가서 만나고 그 아버지 사무실로 데려와. 그쪽에서 넘어오게 썰 잘 풀고. 레퍼토리 알지? 스타트하자."

태경이 다시 웃고 있었다. 그 때문에 원기는 점점 더 불안해지고 있었다.

그러나…….

마음속 한쪽에서 같이 설레는 자신을 느끼고 있었다.

제발…… 이것이 덫이 아니기를…….

잠시나마 옳은 일을 하며 느끼는 휴식이기를 원기는 바라고 있었다.

수사 중독

마 형사의 집. 10평 남짓의 작은 원룸. 방에는 매트리스 하나만 덩그러니 놓여 있다. 바닥에는 빨지 않은 옷들과 술병들이 널려 있었다.

마 형사는 술병들을 밖으로 내다 버린다. 몰랐는데 엄청나다. 리어카를 끌고 지나가던 할머니가 횡재를 한 듯이 주워 간다. 옷들은 세탁기에 넣고 빨아 건조대에 넌다. 청소도 한다. 치우고 나니 아무것도 없는 방이 휑해 보인다. 마치 공허한 마 형사의 내면 같았다.

인터넷으로 노트북과 컬러 프린터 그리고 책상과 의자를 주문한다.

생각한 모든 일을 끝내고 이제는 깨끗해진 텅 빈 방 안에 혼자 앉아 있다.

그사이 생각이 점점 명료해지고 치밀해졌다. 머릿속으로 장 형사의 수첩과 서류들을 생각한다. 그 모든 자료들이 머릿속으로 서서히 구체화되고 있었다.

무명 여배우 장영미, 송엔터테인먼트 그리고 그 뒤에 있는 황룡건설. 또 다른 여배우 김민지의 실종. 두 여배우의 매니저 이동일. 그리고 서준미 검사. 그리고 수사관들. 사라진 이동일. 그리고 그와 함께 사라진 장영미의 지난 2년간의 일기. 이동일을 추적하고 있던 장 형사. 그의 죽음. 이 모든 것들이 꼬리에 꼬리를 물고 이어지고 있었다. 그렇게 마 형사의 머릿속을 떠돈다. 끊임없이 이어진다. 그러다 서로의 고리를 끊고서 자유롭게 떠돌며 다시 맞물리기 시작한다. 그것이 때로는 새로운 단서를 만들어내기도 하고 전혀 다른 시각에서 사건을 바라보게 해주기도 한다. 그렇게 그의 머릿속은 점점 복잡해진다. 그렇게 며칠을 앉아 있는다. 생각만 하며. 사건 속으로 들어가는 순간들이다. 또한 알코올중독증의 금단현상과 싸우는 시간이기도 했다. 끊임없이 손이 떨렸고, 헛구역질이 나왔다. 몸이 간지러웠고, 순간적으로 화가 나기도 했다. 편의점에서 몇만 원어치의 음식을 사와서 한 번에 털어 넣기도 했다. 그렇게 순간순간 금단현상이 찾아와 마 형사를 괴롭힌다. 생각했던 것보다 알코올중독은 심각했던 것이다.

하지만 그사이에도 책상이 도착하고 노트북이 도착하고 컬러 프린터가 도착한다.

마 형사는 금단현상과 싸우는 와중에 사건 자료를 정리하고 출력하고 인지해 나가는 과정을 멈추지 않는다.

정리한 자료를 프린터로 출력해서 벽에다 붙인다. 그 자료들이 벽들을 하나하나 채워나가기 시작한다. 그리고 이 과정 속에서 점점 사건이 정리되기 시작한다.

동시에 간절한 술 생각을 서서히 잊어간다.

그리고 오랜만에 느끼게 된다.

수사에 대한 즐거움을.

그가 점점 더 사건에 다가가고 있었다.

이제 전체 그림을 알겠다.

그리고 늘 뭔가가 낀 듯이 뿌옇던 머릿속이 맑아졌다.

마 형사가 수사 속으로 들어가기 시작했다.

그리고 더 이상 손이 떨리지 않았다.

원기는 지선을 만나기 위해 서림대 병원으로 갔다. 그리고 여전히 불안했다.

태경의 그 표정. 예전의 그 표정과 너무나 닮아있다.

입으로는 온갖 비즈니스적인 이유를 갖다 대고 있지만 왜 갑자기 그렇게 생기 있는 표정이 되었을까?

혹시…….

아닐 거다.

아닐 거야.

이번 사건으로 생기는 이득 때문일 거야.

그러면서도 원기는 불안함과 기대가 스치는 자신의 마음을 알

수가 없었다.

예전으로 돌아가고 싶은 것일까?

정말?

태경의 고등학교 친구인 원기는 인권 변호사 사무실 때부터 함께 일했었다. 그전에 조그만 개인 변호사 사무실에서 일한 적이 있던 원기는 태경과의 술자리에서 꼬임에 넘어가 함께 태경의 인권 변호사 사무실로 옮겼다.

덕분에 월급은 반 토막이 났다. 하지만 신이 나던 시절이었다. 돈도 안 되는 일을 태경과 함께 열심히도 했었다. 어찌 보면 원기의 인생에서 가장 신나던 시절이었다.

매일 사건에 매달리고 밤마다 술자리에 매달리고 그렇게 일어나서 다시 사건에 매달리던 시간들. 뭔가를 하고 있다는 뿌듯함과 자부심. 그래도 나아가고 있다고 세상을 바꾸고 있다고 믿던 시절이었다. 의미를 가지던 시간들.

그러다 크로센 사건에서 패소한 후 모든 것이 변했다.

태경은 끝없이 침몰했고, 원기는 생계를 위해서 막노동을 시작했다. 인권 변호사 사무장을 했다는 이유로 법률사무소 재취업은 어려웠다. 쉽게 말해 업계에서 찍힌 것이다. 벌이는 불규칙하고 적었다. 아이가 태어나고 나자 더욱 힘에 부치기 시작했다. 경기는 내리막이었다. 일할 수 있는 현장이 점점 줄어들고 있었다. 하지만 아이가 커가면서 들어가는 돈은 점점 더 늘어나고 있었다. 원기가 버는 수입으로는 한계가 있었다. 결국 아이를 처갓집에 맡기고 부인도 대형 마트에 비정규직으로 취직했다. 한 달 내내 열 시간 넘게 일해도 120만 원 남짓의 돈이 월급으로 들어왔다. 금전적으로는 숨통이 틔었지만 힘이 들었다. 가족이 하루 동안 서로 얼굴 한번 보지 못하고 지나가는 날이 대부분이었다. 하루 종일 애한테 시달리는 장모에게도 못할 짓이었다.

그때 태경이 찾아왔고, 손을 내밀었다. 그 손은 예전과 다르게 때가 많이 묻어 있었다. 하지만 원기는 주저 없이 그 손을 잡았다. 물론 알고 있었다. 태경이 더러운 일로 엮여 있다는 것을. 하지만 상관없었다.

이 가난을 벗어날 수 있다면.

아이에게 가장 싼 우유를 먹이지 않을 수 있다면.

피곤에 지친 아내와 매일 싸우지 않을 수 있다면.

오랜만에 만난 친구와 술값을 내지 않으려고 치사한 눈치를 보지 않을 수 있다면.

그래서 원기는 그 손을 잡았다.

그 후로 이전과는 비교할 수 없는 많은 월급이 통장으로 들어왔다. 아이 엄마는 마트를 그만두었고, 장모님 댁에서 아이를 데려왔다. 그리고 얼마 있지 않아 태경의 도움으로 서울에 30평대 아파트를 구입할 수 있었다.

안락했다. 따뜻하고, 편안했다.

더 이상 아내와 다투지 않았다.

아이는 휴먼시아 거지라고 놀림 받지 않고 깨끗한 놀이터에서 안전하게 놀 수 있었다.

어느 날 원기는 집에서 CCTV로 노는 아이를 지켜본다. 그때 아파트 밖에서 담 사이로 부러운 듯이 바라보는 아이들이 보인다. 부인에게 누구냐고 묻는다.

"옆 동네 아이들. 그쪽에 놀이터 없으니까 맨날 저기서 보기만

하네."

"들어와서 같이 놀면 되잖아."

"……부녀회에서 막았어. 못 들어오게."

"!!!"

원기는 치밀어 오르는 분노에 주먹을 쥔다. 그러다 다시 편다. 자신과 태경이 하는 짓을 생각한다. 그에 비하면 부녀회의 이기심은 합법적이다. 더 이상 분노할 자격조차 없다. 그렇게 익숙해지기로 한다. 내 아이가 담 안에 있는 것에 만족하기로 한다.

그렇게 나이가 들어가고 그렇게 세상에 물들어간다.

한 달에 돈 한 푼 벌지 않아도 태경과 함께 즐겁게 일하던 시절이 있었다. 둘이서 허름한 신림동 술집에서 5천 원 안주에 2천 원 소주를 마시면서 투지를 불태웠다. 그때는 옳은 일을 한다는 자부심이 있었다. 하지만 이제 끝내기로 한다.

그런 사소하고도 소중한 행복. 자부심과 신념, 양심 같은 것들. 하늘을 우러러 한 점 부끄럼 없는 마음의 평화를 가정의 안락과 바꾸기로 한다. 이제 정의로운 세상 따위는 그만 꿈꾸기로 한다. 이제 그만. 이제 그만. 그렇게 변하기로 한다.

그렇게 변했다.

이제 그렇게 살아가기로 했었다.

그런데…….

서림대 병원 중환자실에서 그녀를 본 순간.

그리고 그녀의 부모를 본 순간.

원기는 그 모든 것이 다시 부끄러워지기 시작했다.

태경은 명인대학 비뇨기과 의국에 마주 앉아 있다. 그곳에는 태경의 고등학교 친구인 윤기가 임상 강사로 일하고 있다. 윤기는 태경이 건네준 수첩을 천천히 살펴보고 있다. 태경이 조급하고 답답한 표정으로 윤기의 표정을 살핀다.

"어때?"

"야, 내가 이런 걸 어떻게 아냐?"

"야, 임상 강사란 놈이 의사 짬밥을 어디로 처먹은 거야?"

"야, 임마. 나 비뇨기과야."

"그럼 어디 좀 부탁할 데라도 없냐?"

"이 자식은 몇 년 만에 얼굴 봐서는 부탁이냐?"

"서른 넘어서 몇 년에 한 번 보면 친한 거지. 야, 우리 엄청 친한 거야."

"그놈의 주둥이는 진짜."

"의사 친구 좋다는 게 뭐냐? 내 친구 중에 의사 두 명만 있어도 너한테 안 와. 비록 5수 했지만 너 의대 갔을 때 내가 운 거 알지? 배 아파서."

윤기가 피식 웃으면서 일어나 앞장선다.

"시끄럽고 따라와."

"고맙다. 너 환자한테 소송 걸리면 내가 싸게 해줄게."

"개새끼야, 고맙다."

윤기는 태경을 암센터로 데려간다. 윤기 또래의 의사인 명준에게 유정에게서 받은 수첩을 건넨다. 명준이 신중한 태도로 수첩을 바라본다.

"이 친구가 이쪽으로는 빠삭해."

명준이 수첩을 내려놓자마자 태경이 물었다.

"어떻습니까? 뭐 좀 가능성이 있어 보여요?"

"네. 충분히 가능한 일이죠."

태경이 반색하며 되묻는다.

"그래요?"

"예. 벤젠하고 황산이 발암물질이란 건 거의 상식이죠. 이 아가씨 굉장히 꼼꼼하게 기록했네. 나름 연구도 했고. 그런데 지금은 가능성일 뿐이고 백프로 인과관계가 있다고 보기는 힘들어요."

명준의 말에 윤기가 덧붙인다.

"그러려면 연구가 필요한 거지."

"그렇죠. 역학 관계도 조사해야 하고."

"하지만 지금 그 수첩 내용만으로도 충분히 개연성이 있다는 거죠?"

"그렇죠."

걸려들었다. 그 정도 가능성만 있으면 된다. 어차피 여론전이다. 분위기 몰아가서 한번 해볼 만한 싸움으로 만들 수도 있다. 물론 질 수도 있다. 하지만 자기는 손끝 하나 다치지 않는다. 대신 정의로운 변호사라는 타이틀을 얻는다. 승부를 걸어보기로 한다.

"감사합니다."

태경은 빠르게 병원을 빠져나간다. 마음이 급해진다. 뒤에서 친구인 윤기가 소리친다.

"야, 너 술 언제 살 거야?"

"새끼야. 요즘 누가 촌스럽게 친구끼리 술 먹고 그러니?"

"뭐?"

"커피 마셔. 내가 톡으로 아메리카노 한 잔 쏠게. 스타벅스."

"아우, 저 개쓰레기 같은 놈!!"

"사랑해!"

태경은 멀어지고 윤기가 웃으며 돌아선다.

태경이 사무실로 올라오자 원기가 혼자서 소주를 한잔 마시고 있다.

"야, 윤기 그 새끼 아직도 정신 못 차리고 술 처먹을라고 별짓을 다 하더라. ……깡소주냐?"

"……."

"왜 또 진지 빨고 지랄이야!"

"한잔할래?"

"술들 못 처먹어서 귀신 붙었어? ……왜들 그래?"

"이 사건 꼭 해야겠냐?"

"왜?"

"느낌이 이상해."

"무슨 느낌?"

"왜 현 회장이 이 사건을 맡겼을까?"

"몇 번 얘기해, 새끼야!! 화장할라고. 이미지 세탁하는 거지."

"……."

"편하게 생각해! 야 정의로운 변호사 되고 좋은 거지 뭐."

"정말 그것뿐이야?"

"뭐?"

"왜 그렇게 신나하냐?"

"!!! 뭐가 신나?"

"예전으로 돌아가고 싶은 건 아니고?"

"돌아가기는, 지랄하네."

"태경아…… 그 아가씨 심각해."

"……."

"그러니까……."

"뭐가?"

"정말 딱해."

"임마, 그러니까 우리가 응, 더 정의롭게 한번 해줘야지."

"……."

"임마, 냉정하게 생각해도 그 아가씨를 위해 내가 하는 게 맞지 않냐?"

"정말 계산하고 들어가는 거지?"

"당연하지."

"너 또 예전처럼…… 크로센 때처럼…… 그러는 거 아니지?"

"!!!"

태경이 원기 앞에 있는 소주를 따라서 마신다.

"원기야. 나 이태경이야!!!"

"상대는 태산이야!"

"세게 붙어야 세게 먹는 거야. 사이즈를 좀 키워, 이 새끼야!"

"너 정말이다. 우린 이거 비즈니스야."

"그래, 임마!"

그래 비즈니스. 가녀리고 안타까운 여성 노동자들을 돕는 정의의 변호사. 기자들을 풀어서 대대적인 여론전을 시작할 것이다. 주요 언론은 광고를 매개로 태산이 통제할 수 있겠지만, 요즘은 그런 언론만 있는 것이 아니다. 작은 인터넷 언론부터 페이스북, 트위터. 자신을 홍보할 방법은 많다.

'그래, 이걸로 어줍지 않은 마음의 짐은 완전히 털어내자. 괜히 마음의 짐을 가지지 말자. 누가 정의로운 사람을 판단한단 말인가? 내가 그 정의를 가지겠어!'

거대 기업 태산과 맞서 싸우는 정의로운 변호사. 얼마나 달콤한가? 지금의 유명세에 약자를 돕는 정의로운 변호사라는 타이틀까지 받게 되면 금상첨화다. 그건 정말 더욱 높은 곳으로 날아갈 수 있는 날개가 되어줄 것이다. 정치인이 되지 말란 법도 없다. 태경은 그런 마음이다. 정의로운 변호사? 그래, 그걸 내가 가지겠어. 내 힘으로.

하지만 알 수 없는 이 설렘과 두근거림. 괜히 좋아지는 기분. 뭔가를 하고 있다는 이 기분.

설마?

아니야. 그런 게 아니야.

정말 비즈니스야.

비즈니스일 뿐이야.

정말…….

효림은 늦은 시간 검찰청을 빠져나오고 있었다. 새로 옮긴 검사

실에서는 매일같이 야근이 이어지고 있었다. 사건 처리는 여전히 많았고 검사는 승진과 실적을 위해서 수사관들을 몰아붙였다. 그러나 그 검사의 업무 효율은 매우 낮았다. 효림은 지금 검사실에서 일하고 난 후부터 준미가 얼마나 엄청난 속도로 치밀하게 업무를 처리했었는지 알게 되었다.

효림은 지친 표정으로 밖으로 걸어 나온다. 무기력하고 짜증 나는 날들의 연속이었다. 인생의 재미가 없었다. 지루하고 답답했다.

'사표 내고 확 여행이라도 가버릴까?'

그러나 돌아왔을 때 직장조차 없는 자신의 모습을 떠올리고는 곧 포기한다. 한 번의 여행으로 인생이 바뀔 것이라고 기대하던 철없던 시절은 이미 오래전에 지나갔다.

그때 한 남자가 자신을 막아선다. 놀라고 짜증이 확 치민다. 피곤하고 귀찮아 효림이 피해서 가려는데 남자가 다시 막아선다. 효림이 한 소리 하려고 고개를 든다. 그런데 그 순간 그 모든 짜증이 사라진다.

잘생긴 남자가 다소 찌든 모습으로 트렌치코트를 입고 서 있다. 그리고 효림을 빤히 쳐다본다. 확인하려는 듯이. 다소 부끄럽다.

"서효림 서기?"

"네."

그런 스타일이 아닌데 부끄러워진다.

"괜찮으시면 커피 한잔할까요?"

아!!! 세상은 공평하다. 신은 있다. ……수많은 고난과 고통 후에 이런 축복과 행복을 내려주시다니. 그동안 만났던 오징어 찌질이 전 남친들과 폭탄 소개팅남들 후에 이런 훈남을 내려주다니!

다시 성당에 나가기로 한다. 신께 감사와 축복의 기도를 올리겠다고!

그러나 너무 쉽게 넘어가서는 안 된다. 너무 좋아하는 티를 내지 말자.

"어 많이 늦었는데……."

"오래 걸리지 않습니다. 따라와요."

"아니…… 잠깐만요."

"네?"

"좀 무례한 거 아닌가요? 당신이 누군 줄 알고요?"

아이씨. 이러다 그냥 가버리면 어떡하지? 하지만 잘생긴 살인마면 어떡해? 하기야 살인마면 어때? 이렇게 잘생겼는데. 효림은 복잡하다.

남자가 귀찮은 듯이 신분증을 꺼낸다.

"서부서 마 형사요. 장 형사 마누라."

"!!!"

"사건 이야기 좀 합시다."

젠장! 남자는 개뿔!

가까운 카페에서 마 형사가 효림 앞에 서류들을 펼쳐놓고 사건 정황에 대해서 꼬치꼬치 묻는다. 효림은 틱틱거리면서도 다 대답해 준다. 그렇게 한참이 흘렀다.

"그럼 지금 수사는 완전히 멈춘 거군요."

"그렇죠."

"그 서준미 검사는, 그 사람은 어떻게 됐습니까?"

"전주지검으로 내려갔어요."

"음……."

"이 사건을 수사할 생각인가요?"

"네."

"왜요?"

"내 마누라가 죽었으니까."

"하하하. 너무 웃겨. 진짜 마누라는 없어요?"

"없어요."

"왜요?"

"뭐 그냥."

"하기야 딱 봐도. 워커홀릭이네."

"……."

"정말 이 사건을 풀고 싶다면요. 이동일을 찾아요. 그리고 송엔터테인먼트. 거기서 풀어야 해요."

"장 형사를 죽인 건 결국 황룡건설 현 회장이겠군요."

"그렇죠. 양철기를 죽인 것도."

"개새끼들."

"하지만 증거는 없어요. 깔끔하죠."

"……."

"조심하세요."

"네?"

"그쪽 위험해 보여요."

"이 사건이 위험한 게 아니고?"

"둘 다."

마 형사가 일어선다.

"그쪽이나 조심하슈."

"네?"

"그쪽이야말로 미련이 있는 게 아니고?"

"!!!"

"내가 보면 딱 알지. 수사에 빠져 있는 사람 얼굴."

"!!!"

"헤어나지 못해요. 어떤 마약보다도 이게 쎄거든, 중독이."

아니야!

"밤마다 피해자들이 꿈에 나타나죠?"

아니야…….

"안타까워서…… 잡고 싶어서 미칠 것 같죠?"

아니……라고.

"그걸 잊으려고 하니까 세상이 다 재미없고 막 무기력하죠?"

"!!!"

"도망가요."

"!!!"

"아니면 망가져버릴지도 몰라. 나처럼."

마 형사가 웃으면서 밖으로 나간다.

아니…….

효림이 못 박힌 듯 가만히 앉아 있는다.

그리고 알게 된다.

그토록 회피하려고 했던 그것.

그래. 사실은 다시 수사가…… 하고 싶었다.

진짜 수사를.

지문이 없는 손가락

태경은 그날도 최서인의 집 앞에서 차를 대고 기다린다. 이유는 알 수 없었다. 왜 자꾸 이곳으로 오게 되는지. 왜 자꾸 저 소녀를 바라보게 되는지.

'대체 무엇을 확인하고 싶은 거야? 얼마나 망가졌나를 보려고? 니가 얼마나 끔직한 짓을 저질렀나를 확인하고 싶은 거야?'

그 어떤 것에도 대답할 수 없다. 그냥 습관처럼 이곳으로 와 바라본다, 저 아이를.

그날도 최서인은 늦은 밤이 되어서야 나타났다. 짧다 못해 엉덩이가 보일 것 같은 치마, 짙은 화장을 한 그녀가 집에서 나온다. 그리고 밖에 서 있는 태경의 차를 확인하고는 가운뎃손가락을 올린다. 그리고 걸어간다.

태경은 차를 타고 천천히 따라간다.

놀이터. 담배를 피우며 핸드폰을 만진다. 오토바이 몇 대가 도착한다. 모두 배달 오토바이들이다. 그 뒤에 탄 서인 또래의 여자들. 술을 사오는 남자들. 그곳에서 술 파티가 벌어진다. 담배를 피우고 소리를 지른다. 잠시 후 여자아이 하나가 술에 취해 비틀거리다가 미끄럼틀에 쓰러진다.

킥킥킥.

남자아이 하나가 여자애를 업고 사라진다.

서인은 그사이에도 계속 욕을 하고 술을 마시고 담배를 피운다.

태경은 그저 바라볼 뿐이다.

진태는 퇴근 후 집 안 정리를 깔끔히 끝낸 다음 아이를 목욕시키고 재우고 나서 소파에 앉았다. 멍하니 창밖을 바라본다. 지금은 준미와 일할 때보다는 많이 널널하다. 특히 집까지 일을 싸가지고 들어오는 일은 거의 없었다. 그저 주어진 사건만 프로세스에 맞춰 처리하고 있었다. 그건 진태가 가장 잘하는 일이었다.

밤 9시가 넘어서야 부인이 퇴근한다.

"밥 먹자."

최근 들어 부인은 거의 집안일을 하지 않아도 되었다. 진태가 거의 모든 집안일을 하기 때문에 그저 일하러 나가면 되었다. 하지만 어쩐지 마음이 편하지 않았다. 그녀는 연애 기간 포함해서 진태를 10년 넘게 알아왔다. 그는 믿을 만한 남자였지만 조금 고루한 면이 있었다. 자기의 룰을 지키고 절대 벗어나지 않는다. 소심하고 안정적인 면을 중요하게 생각하는 남자. 함께 삶을 꾸려나가는 동지로서는 만점에 가까웠지만 남자답다고 느낀 적은 별로 없었다. 그런데 지난 몇 달 동안 회사에서 늦게 퇴근했을 때 집중해서 서류를 들여다보는 남편을 보고 섹시하다는 생각을 했었다.

그의 머릿속은 온통 사건뿐이었고, 그렇게 열중하고 몰입하고 있는 것이 옆에서 봐도 보일 정도였다.

'아, 이 남자에게 이런 면이 있었구나.'

그래서인지 밤늦게 서류를 덮고 침대로 온 남편에게 억지로 안긴 적도 있었다.

그런데 요즘은 남편을 보면 상처받은 사슴 같았다. 그는 웅크렸고 필요 이상으로 움직이지 않았다. 평소에도 불만이었던 소심하고 나약한 면이 그를 삼켜버린 것 같았다.

그는 말없이 집안일을 하고 아이를 돌보고 출퇴근을 했다.

그뿐이었다.

그에게서 어떤 그 무엇이 빠져나가버린 것 같았다.

부인은 그런 남편을 본다.

과연 인간을 살아가게 만드는 것은 무엇인가?

견디는 삶이 아니라, 행복하고 충만하게 만드는 것은…….

그래.

그것은 결국 일이었다.

마 형사는 장 형사가 목숨을 잃은 저수지에 서 있었다. 산속의

고요한 저수지. 그리고 절벽. 몇몇의 낚시꾼들이 세월 좋은 표정으로 낚싯대를 드리우고 있었다.

마 형사는 장 형사가 떨어져 내린 그곳을 바라본다.

'누구일까? 누가 장 형사를 죽인 것일까?'

장 형사는 비록 나이는 들었지만 체격도 좋았고, 주짓수로 꽤 단련된 사람이었다. 그런 그가 그렇게 아래로 던져졌다. 만약 살해가 맞다면 꽤 힘을 갖춘 사람이 분명했다.

그런데 왜 여기서 일이 벌어졌을까?

왜 하필 이 산 구석에 처박혀 있는 저수지일까?

혹시 그것은 이동일을 발견했다는 것?

이동일이 이곳에 있었다?

그럼 이동일이 장 형사를 죽였다?

아니다. 평범한 매니저가 장 형사를 제압하기는 어렵다.

그렇다면 누군가가 이곳에 더 있었다는 뜻이 된다.

그 누군가는 누구인가?

혹시 이동일을 추격하는 자들이 더 있었던 것은 아니었을까?

그리고 장 형사는 그들과 이동일을 두고 다투었다.

그 과정에서 장 형사가 사망했다.

그리고 이동일과 추격자들은 사라졌다.

그들은 어디로 갔는가?

혹 그들에게 잡혀간 것일까?

그들은 이동일을 잡아서 어떻게 했을까?

이동일이 지금 살아 있기는 한 걸까?

만약 살아 있다고 하더라도 추격을 하기가 막막했다.

단서는 사라졌다. 이동일이 더 이상 낚시터에 숨어 있지는 않을 것이다.

마 형사는 긴 한숨을 내쉬며 저수지를 몇 바퀴째 돌아본다. 유유자적한 사람들의 표정을 보면서 낚시나 배워둘걸 그랬나 하는 생각을 한다. 생각을 정리할 겸 담배를 피우며 한 낚시꾼 옆에 앉아서 조용히 저수지의 수면을 바라본다. 낚시꾼과 베스가 들어와서 좋은 낚시터들을 망쳐버렸다는 이야기를 주고받는다. 그때 낚시 바늘이 수초에 걸린다.

"젠장!"

낚시꾼은 장화를 신고 저수지로 들어가 긴 낫으로 수초 일부를 베어낸다. 마 형사는 별생각 없이 그 모습을 바라본다. 그런데 낚시꾼이 수초를 뒤적이던 그때!

수초 아래서 뭔가가 빛을 받아 반짝이는 것이 보였다.

마 형사는 낚시꾼에게 뜰채를 빌려서 그 반짝이는 것을 걷어낸다.

열쇠다. 그리고 열쇠 옆에 달려 있는 노란색 플라스틱 번호표.

열쇠의 상태가 물에 빠진 지 그리 오래되지 않아 보인다. 물이끼도 많이 끼어 있지 않다.

그 노란색 플라스틱 번호표는 본 적이 있다. 아주 예전에.

이것은 남대문 김 박사의 창고 열쇠였다.

마 형사는 문득 장 형사의 말이 생각났다.

"형사의 일이라는 게 혹시의 가능성에 모든 것을 걸어보는 것이지."

태경이 책상에 다리를 올리고 서류를 검토하고 있는데 사무실 문을 열고 원기가 들어온다. 문 사이로 반쯤 몸을 걸친 원기가 태경에게 눈치를 보낸다. 태경이 일어나 양복 단추를 채우는 사이 유정과 지선의 아버지 준철이 들어온다. 원기가 준철을 만나서 미리 이야기를 끝내놓았다. 준철은 잠시 고민을 했지만 원기의 끈질긴 설득에 결국 넘어왔다. 태경은 얼굴에 근심과 주름이 가득한 준철의 얼굴에 깊은 인상을 받았다. 많이 보아온 얼굴. 열심히 세상을 살아왔을 사람. 그러다 마지막 순간 감당할 수 없는 고난을 맞이한 사람. 그러나 무너지지 않고 가까스로 버티는 사람. 깃털 하나의 무게를 더하는 것만으로 무너질 것 같은 사람. 인권 변호사 시절 수없이 보아오던 얼굴이었다. 안 된다. 감정이입은 안 된다. 냉정해지기로 한다. 일부러 밝게 목소리의 톤을 높인다.

"어서들 오십시오! 먼 길 오셨죠. 아버님은 처음 뵙습니다. 저 변호사 이태경입니다."

"지선이 애빕니다. 어준철입니다."

"네, 아버님. 유정 씨도 잘 지냈죠?"

유정이 희미하게 웃는다.

"네."

"지선 씨는 어떻게 차도가 좀 있습니까?"

준철이 긴 한숨을 쏟아낸다. 그 질문 하나가 돌덩이 하나를 그의 가슴으로 내린 것 같다. 그는 가까스로 웃으며 태경을 본다.

"괜찮습니다."

무너지기 직전이지만 겨우 평정을 유지하고 있는 모습이었다.

"저 변호사님……."

"네, 아버님. 말씀하세요."

"우리…… 지선이가…… 정말 그 회사에서 일한 것 때문에…… 그런 겁니까?"

"그럴 가능성이 높습니다. 제가 간단하게지만 명인대 피부암 센터에 가서 확인을 했습니다."

준철의 표정이 일그러진다. 죄책감과 아픔. 그는 다시 긴 한숨을 토해 낸다.

"공부도 잘하는 애였는데…… 집안 사정 어렵다고…… 어떻게 해서라도 대학에 보내는 건데……."

준철이 괴로워하며 꺼칠한 양손으로 얼굴을 문지른다. 유정은 멍하니 창문만 본다.

"아버님, 저희는 이번 일에 당사자들만큼이나 큰 아픔을 느끼고 있습니다. 그래서 반드시 저희 손으로 태산전자의 잘못을 입증하고 두 분의 피해만큼 보상을 받아낼 겁니다. 저희를 믿어주세요!"

누가 보더라도 진솔한 호소였다. 태경이 거기에 덧붙인다.

"저의 명예나 돈 때문에 이번 변호를 맡으려는 것이 아닙니다. 저는! 반드시 이 사건을 해결할 겁니다. 그건 오직 한 가지 이유 때문입니다. 잃어버린 정의를 되찾고 싶기 때문입니다."

그런 태경을 보는 두 사람의 눈이 떨린다. 매듭을 지어야 한다. 그 순간 태경이 원기에게 눈짓을 보낸다.

원기가 기다렸다는 듯이 유정과 준철 앞에 서류를 내민다. 그리고 설명을 시작한다.

"간단합니다. 일체의 비용을 받지 않습니다. 다만 승소하거나 합의를 했을 때 20퍼센트를 받겠습니다. 만약 패소한다면 한 푼도 받지 않습니다."

두 사람은 멍하니 서류를 바라본다.

원기가 두 사람 앞에 인주를 내민다.

"요기 찍으시면 됩니다."

준철이 태경을 본다. 눈물이 그렁그렁한 그의 눈.

"변호사님…… 우리 지선이 그리고 여기 유정이…… 도대체 왜 그랬는지 꼭 좀 밝혀주십시오."

"물론입니다."

준철이 서류에 도장을 찍는다. 유정도 찍는다.

"탁월한 선택을 하신 겁니다. 절 믿으세요."

태경이 티슈를 톡톡 뽑아 둘에게 내민다.

유정과 준철이 휴지로 엄지를 닦는 사이 태경이 지장을 찍은 소송장을 바라본다. 준철의 지장에 지문이 묻어나지 않았다.

너무 일해서 지문이 묻어나지 않는 엄지손가락.

그 손가락으로 찍은 지장.

한참 바라본다.

어쩌겠나. 세상이 그런걸. 그렇게 생각하기로 한다.

'흔들리지 말자.'

현 회장은 사무실에 앉아서 차분히 도자기를 바라보고 있었다.

한동안 준미에게 시달린 그는 이제야 마음의 짐을 덜어버렸다. 자신을 누르던 바위를 하나 치워버린 기분이었다. 원래대로 자신이 원하는 안락한 세상 속으로 돌아가고 싶었다. 모든 것을 통제하고 조종하는 그 세상으로 말이다.

서준미.

정말 강적이었다. 살아오면서 수많은 위기를 맞았지만 이번에는 정말 위험했다. 그리고 그 위기는 점점 커지는 것 같았다. 어린애들이 이 세상을 헬조선이라고 부른다고 들었지만 현 회장에게도 점점 헬조선이 되어가고 있었다. 그가 처음 사업을 시작하던 때만 해도 인터넷도 없었고 자신을 감시하는 세력도 지금처럼 많지 않았다. 정권의 핵심부에 줄을 대서 돈을 건네면 만사 오케이였다. 감히 누구도 토를 달 수가 없었다. 하지만 인터넷이니 SNS 같은 것들이 생겨나면서 사회가 점점 투명해지고 있었다. 더 이상 숨기고 속이기 힘들어진 것이다.

때문에 현 회장도 자신의 세력을 유지하기 위해서 더 치밀하게 움직여야 했다. 더 많은 돈을 써야 했고, 예전에는 고위급만 대접해도 됐다면 지금 그는 일선 검사들까지 접대해야 하는 상황이었다. 점점 더 통제력이 약해지고 있다는 것이 느껴졌다.

"나라꼴이 엉망이라…… 군대가 다시 한번 일어나가 싹 쓸어뿌리야 되는데……."

현 회장이 입에 달고 사는 말이었다. 그는 통제된 세상이 좋았다. 그 속에서 자기만이 자유로운 그런 세상. 하지만 점점 모두가 자유로워지고 있었다. 두려웠다.

그런 상황에서 강적을 만난 것이다. 수많은 검사들이 그를 수사하겠다고 덤볐지만 모두 포기하거나 그의 로비에 넘어갔다.

예전에 단 한 명 정의로운 검사가 그를 집요하게 수사해서 교통사고로 위장해서 그를 병상으로 보내버렸다. 당시에는 CCTV도 적었고 블랙박스도 없던 시절이어서 가능했다. 하지만 요즘은 그런 식의 테러는 불가능했다.

결국 자신을 던져서야 겨우 막아낼 수가 있었다.

서준미.

그러나 결국 그가 이겼다.

안도의 한숨을 내쉰다. 내색하지 않았지만 그동안 나름 두렵고 스트레스를 받았었다.

이제는 정말 굿바이하고 싶었다.

서준미와.

태경은 명인대학교 암센터의 자문을 받아서 의학적 근거를 찾았다. 일단 소송의 근거는 갖춘 것이다. 그러나 확률을 높이려면 좀 더 많은 케이스를 찾아야 했다. 그러나 그러한 노동자들을 일일이 찾아내는 것은 꽤 많은 시간이 걸리는 일이었다. 유정이 수소문해서 찾아낸 병을 앓은 퇴직 노동자들은 상당수가 사망했다. 또한 치료 중이거나 완치된 일부 노동자들의 경우 소송에 참여하는 것을 거부하는 경우가 대부분이었다. 두려움 때문이기도 하겠지만 태산 쪽에서 미리 손을 쓴 것이 아닌가 하는 의심이 들기도 했다. 전화나 대면 자체를 거부하는 경우도 있었던 것이다. 이런 문제들은 시간을 가지고 보강해 나가야 하는 사안들이었다. 비슷한 병을 앓은 환자가 많을수록 소송을 진행해 나가는 과정에서 유리한 것은 너무나 분명한 사실이었다. 그러나 문제는 시간이었다.

"좀 더 자료를 확보해서 가자. 소송에 참여할 피해자들도 좀 더 모으고. 이대로 부딪히면 어려워."

원기의 말에 태경이 소파 뒤로 기댄다.

"얼마나 걸릴 거 같냐?"

"최소 6개월은 잡아야 하지 않겠냐?"

"원기야."

"응?"

"지문도 없이 일하는 사람한테 6개월이 어떨 거 같냐?"

"!!!"

"일단 고 하자."

"그러다 못 먹으면?"

"어차피 재판도 오래 걸린 거고 그 과정에서 보강해 나가자. 결국 여론전이야."

"야, 우리 칼 한 자루 차고 백만대군한테 돌격하는 거야."

"임마. 그래야 소문이 나는 거야. 장하다고."

"후……."

"원기야, 인생은 말이야. 원래 모험이야."

원기는 다음 날 법원에 가서 태산전자에 소송장을 날렸다.

문득 두려워지기 시작했다.

주만용은 조급해하고 있었다. 준미를 제거한 후 현 회장을 만나기가 점점 더 어려워지고 있었다. 거기다 곧 인사 철이었다. 검사장 승진을 위해서는 법무부나 대검의 요직을 거치는 게 유리했다. 현 회장의 지원이 필요했다. 그러나 현 회장은 이런저런 핑계를 대며 만나는 것을 피하고 있었다. 그러면서 그에 대한 지원도 갑자기 중단했다. 차와 선릉 원룸 월세마저 중단해 버렸다.

주만용은 굴욕감을 느꼈다.

'이 개만도 못한 인간. 감히 나한테 이럴 수가 있어?'

주만용은 장윤선에게 마지막 통보를 했다.

"현 회장님이 계속 이런 식으로 나오면 저도 생각이 있습니다. 가만히 있지는 않을 겁니다!"

"가만히 있지 않으면요?"

"현 회장님한테 장영미가 어디 있는지 내가 궁금해한다고 좀 전해주세요."

얼마 지나지 않아서 현 회장으로부터 연락이 왔다. 그리고 드디어 현 회장을 만날 수 있었다. 도착한 곳은 개가 짖어대는 어느 폐공장이었다.

주만용은 차에서 내려 안쪽으로 향하며 기분이 나빠지기 시작했다.

'뭐 하자는 거야? 겁주자는 거야?'

공장 안쪽으로 들어가자 현 회장이 최 과장과 함께 서 있었다. 옆쪽에 있는 커다란 통에서는 장작이 타오르고 있었다.

"아이고 회장님, 오랜만입니다. 근데 여기 좀 그르네요?"

"주 검사, 거 점잖은 양반이 전화로 그런 소리나 하고 그라마 되겠스요?"

"회장님, 그러니까 저를 좀 돌봐주셔야지? 응? 단물 쏙 빼묵고 그래 버리마 되겠습니까? 예? 내가 서준미 수사 자료들 그래 속속들이 알아내가 일러바치지 않았으면 회장님이 서준미 처리할 수 있었겠어요?"

"후, 주 검사. 자꾸 잊는 거 같아. 우리가 누군지? 응?"

최 과장이 몸을 풀면서 앞으로 걸어 나온다.

"와, 뭐 때리려구요? 뭐 저번에 내 무릎 한번 꿇리고 나더니 내가 쉬워 보이는 모양이네?"

"말이 많다."

최 과장이 노려본다.

"내 몸에 손이라도 대면 감당 못 할 텐데?"

"감당?"

"거 회장님. 자꾸 어린 여배우들 데리고 가서 그러면 되겠어요?"

"!!!"

"그걸 세상이 안다고 생각해 봐요?"

최 과장이 다가간다.

"내 몸에 손만 대봐!!! 내가 확 불어버릴 테니까?"

"니 불 수 있나?"

"현 회장님, 와 나를 완전 호구로 봤네? 내가 뭐 무서워가 벌벌 떨면서 현 회장님한테 벌벌 길 줄 알았어요? 아니야! 그게 아니지. 내가 궁지에 몰리면 같이 자폭하는 거지."

만만치 않다. 주만용.

"그러니까 응? 나를 좀 동등한 파트너로 인식을 해주셔야겠어."

현 회장이 주만용을 노려본다.

"회장님, 나 잘 좀 나가고 싶어. 서포트 좀 해주셔. 응? 내가 많이 바라나? 그 정도 해주실 수 있잖아. 인간적으로."

"그라마 주 검사님은 나한테 뭐를 해주시겠어요?"

"서준미, 내가 완전히 날려줄게요."

현 회장이 주만용을 바라본다.

"그랄 수 있겠어요?"

"나는 이제 서준미 없으마 못 살 거 같아요."

"그건 나하고 비슷하네."

"서준미. 그년한테 내가 구렁텅이를 선사할 테니까 회장님은 잘 보고 계세요."

"기대해 볼게요."

"그리고 자꾸 내 전화 피하고 그러지 마세요. 네? 내가 회장님에 대해서 많은 거를 알고 있다는 거 잊지 마시고. 서준미가 조사하던 장영미 자료. 나한테 다 있어요. 서준미는 컨트롤 못 했지만 나는 다르지. 응?"

"!!!"

"내가 회장님 내 칼끝에 세운 겁니다."

주만용이 웃으면서 현 회장을 본다.

현 회장이 웃는다. 웃어준다. 재밌는 놈이다.

'감히 내게 게임을 걸어?'

하지만 생각보다 영리하다. 현 회장은 주만용을 좀 더 데리고 가 보기로 한다.

이 사냥개가 언젠가 필요할 때가 있을 것이다.

사냥철은 아직 끝나지 않았다.

김박사의 금고

태경은 완전히 일에 몰두해 있었다. 관련 자료를 뒤지고 해외의 산업재해 사례를 찾아가며 소송을 준비하고 있었다. 해외에서도 반도체 관련 공장에서 암과 백혈병 발병률이 급상승한 사례가 많이 보고되어 있었다. 태경은 그 사례들과 자료들을 꼼꼼히 검토하고 나서 생각했다.

'충분히 승산이 있다!'

그렇게 서류를 들여다보는데 원기가 들어온다.

"팔자 좋다. 누구는 아침부터 이리저리 뛰어다니는데."

"그게 고시 패스한 사람과 안 한 사람의 차이 아니겠어? 그리고 새끼야, 영어 논문 읽다가 토 나오겠다. 내가 돌아다닐 테니까 니가 앉아서 논문 읽어!"

원기가 서류 봉투를 흔들며 태경을 본다.

"소송 반박문 왔다. 상대가 누군 줄 알아?"

"누군데?

"인창."

"!!!"

인창.

대한민국 최고의 로펌. 수백 명의 변호사들. 대법관과 검찰총장, 법무부 장관 출신이 즐비하다. 최근에는 명문대 로스쿨 성적 상위권의 엘리트들을 싹쓸이해 가고 있다. 더군다나 태경과는 크로센 건 때 제대로 붙은 적이 있다. 태경은 더럽게 걸렸다고 생각한다.

"세게 나오는데."

"당연하지. 그쪽에서도 산업재해로 한번 물리면 공장 다 갈아엎어야 하는데. 예상 못 했어? 초짜처럼 긴장하기는."

예상 못 했던 바는 아니다. 태산 그룹 정도라면 돈에 구애받지 않고 최고의 로펌을 고용하는 것이 당연한 일이다.

태경의 핸드폰이 울린다.

"여보세요? 응. 그래 오랜만이다. 응. 잘 지내지? 근데 어쩐 일로? 뭐!!! ……그래, 뭐 보는 게 어렵나? 알겠다."

원기가 태경을 한참 바라본다. 태경도 전화를 끊고 원기를 본다.

"뭔데?"

"인창에 있는 연수원 동긴데……."

"왜?"

"보자네."

"왜?"

"모르지."

"무슨 꿍꿍이지? 소송 앞두고 왜 만나자는 거야?"

"만나주는 게 뭐 어렵나?"

"뭔가 찜찜한데……."

"뭐가 찜찜해? 쫄지 마."

"후…… 정말 이러는 게 맞냐?"

"뭐?"

"이 사건 말이야."

"이 사건 뭐?!"

"이런 걸 우리가 맡는 게 맞냐?"

"원기야."

"왜?"

"맞고 틀리고는 없어. 그냥 가보는 거야."

"그러다 다들 인생 엿 되는 기야."

"내가 인생 엿 돼봐서 아는데 괜찮아. 살 만해. 자, 오랜만에 만나서 동기 간의 우정이나 확인해 볼까?"

단단한 대리석으로 된 인창은 여전히 은밀하게 간판조차 없었다. 태경은 문득 이곳에서 유흥수 변호사와 대립했던 5년 전을 떠올렸다.

순간 분노가 치밀어 올랐지만 그런 감정들을 지워버리고 쿨하게 들어가기로 한다. 그것이 프로다. 게다가 어차피 그때와는 모든 것이 변했다.

대리석으로 깔린 세련된 로비가 모습을 드러낸다.

정장 차림의 두 명의 여직원이 입구에 서 있고, 그 옆으로 무전기를 든 건장한 남자가 서 있다. 로비로 걸어 들어오는 태경을 그 남자들이 막아선다.

"어떻게 오셨습니까?"

"세 시 약속인데. 태산 소송 건으로."

"네, 잠시만 기다리세요."

남자가 로비 여직원에게 눈짓하자 여직원이 전화를 한다.

"태산 소송 관련해서 오셨는데요. 네."

전화를 끊고 태경을 본다.

"올라오시랍니다. 3층 회의실로 들어오시랍니다."

"고마워, 아가씨."

태경이 여직원에게 눈짓하며 올라간다. 여직원이 피식 웃는다.

태경이 3층 엘리베이터에서 내린다. 이리저리 두리번거리다 회의실 안으로 들어가자 십수 명의 젊은 변호사들이 막대한 서류를 앞에 쌓아놓고 이야기를 나누고 있다. 순간 분위기에 압도된다. 앞쪽 화이트보드엔 태산 관련 메모가 보인다.

'일부러 회의실로 오게 했다. 겁주려고.'

"태경이 형."

태경이 돌아보는데 연수원 동기 혁권이다. 잘 짜인 각본처럼 나타난다. 일단 그 연극에 속아주기로 한다.

"혁권아!"

"난 형이 지금 여기 나타날 때까지 안 믿었어. 형은 이런 쪽 아니잖아."

"내가 인생이 드라마틱하니까."

"하하하. 여전하네."

젊은 변호사들이 태경을 본다. 싸늘한 표정.

"아우 춥다, 야."

"아 우리 애들이 원래 좀 싸해. 내가 이번 사건 팀장이야."

"어 그래?"

"오늘은 뭐 간단히 상견례나 하자고. 하하하. 낮이지만 한잔할까?"

태경은 혁권을 따라서 주변 와인 바로 이동한다. 지하에 있는 고급스러운 공간이었다. 밀폐된 방으로 들어가자 곧 마담이 들어와 익숙한 농담을 나눈다. 잠시 후 수십만 원 하는 고급 와인이 나온다.

"너 좋은 거 마신다."

"돈 벌어서 뭐 해. 뭐 이런 거로라도 풀어야 하지 않겠어?"

"근데 왜 보자고 했냐? 그것도 직접 부르고 말야. 나 긴장 탔어."

"보고 싶어서. 우리 오랜만이다, 그치? 좀 보고 살아야 하는데."

"사는 게 다 그렇지 뭐."

"형 얘기는 자주 들었어. 형이 법정에서 날아다닌다고. 형 별명이 법정의 김윤석이라며? 내가 한번 봐야 하는 데 말야."

"이번에 봐."

혁권이 순간 멈칫하며 태경을 본다. 그리고 다시 업무용 미소.

"형……."

"응?"

"우리 좀 맞출 게 있는데."

"맞춰? 뭘 맞춰?"

"나는 우리 파트너한테 이거 그냥 합의만 하면 되는 사건이라고 들었는데…… 파트너도 소송장 꽂혀서 좀 놀란 모양이야. 그래서 내가 투입된 거야. 어떻게 된 건지 형한테 좀 알아보라고. 동기니까."

"뭔 소리야?"

혁권이 다소 당황한 표정으로 와인 잔을 잡고 돌린다. 그리고 은밀하고 낮은 목소리로 말한다.

"형."

"말해."

"형한테 이 사건 소개한 사람 있지 않아?"

"!!!"

"자세한 이야기는 그 사람한테 들어야 할 것 같은데?"

"!!!"

"와인 괜찮아. 마셔봐."

최 과장은 저수지에서 당한 사고를 생각하면 아직도 아찔했다.

장 형사…….

그는 집념의 사나이였다. 최 과장이 이동일을 따라 그 절벽으로 뛰어내리는 순간 장 형사도 최 과장을 향해 몸을 날렸다. 그럴 거라고는 상상하지 못했다. 대부분의 사람들은 그런 순간에 두려움을 느낀다. 30미터가 넘는 절벽을 향해 몸을 던질 수 있는 사람은 그렇게 많지 않다. 이동일이야 생사가 달린 두려운 상황이었기 때문에 뛰어내렸다고 해도 장 형사는 전혀 그런 상황이 아니었다. 그는 충분히 피할 수 있는 상황이었다. 하지만 몸을 날려 최 과장을 잡았다. 최 과장은 공중에서 균형을 잃었고, 결국 두 사람은 절벽에 부딪혀 그대로 추락했다. 장 형사는 심각한 부상을 입은 채로 물속에 빠졌다. 최 과장도 한쪽 다리와 어깨가 골절된 상태로 떨어졌다. 정신이 아득해졌다. 예전에 홍해에서 작전을 할 때도 이런 적이 있었다. 하지만 최 과장은 그때도 물속에서 생존 수영을 하며 8시간을 버텼고 결국에 살아남았다. 그러나 이번에는 그때보다 부상이 심각하다. 몸 한쪽이 전혀 말을 듣지 않았다. 의식이 아득해지면서 점점 물속으로 빨려 들어간다. 그냥 쉬고 싶다. 의식을 놓으면 모든 것이 끝난다. 하지만 그때 그의 의식을 깨운 것은 용병 부대 교관의 한마디였다.

"퍽킹 코리안!!! 퍽킹 코리안!!! 오 퍽킹 옐로 멍키."

괴물 같은 피지컬을 갖춘 용병들이 대부분인 용병 부대 훈련소에서 최 과장은 체격으로 가장 처지는 편이었다. 미국 해병대 출신의 백인 교관은 늘 퍽킹 코리안을 입에 달고 다녔다. 최 과장을 멸시하는 말이었다. 용병 부대는 약하면 밟히는 곳이었다. 최 과장은 밟히지 않기 위해 이를 악물고 훈련에 임했다. 그리고 몇 달 후 생존 훈련에서 최 과장은 가장 우수한 성적으로 용병 부대 훈련소를 졸업했다. 그리고 교관을 쏘아보며 한마디를 날렸다.

"시발 양키 새끼. 엿 먹어. 이 흰 돼지 새끼야!"

백인 교관은 알아듣지 못했지만 씨익 웃었다. 그 후로 약해지고 싶은 순간, 포기하고 싶은 순간마다 그 말을 떠올렸다.

"퍽킹 코리안."

물속에서 눈을 떴다. 정신을 차리고 남은 팔을 이용해서 겨우 물속에서 올라온다. 참았던 숨을 토해 낸다. 다친 몸의 한쪽 부분에서 심한 고통이 느껴진다. 하지만 이를 악문다. 남아 있는 한 팔을 있는 힘껏 휘저어 그렇게 저수지를 헤엄친다. 그리고 둑에 힘이 빠진 채 누워 있는 이동일을 본다. 기다려라.

그런데 그때 물속에서 누가 최 과장의 다리를 잡고 당긴다. 최 과장이 다시 물속으로 빠져든다. 장 형사다. 온몸에 피를 흘리는 장 형사가 눈을 부릅뜨고 최 과장의 다리를 움켜쥔다. 그렇게 최 과장은 물속으로 빨려 들어간다. 물속이 피로 번진다. 장 형사의 다친 팔에서 피가 콸콸 쏟아지고 있다. 양이 엄청나다. 얼마 버티지 못할 것이다. 하지만 장 형사는 끝까지 최 과장의 다리를 놓지 않는다.

'지독한 놈.'

최 과장은 장 형사를 떼어내기 위해 발버둥 친다. 힘이 들어가는 발을 있는 힘껏 찬다. 그러나 장 형사는 쉽게 손을 놓지 않는다. 점점 더 저수지 깊은 곳으로 들어간다. 장 형사는 함께 죽을 생각을 한 것 같다. 최 과장은 필사적으로 발을 찬다.

놔! 놔! 놔!

그리고 머릿속으로 끊임없이 그 말을 떠올린다.

"퍽킹 코리안! 퍽킹 옐로 멍키!"

정신이 혼미해지는 가운데 끝까지 발을 차서 겨우 장 형사를 떼어놓는다. 그리고 반쪽 몸으로 수영을 해서 수면 위로 올라온다. 그리고 참았던 숨을 토해 낸다. 조금만 늦었더라도 정신을 잃었을 것이다. 다시 둑 쪽을 향해 헤엄을 친다. 이동일이 보인다.

잡는다. 반드시 잡는다.

그렇게 헤엄쳐서 둑에 닿는 순간 최 과장은 정신을 잃었다.

깨어났을 때 그는 병원에 있었다. 이동일을 추적하던 다른 황룡의 직원들이 그를 발견하고 병원으로 옮긴 것이다. 그들이 도착했을 때 이동일은 없었다고 한다.

놓친 것이다.

최 과장이 실패를 한 것이다.

현 회장이 특유의 눈빛으로 최 과장을 바라보고 있다.

"니 괜찮나?"

"네."

"몸이 그래가지고 니 뭐 하겠나?"

"회장님, 반드시 이동일을 찾고 사건 마무리하겠습니다."

"여고 저고 다들 말은 잘한다. 근데 이동일이는 아직도 살아 있네 그자?"

"……."

"최 과장. 니 몸뚱아리로 묵고사는데 몸이 그래가 어디 사람 구실하겠나? 으이?"

"회장님, 이전에 이것보다 더 큰 부상을 당했지만 그래도 저는 살아났습니다. 한 번만 더 기회를 주십시오."

"그때는 젊었겠지."

"!!!"

"세상은 말이데이. 고통인 기라. 사는 순간순간이 고통이라. 으이? 근데 그기 와 그란 줄 아나?"

"!!!"

"인간이라 카는 거는 기본적으로 남한테 관심이 없어!! 남한테 어떤 상황이 있는지 남이 얼마나 절박한지 그런 거는 상관이 없다 카이. 내한테 얼마나 가치가 있는지. 도움이 되는지 그걸로 판단하는 기라. 으이? 봐라. 부모도 필요없으마 버리는 기 이 세상이다."

"!!!"

"니는 가치가 있는 인간이가? 쓸모가 있나 이 말이다?"

"있습니다!"

"말만 하지 말고 증명을 해라. 으이?"

"네."

"이동일이를 찾아라."

마 형사는 남대문 김 박사의 금고 앞에 서 있었다. 남대문 한쪽 구석 오십 년은 넘은 사층 건물 전체를 사용하고 있는 김 박사는 80대 중반의 노인이었다. 일제 때부터 고리대금업으로 시작해서 평생 사채시장에 몸담은 김 박사는 지금도 수천억을 움직이는 사채 시장의 거물이었다. 그리고 그가 사채와 동시에 하고 있는 것은 보관 사업이었다. 기밀 서류나 무기명 채권 혹은 출처가 불분명한 검은 돈을 김 박사는 안전하게 맡아주었다. 검찰의 압수 수색 위기에 몰린 재벌이나 고위 정치인들이 김 박사 금고의 주 이용 고객이었다. 물론 그런 보관에는 상당한 대가가 따랐다. 그러나 김 박사의 금고는 가장 안전하고 신뢰할 만한 곳으로 명성이 높았다. 최근에는 재벌이나 고위 공직자 말고도 김 박사의 금고를 이용하는 사람들이 많아졌다. 최근의 주요 고객은 불법 도박 사이트 운영진과 변호사 개업한 지 얼마 안 된 고위 전관들이었다.

마 형사는 김 박사의 건물 안으로 들어섰다.
왜 김 박사의 금고 열쇠가 저수지에 빠져 있었던 것일까?
그 열쇠는 누구의 열쇠인가?
마 형사는 그 의문을 풀어야 했다.
마 형사가 안으로 들어서는데 커다란 덩치가 마 형사를 막아섰다.
"뭐야?"
덩치는 전혀 쫄지 않고 위에서 마 형사를 내려다본다. 족히 2미터는 되어 보인다. 그가 막아서니 출구가 보이지 않는다.
"비켜."
마 형사가 소리쳤지만 남자는 꿈쩍도 하지 않는다. 오히려 위압적으로 한 발 나온다. 마 형사가 그를 올려다본다. 한 대 쳤다가 본전도 찾기 어려울 것 같았다.
마 형사가 웃으면서 한 발 물러선다. 그리고 주머니 속에서 노란 열쇠를 꺼내 들고 흔든다. 덩치가 열쇠를 꼼꼼히 살핀다. 그러고는 한 발 물러선다.
마 형사가 안으로 들어가자 늙은 노인이 간이 의자에 쭈그리고 앉아서 돋보기를 끼고 누렇게 변색된 세로쓰기로 되어 있는 무협지를 읽고 있었다. 적어도 40년은 되어 보이는 책이었다. 인기척에 영감이 고개를 들어 마 형사를 올려다본다.
섬찟.
수많은 사람을 보아왔지만 마 형사는 겪어보지 못한 섬찟함에 움찔한다. 해골만 남은 듯 앙상한 노인의 눈이 상대방을 꿰뚫어보듯이 노려보고 있었다. 그것은 마치 이 세상에 없는 듯한 존재 혹은 외계에서 온 괴이한 존재처럼 보였다.
김 박사였다.

김 박사는 아무런 말도 없이 마 형사를 바라보았다. 마 형사가 열쇠를 내밀어 보이자 김 박사는 열쇠를 꼼꼼히 뜯어보았다. 그리고 마 형사를 바라본다.

"열쇠 주인이 아닌데?"

쇳소리가 섞인 듯 퀴퀴하고 탁한 소리. 마치 저 아래 지옥에서 들려오는 것 같다. 마 형사가 아무 말 없이 김 박사를 본다.

낄낄.

"뭐 상관없지."

그리고 다시 마 형사에게 열쇠를 내민다. 김 박사 보관소의 철저한 원칙. 열쇠를 가진 자에게만 내어준다. 다른 것은 따지지 않는다.

"지하 2층."

그렇게 말하고 김 박사는 다시 손에 침을 묻혀 누렇게 변색되어 버린 무협지 속으로 빠져들어갔다.

마 형사는 지하로 내려갔다. 춥고 음습한 기운이 느껴졌다. 지하실 중간중간에 미등이 들어와 공간을 밝혀주고 있었다. 버석거릴 만큼 건조한 공간. 습기를 막기 위해서 여러 대의 제습기가 돌아가고 있었다. 습기로 인한 종이의 부식을 막으려는 것 같았다.

수천 개는 되어 보이는 사물함들 사이에서 마 형사는 드디어 그 번호를 찾는다.

3072번.

마 형사는 열쇠를 돌려 그 안에 들어 있는 것을 꺼낸다. 노트 다섯 권. 꽃무늬로 장식한 노트들을 펼치자 섬세한 필치로 쓰여진 여자의 글씨가 빼곡히 차 있었다.

일기였다.

그것은 이동일이 가지고 있던 장영미의 일기였다.

조금은 더 나은 곳

현 회장은 조용히 백자를 닦아내고 있었다. 닦아내고 나서 한참을 들여다본다. 오묘한 빛깔. 그 결. 현 회장은 수백 년 전에 흙으로 이 백자를 빚었을 도공을 생각해 본다. 그는 이 걸작을 빚어내면서 수백 년 후를 생각했을까? 인간은 백 년도 채우지 못하고 사라지지만 물건들은, 특히 걸작품들은 시대를 뛰어넘어 살아남는다.

'인간의 삶이란 것이 정말 짧구나.'

젊었을 때야 뭐든지 될 수 있을 것 같고, 인생은 끝이 없고, 행복만이 기다릴 것 같지만 늙어가면서 삶이란 것이 좀 더 명확하게 와 닿기 시작한다. 인간이란 동물이 자신의 욕구 충족을 위해서 싸우는 것이 인생이다. 때문에 인생이란 것은 끝없는 고통일 수밖에 없다. 자기보다 강한 사람들이 도처에 널려 있기 때문이다. 은

혜도 모르고, 의리도 모르고, 오로지 자기 자신만을 생각하며 늘 더 많은 것을 갈구하는 인간들. 그런 더러운 인간들에 비해 이 백자는 얼마나 깨끗하고 청아한 존재인가.

그런 두서없는 생각들에 빠져 있을 때 태경이 안으로 들어왔다.

"아이고 이 변호사. 또 우짠 일이야. 갑자기 또 보자 카고."

"저 태산 건 말인데요."

"응? 무신 껀?"

또 모르쇠다.

"그 노동자들요. 어린 여자애들?"

"아아 가들이 와요?"

"전 그 아이들을 변호하라는 건 줄 알았는데…… 상대방 변호인 측에서 연락이 왔습니다. 회장님하고 이야기가 다 됐다고."

현 회장이 태경을 빤히 본다. 그리고 웃는다.

"아니 이 변호사. 정말로 그걸 소송할 생각이었어요?"

"네."

"우리 이 변호사 보기보다 순진한 면이 있네. 소송? 근데 이길 수 있겠어요?"

"!!!"

"우리 이 변호사 아직도 몬 배았나? 질 거 같은 게임은 시작을 하마 안 돼!!!"

"그럼 저한테 바란 게 대체 뭐였습니까?"

"난 당연히 합의할 줄 알았지."

"!!!"

태경은 자신이 태산을 보호하기 위해 인창과 현 회장이 짜놓은 각본에서 놀고 있는 장기말이었음을 확인하게 된다. 법무법인 인창과 현 회장에게는 피해자들에게 인권 변호사가 붙지 않게 방어해줄 부패한 변호사가 필요했던 것이다.

“이 변호사, 그럼 진짜 그 여자들 변호할라고 그랬어? 하하하하. 진짜 뭐 인권 변호사라도 될려고 그랬어? 이봐, 우리 솔직하게 살자. 이 변호사답게 살아. 응?”

“저다운 게 뭔데요?”

“이 변호사야 최고의 미꾸라지지. 법망을 흐리고 빠져나가고. 그런 거 제일 잘하잖아! 우리 법조계 최고의 미꾸라지.”

태경은 자신에게 없어진 줄 알았던 법조인으로서의 자존심이 무너지는 것을 느낀다. 모멸감을 느낀다. 아직 양심이 남아 있었던 것일까?

“회장님, 그럼 굳이 왜 나를 택했습니까? 그런 건 굳이 내가 나서지 않아도 되는 일이잖아요.”

“아니, 인권 변호사들이 자꾸 애들을 부추긴다 그래서……. 인권 변호사들 붙으면 곤란하잖아! 응? 그런 상황에서 그런 약한 사람들을 가장 잘 이해하고 설득할 수 있는 사람이 누구겠어? 응? 바로 이 변호사!! 매력적이잖아, 당신! 거기다 내 말까지 잘 듣고. 으이?”

“!!!”

“우짜노. 우리 이 변호사님 충격받았나 보네. 아하. 이래서 커뮤니케이션이 중요한 기라. 이 변호사 그거 끝난 게임인 기라. 뭐 어렵게 소송하고 그럴 거 없어요. 우리 이 변호사님은 뭘 좀 아시는 분이잖아.”

“…….”

아시는 분?

"이 변호사, 뭐 적당한 선에서 합의해요. 그런데 돈을 좀 깎아, 최소한으로. 뭐 이런 거 있잖아요. 돈을 필요로 할 때 응? 아주 적은 돈으로 큰 효과를 내는. 그 사람들 지금쯤 돈이 한참 다급할 기라요. 그지요?"

"!!!"

"그런 때가 기회 기라. 응? 선심 쓰는 척하민서 합의를 해뿌소. 응?"

"회장님."

"응?"

"근데 태산 그룹하고 회장님하고 대체 무슨 상관이 있는 겁니까?"

현 회장이 태경을 쏘아본다.

"니가 그기 와 궁금한데?"

"!!!"

현 회장이 다시 웃으며 태경을 바라본다.

"가서 합의를 해라. 적은 돈으로. 가들이 최대한 가치 없어 보일 때까지 돈을 깎아봐라. 크크크."

"그렇게까지 해야 하는 이유가 뭡니까? 차라리 정당한 돈을 주고 합의를 하는 게 보기에도 좋지 않습니까?"

"가들은 죄를 지었다."

"무슨 죄요?"

"기어오른 죄."

"!!!"

태경은 직감한다. 이것은 현 회장만의 일이 아니다. 그의 뒤에 누군가가 있다. 그리고 그자가 태산과 관련되어 있다.

마 형사는 자신의 오피스텔에 처박혀 장영미의 일기를 꼼꼼하게 읽어냈다. 마 형사는 일기를 읽는 내내 분노로 자신의 몸이 부들부들 떨리는 것을 느꼈다. 피가 거꾸로 흐르는 것 같았다.

참다못한 마 형사는 일기장을 놓고 주먹으로 벽을 때렸다.

쿵.

벽이 울린다.

주먹에서 피가 흘러내린다.

하지만 분노는 가라앉지 않았다.

자신과 아무 상관 없는 어린 여자애였지만 그녀의 고통이 그대로 다가왔다. 그만큼 장영미의 일기는 세세하고 절절했다.

마 형사는 이제야 사건이 전체적으로 그림으로 그리듯 이해가 되기 시작했다.

장영미는 지난 2년간 소속사의 강요로 누군가를 접대하고 잔인하게 학대당했다. 하지만 그녀는 오로지 배우가 되겠다는 마음으로 그 수모를 견뎌냈다. 그 뒤에는 소속사와 황룡건설이 있었다. 그런 그녀가 갑자기 사라진 것이다. 그리고 지금 그의 손에는 증거가 될 수 있는 일기장이 들려 있었다.

마 형사는 자신의 마음이 다시 들끓고 있다는 것을 느꼈다.

잡고 싶었다.

잡아서 확인하고 싶었다.

도대체!

어떤 인간이 이런 짓을 할 수 있는지.

반드시 확인해야 했다.

마 형사는 그를 만나러 갈 때가 되었다는 것을 알 수 있었다.

단골 바에서 태경이 혼자 조용히 술을 마시고 있었다. 동네에 있는 지하의 조용한 바로 태경이 혼자 조용히 생각을 하고 싶을 때마다 찾는 곳이었다. 태경은 이날도 아무 말도 없이 잔에다 술을 따르고 갈색 위스키를 오랫동안 바라보았다. 그러나 거기에도 해답은 없었다. 그때 원기가 조용히 다가와 옆자리에 앉았다.

"여기 있을 줄 알았다. 같은 걸로 한 잔 더요."

"태산 사건, 다 맞춰져 있더라고. 현 회장하고 태산, 거기에 인창까지. 그래서 나를 끌어들인 거야. 푸른 쪽 변호사들이 소송을 맡지 않도록 적당히 합의할 그런 변호사가 필요했던 거야."

"……."

"혹시 알고 있었냐?"

"생각해 봤지. 현 회장의 속셈이 뭔지. 그 인간이 정의의 편에 설 리는 없잖아. 그렇다면 결국 답은 그것밖에 없다고 생각했지."

"시발!!"

태경의 격한 반응에 바텐더가 놀라서 바라본다.

"복잡하게 생각할 거 없어. 차라리 잘된 거지. 솔직히 말해서 우리 둘이서 인창하고 어떻게 싸우냐?"

태경이 한참 바라보던 위스키를 단숨에 털어 넣었다.

"기분 더럽네……. 나를 어떻게 보는 거지?"

"그렇게 보는 거지."

"근데 이번 사건 말이야…… 그렇게 인권 변호사를 두려워하면서 합의에 목매는 거 보니까 산업재해 확실한 거 아냐?"

"산업재해 맞다고 치자……. 그래서 소송 계속하면 현 회장이 가만있을 거 같아? 자주 봐서 잊었나 본데 현 회장이야."

"수틀리면 그대로 박아버리는 거야."

"그럼 크로센 때로 돌아갈래?"

"……그 이야기 꺼내지 말랬지?"

"농담이야."

"그게 너한테는 농담이냐?"

"넌 임마 아직까지."

태경이 술잔을 세게 내려놓는다.

"그만해."

"……."

태경은 차를 타고서 다시 최서인의 집 앞으로 향한다. 왜 하필 이 순간 최서인이 생각났는지 태경은 알 수 없다. 그것은 습관 같기도 하고 자기 학대 같기도 하다. 자신이 얼마나 쓰레기인지를 확인하는 성스러운 순례였다. 최서인의 집은 불이 꺼져 있다. 태경은 다시 놀이터로 향한다. 그곳에서 최서인이 그네에 혼자 앉아서 담배를 피우고 있다. 태경은 그런 최서인을 한참 바라본다.

잠시 후 차가 한 대 도착해서 멈춰 선다. 중년 남자가 탄 차. 서인이 뭔가 이야기를 나누더니 차에 올라탄다. 차는 이동한다, 외곽으로. 태경은 따라간다. 차가 한적한 모텔 앞에 멈춰 선다. 두 사람은 차에서 내려 안으로 들어간다.

이런 외곽까지 따라와서 사기를 칠 최서인의 동료들은 없다.

그렇다면.

17살.

모텔.

중년 남자.

"시발."

태경은 차에서 내린다.

모텔 안으로 들어간다.

"금방 몇 호로 갔어요?"

"왜요?"

"지금 들어간 애가 몇 살인지 알아?"

"죄송합니다. 제발 신고만은."

"몇 호냐고?!"

문을 두드린다. 미친 듯이 두드린다. 잠시 후 웃통을 깐 중년 남자가 얼굴을 내민다. 태경이 남자의 목을 잡고 그대로 벽으로 밀어붙인다.

"당신 누구야?"

태경이 그대로 뺨을 후려갈기고 남자의 핸드폰을 본다. 열 살쯤 돼 보이는 딸 사진. 딸 사진을 남자 얼굴에 들이민다.

"인간이냐?"

남자가 무릎을 꿇고 싹싹 빈다.

"살려주세요! 제발!!! 와이프 알면 정말!! 와이프가 몸도 약하고!"

"꺼져!"

남자가 사라진다.

서인이 비웃으면서 그 모습을 바라본다. 침대 위에 앉아서.

"졸라 웃겨."

"웃겨?"

"응 웃겨. 시발, 니가 그런 말 할 처지나 돼? 그래도 저 아저씨는 착해. 삼십만 원이나 주기로 했어."

"정신 차려!"

"하하하. 너 왜 자꾸 나 따라다녀?"

"!!!"

"혹시 나 좋아해?"

"!!!"

"너도 장명강처럼 혹은 저 아저씨처럼 나하고 하고 싶어?"

"!!!"

"응?"

"그만해."

"왜 그래?"

"그만해라."

"그럼 내가 뭘 할까?"

"!!!"

"내가 대체 뭘 할 수 있는데!!!"

"!!!"

"날 봐! 나를 똑바로 바라봐!!!"

"!!!"

태경이 서인을 본다.

"나는…… 완전히 부서져버렸어."

"!!!"

"자, 그러니까 우리 그냥 서로 끌리는 대로 하자. 아저씨도 남자 잖아. 그치? 나 열일곱 살이니까. 응?"

태경이 그대로 주저앉는다.

"제발……."

"뭐?"

"제발 그만해라!"

"뭘 그만해!"

"이걸 그만해!"

"……그럼 뭘 할까?"

"니가 하고 싶은 거 뭐든지!!!"

"이게 내가 하고 싶은 거야!"

"정말이야?"

"그래."

태경이 서인을 바라본다.

"이게? 니가 하고 싶은 거야? 열일곱 살에?"

"그래 난 이미 부서졌으니까."

"……아니야!"

"뭐?"

"아니라고!"

"뭐가 아니야!"

"넌 아직 부서지지 않았어! 넌 진짜 부서진 게 뭔지 몰라!!! 넌 아직 부서지지 않았어!!!!"

"!!!"

"넌 아직 가능성이 있어!"

"!!!"

"서인아."

"……."

"내가!! 내가!!! ……너한테 잘못했다. 너한테 죽을죄를 지었다."

"……."

"그러니까 그만해!!!"

서인이 태경을 본다.

"웃기지 마."

"뭐?"

"그렇게 해서 죄책감을 털어내려고? 응? 그렇게 해서 너는 그런 짓을 하고도 스스로 괜찮다는 마음으로 살아가려고? 엿이나 처먹어!!! 평생 고통스러워해!! 내가 더 철저히 망가져줄 테니까!!! 알아? 나를 똑똑히 지켜봐!! 내가 얼마나 망가지는지 잘 봐!! 그리고 그건 다 너 때문이니까!!"

혹시 최서인은 태경이 지켜보는 걸 알고 일부러 그러는 것일까?

"!!!"

"자, 어떻게 할 거야?"

"나 때문에 너를 망가뜨리지 마라."

서인이 비웃으면서 태경의 목을 감싼다.

태경이 그런 서인을 본다.

"제대로 사는 게 어떤 거야?"

태경이 서인을 본다. 서인이 태경을 바라본다.

"응?"

"!!!"

태경이 일어선다. 그리고 서인을 본다. 차가운 태경의 얼굴.

"잘 들어! 스스로 망가졌다고 생각하겠지만 아직 멀었어."

"!!!"

"잘 생각해라. 인생은 단 한 번뿐이야. 넌 겨우 열일곱이고."

"!!!"

"날 봐라."

서인이 태경을 본다.

"자기 스스로를 망가뜨린 꼴이야. 니가 더 나가면 나처럼 될 거야."

"!!!"

"좋아 보이니?"

"!!!"

태경이 돌아서서 나간다. 그러다 멈춰 서서 말한다.

"세상 더럽지만 그래도 이 모텔 방보다는 조금 더 나은 곳이야."

"!!!"

태경이 나간다. 서인이 멍하니 남겨진다.

서인은 문득 창밖을 본다.

그 남자의 뒷모습이 보였다.

준미는 사건 서류를 마지막으로 검토하고 고개를 든다. 목에서 뻣뻣한 고통이 올라온다. 목과 어깨의 통증이 고질이 된 지 오래다. 준미는 어두워진 밖을 보고 놀란다. 마지막으로 창밖을 보았을 때는 해가 중천에 떠 있을 때였다. 9시 20분. 검사실 수사관들은 이미 모두 퇴근하고 난 후였다.

준미는 긴 한숨을 내쉬었다. 더 이상 들여다봐야 할 서류가 없다는 것이 그녀를 다소 막막하게 만들었다. 전주지검에서의 일상도 바쁘기는 매한가지였다. 한 달에 수백 건씩 밀려드는 사건들만 처리하기에도 정신이 없는 것은 사실이었다. 그러나 서울중앙지검에 있을 때와 비할 바는 아니었다. 거기다가 당시에는 몰래 장영미 사건까지 추적하고 있었다. 그때에 비한다면 지금은 너무 한가하다고 할까? 심각한 워커홀릭인 준미의 입장에서는 그저 한가할 따름이었다. 미치도록 읽고 싶은 사건 서류가 없다는 것, 어쩌면 그것이 자신에게는 지옥일 수도 있겠다는 생각이 들었다. 가끔씩 이렇게 재미없이 살아도 되는 것일까란 생각을 해본다. 하지만 딱히 달리 재미있게 할 수 있는 것도 없다. 문득 예전에 위대한 예술가들이 다른 일상의 모든 것을 버리고 예술을 위해 희생한 것들이 어쩌면 일상이 너무 심심해서가 아니었을까, 라고 생각해 본다.

오늘은 슬슬 퇴근해서 뜨거운 물에 샤워나 하고 일찍 잠들어야겠다는 생각을 한다. 그런 마음으로 일어서려는데 노크도 없이 문이 벌컥 열린다.

"계셨수?"

마 형사였다.

"노크는 예의 같은데."

똑똑똑.

눈앞에서 문을 두드린다, 마 형사가.

"이 밤중에 내가 보고 싶었던 것은 아니었을 거고. 무슨 일이죠?"

"오라면서요? 응?"

"과정을 차근차근 밟았나요?"

"밟았죠."

"이 사건을 이해할 수 있겠어요?"

"아주. 존나게 잘 이해할 수 있겠어요."

"당신이 생각하는 것처럼 그렇게 단순한 사건이 아니에요. 분노나 패기만으로 해결할 수 있었다면 진즉에 해결했어요. 하지만 그런 사건이 아닙니다."

마 형사가 피식 웃는다. 그러더니 가방 안에 든 노트를 꺼내 테이블 위로 툭 하고 던진다. 준미가 그 노트를 본다.

꽃무늬 노트!

얼른 노트를 펼쳐본다.

장영미의 일기!

준미가 마 형사를 바라본다.

마 형사가 웃으며 준미를 본다.

"검사님, 분노? 패기? 나 그런 거 없어요. 나를 움직이게 하는 거? 사건이야. 왜? 해결하고 싶으니까."

"!!!"

"얼른 읽어보셔, 꼼꼼히. 나한테 보조를 맞추려면."

마 형사가 걸어 나가다 멈춰 선다.

"아 그리고…… 이 밤중에 그쪽이 조금은 보고 싶더라고."

두 사람이 서로를 잠시 바라본다.

마 형사가 웃으면서 밖으로 나갔다.

준미는 책상에 앉아서 노트를 읽어나가기 시작했다.

다시, 심장이 두근거리기 시작했다.

지겨워진 뽀삐

태경은 집 안에 조용히 앉아 있었다. 소파에 웅크린 채. 사냥꾼에게 쫓기는 곰처럼 그렇게 조용히 숨죽이며. 지금 아무도 그를 쫓고 있지 않았지만 세상 모두가 그를 쫓고 있는 것처럼 느껴졌다. 그는 그렇게 두려웠다. 무서웠다.

새벽이 오기 전이라 밖은 여전히 어두웠다. 태경은 술도 마시지 않았다. 술을 마시면 무슨 짓을 저지를지 두려웠다. 그렇게 아무것도 하지 않은 채 집 안의 어둠을 조용히 응시하고 있었다. 그러자 최서인과 주고받았던 말들이 떠오른다.

스스로에 대한 경멸을 참을 수가 없다.

'크크크. 개새끼야! 니가 그런 말을 할 자격이 있어?'

그렇게 떠오른 고통스러운 생각은 멈추지 않고 계속 이어진다.

그가 밟아왔던 수많은 사람들. 그 사람들의 비참한 최후.

그 순간들이 주마등처럼 하나하나 세세하게 자신의 머릿속을 스치고 지나간다.

절망과 고통의 표정들.

태경이 살아온 지난 3년간의 순간들이 부서지면서 유리 조각처럼 태경의 몸과 마음 구석구석을 파고든다.

아프다.

그리고 무서웠다.

그 죄를 다 감당할 수 있을까?

죄의 무게 때문에라도 그냥 나쁜 놈으로 사는 것이 나은 것이 아닐까?

그냥 개새끼로.

하지만 왜 갑자기 이러는 것일까? 최서인이 원조 교제를 하든 말든 그것이 무슨 상관인가? 두 어린 노동자들이 산업재해로 나자빠지든 말든 무슨 상관인가? 헐값에 합의를 보든 말든 그게 무슨 상관인가?

그 모든 것은 내 손가락 하나 다치게 하지 못한다.

그런데 갑자기 왜 이러는 것일까?

마음속에서 끓어오르는 이 마음은 대체 왜 그러는 것일까?

그만두자.

여기서 그만두자.

더 이상은 안 된다.

위험하다.

그냥 그렇게 나쁜 놈으로 살아가자.

다시 마음을 굳게 먹는다.

그리고 일어나서 창밖을 보는데 새벽이 와 있었다.

진태는 또 술에 취해서 들어왔다. 벌써 몇 번째인지 모른다. 최근 집 안에서 진태의 모습은 둘 중에 하나다. 일찍 퇴근하면 한숨을 쉬면서 소파에 힘없이 앉아 있든가 술에 취해서 비틀거리면서 늦게 들어오든가. 부인은 오늘은 그냥 넘기지 않기로 한다. 비틀거리는 남편을 차갑게 바라본다.

남편이 그런 부인을 본다.

"안 잤어?"

"앉아봐."

진태가 비틀거리면서 소파에 털썩 주저앉는다. 습관처럼 긴 한숨을 토해 낸다.

"얼마나 마신 거야?"

"잘 기억이 안 나. 히히히."

"언제까지 이럴 건데?"

"응?"

"대체 언제까지 어리광을 피울 거냐고!"

취한 것처럼 보였던 진태가 정색을 하며 부인을 바라본다.

"어리광? 내가 그러는 걸로 보여?"

"응."

"너 내가 얼마나 힘든지 모르지?"

"몰라."

"그러면 아무 말을 하지 마!"

"넌 내가 얼마나 힘든지 아니?"

"뭐?"
"몰라. 당연히 모르지. 남인데. 내가 직장에서 힘들었다고 집에 와서 한숨 쉬고 괴로워하고 해? 다 그건 자기만의 몫이고 고통이야!!!"
"……달라."
"아 굉장히 중요한 일을 하신다? 그러시겠지."
"그런 뜻이 아니야."
"그 누구도 서로를 완전히 이해할 수 없어. 아무리 부부라도. 각자의 인생이야. 그러니까 지금의 어리광은 그만둬!"
"각자의 인생이라. 참 편하네. 그치?"
"편한 건 당신이겠지."
"뭐?"
"유치하다고 생각하지 않아?"
"뭐가?"
"세상 살다 보면 누구나 어려운 일이 있어. 좌절하고 무너져! 왜? 세상은 전쟁터니까."
"……."
"당신 정도의 고통? 미안하지만 그건 고통 축에 끼지도 못해."
"니가 뭘 알아?"
"모르지. 근데 당신이 실패한 수사에 대한 미련 때문에 이러는 건 알아."
"……."
"근데 미안하지만 그건 고통 아냐. 넌 그냥 스스로의 용기 없음을 그렇게 괴롭다는 식으로 덮으려는 거야. 진짜 고통이 뭔지 알고 싶어? 응? 당신의 고통은 스스로가 만드는 것일 뿐이야!"
"!!!"

"정말 그 수사가 하고 싶어?"

"!!!"

"그게 아니면 그렇게 징징대면서 스스로 꽤 괜찮은 수사관이었다고 자위하고 싶은 거야? 그래서 죄책감을 피하고 싶은 거야? 나는 할 만큼 했다. 괴로워하기까지 했다. 뭐 이렇게?"

"……."

"정말 아쉽지만 그런 자위는 혼자 해결했으면 좋겠다. 자위가 그런 거 아닌가? 이런 식으로 우리 가족에게 피해 끼치지 않고. 왜냐고? 내 인생만으로 충분히 힘들어. 직장! 육아! 부모님! 시댁! 계속할까? 누가 더 힘든지?"

"……미안해."

"국진태 씨. 인생은 투쟁이야. 원하는 게 있으면 일어나서 쟁취해. 그러기 위한 논의라면 얼마든지 응해줄 수 있어. 어리광은 이제 그만 사양할게. 나는 그만 잔다."

부인이 안으로 들어가고 진태는 혼자 남겨졌다.

부끄러웠다.

"어지선네 쪽은 간단히 해결할 수 있을 것 같아. 워낙 사정이 안 좋으니까 덥석 물 거란 말이지. 응? 근데 문제는 최유정 그 아가씨야. 이 사건으로 지금 여기까지 온 거나 산업재해에 관해서 조사한 거나 그런 걸 보면 이 아가씨 보통이 아냐. 전부 그 아가씨가 주도한 거니까 쉽게 안 놓을 거란 말이지. 그러니까 니가 털어내야 한다, 이거야. 응?"

원기가 태경을 바라본다. 대답이 없다.

"듣고 있냐?"

"……."

답답해진 원기가 담배를 피워 문다. 연기를 깊이 들이마셨다가 다시 내뱉는다. 그리고 다시 긴 한숨을 토해 낸다.

둘은 한동안 말이 없다.

할 말이 없다.

좀 전까지 태산을 변호하는 인창 쪽 변호사들과 악다구니를 쓰며 한 푼이라도 더 뜯어내려고 했던 태경의 모습은 온데간데없다. 넋이 나간 듯 보인다. 원기가 담배를 눌러 껐다. 그때 유정과 지선의 아버지 준철이 사무실 안으로 들어온다.

"어서 오세요!"

원기가 일어나서 두 사람을 맞이하고 태경도 일어나서 어색하게 웃는다. 마주 앉자마자 원기가 이야기를 끄집어낸다.

"이 소송이 몇 해를 끌 수도 있고…… 그렇게 되면 환자 가족 분들이…… 지칠 수도 있고…… 합의금이 그렇게 적은 액수도 아니고…… 이거 여기 있는 우리 변호사님이 엄청 싸워서 사실 많이 뜯어냈습니다. ……현실적으로 봤을 때 합의하는 것이 피해자나 가족들에게 훨씬 더 이득이 될 수 있을 거라고 생각합니다."

조용해진다. 그 누구도 말이 없다.

잠시 후 준철이 말을 꺼낸다.

"그럼…… 우리 지선이가 병에 걸린 게 태산의 잘못이 아닌가요?"

"……그건 확실하지 않습니다."

태경이 대답한다. 유정이 그런 태경을 보고 말한다.

"그걸 밝히는 걸 모두 포기하라는 거겠죠? 돈은 그 대가겠죠?"

"……네."

태경이 유정을 끝까지 바라보지 못한 채 대답한다. 고개를 숙인 그의 시점으로 주먹을 꽉 쥔 유정의 주먹이 보인다. 떨리고 있다. 멈춘다. 그리고 유정이 태경을 본다.

"좋아요. 합의금은 얼마인가요?"

원기가 나서서 대답한다.

"오천만 원입니다. 병원비는 회사 보험으로 처리해 주기로 했습니다."

"입을 다무는 조건이겠죠?"

"네."

"거기서 또 수수료를 드려야 하는 거죠?"

원기가 태경을 본다.

태경이 흔들리는 표정으로 잠시 유정을 본다.

"합의한 거니까 주지 않아도……."

"원칙을 말해 주세요."

"네……."

하지만 태경이 말을 끝맺지 못한다.

침묵.

유정이 눈을 감는다. 그녀의 눈에서 눈물 흘러내린다.

"결국 왜 이런 건지는 앞으로도 영원히 알 수가 없는 거네요. 결과적으로 남들이 보기에는 회사가 땡깡을 피우는 우리에게 은혜를 베푼 거구요."

원기가 어색하게 웃으면서 유정을 본다.

"그리고 그 안에 남겨진 우리의 동료들은 계속 죽어나가겠죠. 우리처럼."

"!!!"

"꼭 그렇게 생각할 것까지야……."

"그것이 진실 아닌가요?"

아무도 대답이 없다.

"우린 모든 그 죄책감과 고통을 평생 안고 살아가야 하겠죠. 물론 변호사님은 털면 그만이시겠죠?"

"……."

순간 유정의 눈에서 눈물이 흘러내린다. 유정은 손을 떤다.

"……아."

스스로의 감정을 주체하지 못한다. 만나지 못했던 그 며칠 사이에도 유정의 혈색은 몰라보게 나빠졌다. 그런 유정이 준철을 본다. 고개를 숙이고 있는 준철. 그저 멍하니 다른 곳을 본다. 그는 이미 몰릴 때로 몰린 상태다.

유정이 그런 준철을 보고 묻는다.

"아저씨, 어떻게 하실래요?"

준철이 긴 한숨을 토해 낸다. 그리고…….

"……지선이 뜻대로 할게요."

유정이 태경을 본다. 그 눈빛.

"변호사님이 언니한테 직접 말씀하세요."

원기와 태경이 준철과 유정을 따라 중환자실 복도를 걸어가고 있었다. 그렇게 가다가 중환자실 입구 앞에서 갑자기 원기가 멈춰 선다. 그리고 태경을 본다.

"난…… 그냥 여기 있을게."

"……같이 가."

"……."

'의리 없는 새끼.'

그렇게 머뭇거리는 두 사람을 준철과 유정이 바라본다. 결국 태경이 돌아선다. 그리고 혼자서 지선의 병실 안으로 들어간다. 그리고 그 끝에서 머리카락이 하나도 없이 창백하게 깡마른 여자의 모습을 본다. 환자복으로 언뜻 비치는 어깨와 팔에 종양이 두드러져 보인다. 그녀는 읽고 있던 책을 내려놓고 태경을 본다. 그녀가 옆에 놓여 있는 털실로 짠 빵모자를 쓴다. 그리고 태경을 보고 웃어 보인다.

숨 쉬는 것이 조금 힘들어 보였다.

태경은 아무런 말도 하지 못하고 그녀를 바라본다. 그저 바라본다.

"지선아…… 변호사님이셔."

"여기까지 와주시고…… 감사합니다."

"……아뇨."

태경이 겨우 말을 꺼낸다. 입 밖으로 나온 소리가 자신의 소리 같지 않다.

"유정이하고 아빠한테 들었어요. 저희를 위해서 애를 많이 써주신다고."

"……뭐."

차마 말을 잇지 못한다.

"TV에서 많이 봤어요. 제가 그 프로 좋아하거든요. 〈황금저울〉이랑 또…… 아무튼 그거. 호호. 정말 말 잘하시더라구요."

"……."

태경은 대답하지 못한다. 아무 말도 하지 못한다.

아버지가 딸에게 말한다.

"지선아…… 너희 회사에서…… 합의를 하자고."

"합의요? 그럼…… 제가 이런 거…… 회사 잘못인가요?"

"……."

"언니, 그걸 묻고 따지지 않는 조건으로 합의를 해주는 거야."

"……아."

지선이 긴 한숨을 쉬며 창밖을 바라본다.

창밖에서 쏟아지는 햇살이 그녀의 창백해진 피부를 더욱 선명하고 도드라지게 만들고 있었다.

그녀의 긴 한숨. 그녀는 잠시 아버지를 본다. 그리고 생각한다. 또 생각한다.

태경이 흔들리는 지선을 바라본다. 유리처럼 투명하게 비치는 그녀의 피부. 그녀의 슬픔까지도 들여다보일 듯하다.

그녀가 선택하지 못한다. 알고 싶은 마음과 아버지의 고통 사이에서 방황한다.

태경은 알고 있다. 이런 선택을 맡기는 것이 오히려 그녀를 더 괴롭게 만든다는 것을. 자신이 악역답게 행동하기로 한다.

"회사에서는 소송까지는 피하자는 겁니다. 조건도 나쁘지 않아요. 병원비도 회사 보험으로 처리해 주고…… 합의금도 오천만 원입니다."

"네. 다행이다. 저 때문에 돈을 많이 썼거든요."

웃는다. 그 투명한 여자가 웃는다.

"……네."

"그런데 그럼…… 제가 왜 이런지는 아직…… 모르는 거네요?"

"네."

"일할 때…… 갑자기…… 연기 같은 게 자주…… 일어나서…… 마셔서…… 전 그것 때문인가…… 해서…… 그거 좀 알고…… 싶었거든요."

그사이에도 그렇게 몇 번씩이나 숨을 몰아쉰다.

"……."

"근데…… 회사에서…… 저한테…… 그렇게 해주는 건…… 어쨌든 저한테…… 미안해하는…… 거잖아요. 그렇죠?"

아무도 대답하지 않는다.

"그렇게 해…… 주세요."

태경이 서류와 펜을 내민다.

지선이 펜을 쥐려는데 힘이 없어서 자꾸만 손에서 빠져나간다. 펜을 잡으려고 안간힘을 쓰는 지선. 하지만 지선의 손에는 힘이 들어가지 않는다, 더 이상.

태경은 보고 있다.

그렇게 보고 있다.

지선이 가까스로 사인을 마친다. 그리고 힘겹게 태경을 보고 웃는다.

"아버지한테 들었어요. 변호사님이 좋은 분이시고…… 저희를 위해 애를 많이 쓰신다는 이야기를 들었어요. 감사합니다."

감사합니다.

감사합니다.

감사합니다.

23살. 머리가 다 빠져버리고 환자복에 피가 묻어 나오는 여자. 숨을 몰아쉬는 여자. 죽음 앞에서 웃는 여자. 아버지를 위해서 사인하는 여자. 이 여자.

그 여자가 말했다. 감사합니다.

이렇게 물러서야 하나.

이렇게 이 여자를 밟고 살아가야 하나.

그것이 살아가는 길인가?

이미 태산이 짓밟을 때로 짓밟은 이 여자를…….

다시 밟고 살아가야 하나…….

그렇게 이 병원에서 빠져나가서 벤츠를 타고 강남의 고급 아파트 속으로 걸어 들어가 안락한 소파에서 싱글 몰트 위스키를 마시면서 일에 성공했다고 웃어야 하는가?

그것이 맞는 것일까?

계속 그렇게 살아가야 하는 것일까?

준미는 장영미의 일기를 단숨에 읽어냈다. 그녀는 참을 수 없는 분노를 느끼면서도 어떻게든 이성을 되찾으려고 노력했다. 자신의 분노로 사건의 진실이 휘발되어버려서는 안 되기 때문이었다.

차분히 들여다본다. 감정을 다스린다. 다시 곱씹어본다. 그리고 다시 감정을 다스린다. 그러면서도 전체적인 그림을 그려나간다.

장영미의 기록은 디테일하고 리얼하다. 가끔 이니셜로 표시되어 있지만 실명으로 기록된 사람들도 적지 않다. 이름이 알려지면 크게 문제가 될 사람들도 보였다. 하지만 이 기록이 정당한 증거물로 받아들여질 수 있을 거라는 보장은 없다. 법정으로 가더라도 치열한 공방이 벌어질 것이다. 이것은 어디까지나 개인의 주관적인 의견으로 일방적으로 쓰인 기록이기 때문이다. 게다가 여기에 기록되어 있는 사람들이 하나같이 돈과 권력을 가진 유력자임을 고려했을 때 사건이나 상황이 불리하게 돌아갈 수 있음을 예측하고 대비해야만 한다. 일기에 기록된 가해자들 중에 언론사 사주도 있었다. 그들이 깊이 관여되어 있는 것은 여론을 조작할 가능성도 있다는 것이다.

결국 확실한 증거를 찾아야 했다.

혹은 확실한 증인을 찾아야 했다.

이 일기가 사실이라고 말해 줄 누군가를.

준미는 일기의 내용을 처음부터 다시 꼼꼼히 살핀다.

하지만 결론은 똑같았다.

결국 장영미를 찾고 이 사건의 배후에 있는 현 회장을 낚기 위해서는 이 일기를 증언해 줄 사람이 필요하다.

그리고 이 일기 속에 적혀 있는 여배우들을 떠올린다.

그녀들을 찾아야 했다.

영미는 고개를 든다. 그리고 민수를 바라본다. 민수는 웃고 있다.

"뽀삐?"

"……."

"대답해야지?"

"네."

"너는 누구야?"

"뽀삐."

민수는 웃었다. 오랜 시간이 걸렸지만 드디어 그녀의 영혼을 무너뜨렸다. 민수는 정복욕을 만끽하면서도 한편으로 시시하다고 생각한다. 모두들 처음에는 강한 척하지만 결국 무너진다. 인간이기를 포기한다.

"뽀삐, 기어."

영미가 망설인다. 다시 그녀의 머릿속에서 뭔가가 돌아가는 듯한 느낌이 든다.

"뽀삐! 어…… 어!"

민수가 리모컨을 들고 영미를 협박한다. 영미는 두려워한다. 절대 듣고 싶지 않은 소리. 엄마와 할머니의 울음소리. 이민수는 그 후로도 영미의 집을 드나들며 그 두 사람의 소리를 담아 와서 그걸 가지고 영미를 괴롭혔다.

영미는 긴다. 바닥을 긴다.

민수가 웃으면서 테니스공을 구석으로 던진다.

"물어 와!"

영미가 바닥을 기어 테니스공까지 기어간다. 그리고 테니스공을 입에 물고 민수에게 가져다준다. 민수가 웃으면서 영미의 머리를 쓰다듬는다.

"잘했어! 뽀삐!"

민수는 웃으면서 콧노래를 부른다. 이제 슬슬 끝이 보이기 시작했다. 조금 더 가지고 놀다가 새로운 장난감으로 교체해야겠다고 생각한다.

지금의 뽀삐가 슬슬 지겨워지기 시작했다.

혜진의 계산

혜진은 그날도 지독하게 시달렸다. 어둠 속의 그 남자. 얼굴을 볼 수 없는 남자. 하지만 그 남자의 잔혹하고도 집요한 손길은 혜진의 몸 구석구석에 생생하게 남아 있었다.

집으로 돌아가는 길에 혜진은 자신의 고통에 대해 생각했다. 고통은 무뎌지지 않는다. 매번 겪는 일이지만 그때마다 그렇게 새로운 고통이 되어 혜진을 괴롭혔다.

고통은 늘 그렇게 새롭게 살아나지만 그에 비해 감정은 점점 무뎌지기 시작했다. 최근까지도 혜진은 어려운 형편의 사람을 보면 마음 한구석이 짠해지던 사람이었다. 하지만 점점 그녀는 남의 고통에 무심해지기 시작했다. 오히려 남의 고통을 보면서 마음이 가라앉고 편안해지는 것을 느꼈다.

'나만 고통스러운 것은 아니구나.'

그러다 은근히 남의 고통을 찾고 즐기고 그것으로 위안받으려고 한다. 그런 인간이 되어간다.

비 내리는 밤을 좋아하고, 음악을 들으면서 혼자 울기도 했던 20살 혜진은 이제 그 어떤 것에도 감정을 느낄 수가 없었다. 모든 것이 무디게 느껴지고 의미 없다는 생각이 들었다. 그러면서 자신이 왜 존재하고 있는지 알 수 없다는 생각을 한다. 이 몸이 그리고 그 몸을 가진 자신이 저주스럽고 더럽다는 생각이 들었다. 남의 고통을 즐기는 자신의 영혼은 더 더럽다는 생각을 한다.

'그냥 죽어버릴까?'

그럼 간단해진다. 모든 것이 깔끔해진다. 살아간다는 것이 지옥이다, 라는 말을 이전에는 깨닫지 못했다. 그러나 이제는 너무나 분명하게 알 수 있다. 눈뜨는 것이 두려워지고 아파지는 순간. 눈뜨는 순간 너무나 명확하게 모든 것이 현실로 와 닿는 그 순간. 그때부터 혜진은 고통의 포로가 된다.

그렇게 걸어서 집 앞에 도착한다. 그때 집 앞에 있는 여자를 본다. 그리고 그녀가 고개를 돌려서 혜진을 본다.

"혜진 씨?"

"누구시죠?"

그 여자가 웃고 있었다.

태경은 지선의 병실을 나와서 잠깐 휘청인다. 그러면서 손에 쥔 서류를 떨어트린다.

"괜찮으세요?"

함께 걸어 나온 유정이 태경을 잡는다.

"네."

그러면서 태경은 병원 마당 벤치에 주저앉는다. 유정이 그 옆에 앉는다.

"언니 참 좋은 사람인데…… 언니도 변호사가 되고 싶었대요. 가난하고 힘든 사람 돕고 싶다고."

태경은 아무 말도 하지 못한다.

"언니는 고등학교 때 내신도 1등급이었대요."

"……."

"공부 제대로 했으면 변호사님처럼 됐을 수도 있는데."

"……지선 씨는 힘든 건가요?"

유정의 표정이 갑자기 어두워진다.

"……네. 너무 늦게 발견이 됐어요."

"회사에서는 뭐라 그러던가요?"

비웃음.

"회사에 이야기했는데…… 상관없다고 하더라구요. 개인 질병이라고……."

"아까 지선 씨 말로는 회사에서 일할 때 연기가 났다고 하던데?"

"네. 공장 안에 온도가 높아지면 갑자기…… 연기가 확 퍼지고 그랬어요."

"얼마나 자주요?"

"한 달에 서너 번 정도. 주로 물량이 딸릴 때 그런 일이 있었어요. 그런 날은 유독 힘든 날이었어요."

"그때 공장을 관리하던 사람들 중에 아는 사람이 있어요? 공장

시스템을 좀 아는 사람이면 좋은데."

"어…… 있어요. 오 주임님이라고 엔지니어분이신데 우리 라인을 관리했어요. 저희한테 참 잘해주셨는데……. 그분 사실 언니를 좀 좋아했던 것 같아요."

"그 오 주임이란 분 연락처 좀 주세요."

유정이 오 주임의 전화번호를 건네며 의아한 표정으로 태경을 본다.

"근데 왜?"

"네?"

"이미 끝난 거 아닌가요? 합의하신다면서요."

유정이 태경을 빤히 바라본다.

"그냥…… 참고로. 이름이 뭐죠? 오 주임?"

"오상국요."

준미는 일기를 검토한 후 마 형사에게 연락을 했다. 마 형사는 전주의 한 여관에 틀어박혀 있었다. 그는 거뭇거뭇한 수염을 그대로 기른 채 준미를 만나러 커피숍으로 나왔다. 준미는 문득 수염이 참 예쁘고 고르게 자라는 남자라는 생각을 한다.

"어떻게 잘 검토해 보셨습니까? 검사님."

"네."

"그래, 이제 어떻게 할 생각이신지? 무서우면 포기하세요. 내 별말 안 할 테니까."

"재밌는 분이시네. 근데 그쪽이야말로 이유가 뭐죠? 이 사건을 수사하는?"

"나 그냥. 심심하니까. 정직 중이기도 하고."

"정직? 왜죠?"

"너무 잘생겨서?"

전혀 웃지 않는다.

"장 형사님 때문인가요?"

"뭐 그런 것도 조금 있고."

"개인적인 감정이 이 사건에 섞여드는 것 원치 않아요."

"검사님, 인간의 모든 것이 다 개인적인 거야. 검사님이 무슨 이유로 수사하든 그건 검사님 개인적인 거고. 또 내가 무슨 이유로 수사하든지 그것도 개인적인 거야. 우리는 수사만 잘하면 되는 거고."

준미는 내색하지는 않았지만 의외로 똑똑한 남자라고 생각한다.

"술, 여자, 폭력. 그런 개인적인 것들이 사건을 망치면요?"

"하. 벌써 내 뒷조사까지 하셨어?"

"워낙 화려하셔서."

마 형사가 몸을 앞쪽으로 기울여서 준미 쪽으로 다가온다.

"왜, 나한테 끌리시나?"

준미가 그런 마 형사를 웃으면서 바라본다.

"늘 그런 식으로 여자들한테 접근하시나?"

"경우에 따라서."

"근데 나는 그쪽이 전혀 땡기지 않는데. 그리고 그런 식으로 어설프게 여자들 흔들어서 자기 유리한 쪽으로 끌고 가려는 그 수작도 굉장히 유치해 보이고."

"……."

"다른 여자들한테는 통했는지 몰라도 나한테는 안 통해요."

"……."

"본인이 굉장히 매력 있다고 생각하겠지만…… 글쎄요. 내 눈에는 뭔가 채워지지 못해 발버둥 치는 어린 남자로밖에 안 보여서."

"!!!"

"난 인생이 굉장히 짧다고 생각하는 사람이에요. 어설프게 그런 감정으로 나한테 엮여들라고 하지 마세요. 우리 그런 거 말고 수사 합시다. 수사."

마 형사는 할 말을 잃는다.

"자, 심심하시다니까. 또 꽤 집념도 있어 보이시니까. 나한테 도움이 될 것 같기도 한데…… 수사 해볼래요? 나하고?"

마 형사가 한마디도 하지 못한 채 준미를 바라본다. 패를 모두 읽혀버린 포커 선수의 마음이란 것이 이런 걸까?

"콜?"

"……."

마 형사는 머리를 굴릴 수 없이 그저 앉아 있다. 느껴진다. 머리 좋음이. 그녀의 빠른 회전이. 이렇게 머리로 압도당한 것은 이전에는 없던 경험이다.

준미가 그렇게 멍하게 앉아 있는 마 형사를 보며 웃는다.

"오케이 한 걸로 알게요."

태경은 변호사 사무실에서 오상국의 전화번호를 화면에 띄워

놓은 다음 잠시 바라본다.

지금 무엇을 하려고 하는 걸까?

그냥 인창으로 계약서 가지고 가서 사인을 받으면 모든 것이 끝난다.

두 노동자들은 합의금을 받아서 다시 남은 인생을 살아가면 된다.

자신은 현 회장과 계속해서 지금처럼 살아갈 것이다.

그렇게 평생 평행선을 그리며 다시는 만나지 않으면 된다.

그러면 모든 것이 깔끔하다.

그런데 왜 자꾸 뒤지려는 것일까? 왜 궁금해지는 것일까?

그 공장 안에서 무슨 일이 있었던 것일까?

혹시 정말 그 공장 안에서 피부암을 유발하는 유독 물질이 나오고 있다면?

만약 그렇다면?

지금 그 안에 있는 사람들은?

제길. 그게 무슨 상관인가?

나와 관련 없는 사람들.

…….

유선희, 최서인, 어지선, 최유정 그리고 태산의 노동자들…….

모두 나와 관련 없는 것이다.

지선의 그 투명한 피부.

몰아쉬던 숨.

'젠장.'

태경은 통화 버튼을 누른다. 몇 번의 신호가 흐르고 전화를 받는다.

"여보세요."

"여보세요? 네, 오상국 주임 되시죠?"

"네. 누구시죠?"

"네 안녕하세요. 저는 변호사 이태경이라고 합니다."

"……."

"여보세요?"

"네. 말씀하세요."

"좀 여쭤볼 게 있어서 전화 드렸습니다."

"뭘요?"

뭔가 잔뜩 경계하고 두려워하는 것이 전화기에서도 느껴진다. 조심스럽게 접근해야 한다.

"아, 네. 뭐 별다른 게 아니고 일단 좀 만나뵐 수 있을까요?"

"변호사가 갑자기 저를 만날 일이 뭔가요?"

"일단 만나서 이야기합시다."

"바쁩니다. 전화로 말씀하세요."

어쩔 수 없다. 바로 접근하자.

"저는 어지선 씨와 최유정 씨의 변호를 맡고 있습니다."

툭.

전화가 끊어진다.

태경은 끊어진 전화기를 한참 동안 바라본다.

지나치게 방어적이다. 아니 방어라기보다는 겁을 먹은 것 같다.

도대체 무엇 때문에?

왜 이렇게 숨기려 드는 것일까?

아마도 태산 쪽에서 이미 손을 써둔 모양이다. 비밀의 키를 쥔 사람들의 입을 막고 있는 것이다.

'뭔가가 있다!'

그것이 태경을 묘하게 자극한다. 투쟁심을 건드린다.

두 가지 종류의 인간이 있다.

강하게 압박했을 때 바로 수그러드는 보통 사람.

그럴수록 묘하게 끓어올라 싸우고 싶어 하는 소수의 인간.

태경은 그 적은 사람들 중 하나였다.

'분명 뭔가가 있다.'

태경이 끓어오르는 자신의 마음을 조용히 들여다보았다.

'도대체 니가 진짜 원하는 것은 무엇이냐?'

혜진은 자신을 막고 서 있는 그 여자를 바라보았다. 처음 보는 얼굴이었다. 차분하고 꼼꼼한 스타일이었다.

"누구시죠?"

"서울중앙지검 검찰 수사관 서효림이라고 합니다."

"검찰 수사관이 왜?"

"괜찮으시면 이야기 좀 할 수 있을까요?"

"무슨 이야기요?"

"별다른 게 아니라 뭘 좀 물어보고 싶어서요."

"뭘 물어보는데요?"

"송엔터테인먼트에 대해서요."

"!!!"

효림은 흔들리는 혜진의 표정을 놓치지 않는다.

"송엔터 소속 맞으시죠?"

"네. 근데 뭘 물어보시겠다는 거죠?"

"아 그곳 소속 여배우들한테 문제가 좀 있어서요."

"문제요. 무슨?"

"실종됐습니다."

"!!!"

혜진의 머리가 점점 더 복잡해진다.

"그런데 그걸 왜 저한테?"

"혜진 씨도 송엔터 소속의 여배우이기 때문이죠."

"왜 실종됐나요?"

"어디 들어가서 이야기할 수 있을까요? 어쩌면 긴 이야기가 될지도 모르는데."

혜진이 망설인다.

"걱정하지 마세요. 어떤 일이 있어도 혜진 씨를 보호하겠다고 약속하죠."

혜진이 걱정스러운 표정으로 효림을 본다. 효림이 충분히 이해한다는 표정으로 혜진을 본다.

"만약 혜진 씨를 보호하겠다는 생각이 없었다면 이렇게 조용히 찾아왔을까요?"

혜진이 한참 동안 효림을 바라본다. 거짓말하는 것 같지 않았다.

"신분증을 볼 수 있을까요?"

효림이 핸드백에서 신분증을 꺼내서 혜진에게 보여준다. 혜진이 꼼꼼하게 효림의 신분증을 뜯어본다. 그리고 고개를 든다.

"우리 집으로 가시죠."

"네?"

"바로 위거든요. 커피도 있고. 듣는 사람도 없고."

"아…… 네. 그러죠."

효림은 만만치 않은 아이라고 생각한다. 꼼꼼하고 두뇌 회전이 굉장히 빠르다.

며칠 전 준미에게서 전화가 왔었다. 효림은 전화기에 떠 있는 준미의 이름을 보고 알 수 없는 설렘을 느꼈다. 기다리던 연인에게 걸려온 전화처럼. 그러면서 얼마 전까지 준미와 함께 느꼈던 그 치열했던 순간의 기억들이 효림의 몸을 휘감는다. 그 기억들. 그리고 그 기억들의 주인은 서준미였다.

"네, 검사님."

"잘 지냈죠?"

"그럼요. 검사님만 없으면 편하죠."

"어떡하죠. 그 편한 시간을 깨야만 할 것 같은데?"

효림의 가슴속에서 짜릿함이 느껴진다. 그러나 내색하지 않고 차분하게 묻는다.

"무슨 일이죠?"

"장영미의 일기장을 찾았어요."

"!!!"

짜릿함이 효림의 몸 구석구석으로 파고들어 뒤흔든다. 그토록 간절하게 찾아 헤매던 장영미의 일기장.

"그럼 이동일은?"

"아직 찾지 못했어요. 반쪽만 찾은 셈이죠. 그래도 장영미의 일기 속에 그녀와 함께 스폰서들을 접대했던 여배우들이 나와 있어요."

"!!!"

"그녀들을 찾을 생각이에요."

"그럼 저도?"

"아뇨. 효림 씨는 다른 일을 해주세요."

"무슨 일이죠?"

"정혜진을 만나세요."

"!!!"

"지금 현재 그 일을 겪고 있는 사람을 찾아야만 합니다."

"!!!"

"해줄 거죠?"

"네."

"아 그리고?"

"또 뭐죠?"

"서초동의 그 떡볶이집 여전한가요?"

역시 서준미 검사답다.

혜진이 효림에게 캡슐 커피를 내려와 가져다주고 자신은 오렌지 주스를 직접 갈아서 가져온다. 그사이 효림은 8평 남짓한 혜진의 방을 둘러본다. 방 한쪽 구석을 가득 채운 옷들은 다양하고 세련된 그녀의 패션 취향을 보여주고 있었다. 그리고 꽤 비싼 오디오와 스피커, 애플 맥북과 아이패드 등 전자 제품이 널려 있는 것으로 봐서 그녀가 전자 제품에 관심이 많고 경제적으로 궁핍하지 않다는 것을 알 수 있었다. 다섯 칸의 서랍장을 음악 CD로 꽉 채워놓았는데 어린 여성답게 힙합에 관심이 많은 듯했다.

그녀가 무릎을 세우고 그 무릎 위에 작은 얼굴을 올리고 효림을 본다. 문득 효림은 가까이서 보니 그녀가 정말 예쁘다는 생각을 한다. 묘한 질투와 부러움을 느낀다. 그러나 주스 잔을 만지작거리는 그녀의 얼굴 한편에 드리운 그림자를 보며 애처롭다는 생각도 동시에 든다.

"자세히 말씀해 주세요. 그 실종."

"송엔터의 전직 여배우 두 명이 실종됐어요. 아직까지 아무런 실마리도 찾지 못하고 있어요."

"그런데요?"

"그런데 우리는 그 전에 그 두 여배우가 송엔터의 강요로 스폰서들을 접대하고 있었다는 사실을 알아냈습니다."

"!!!"

혜진이 흔들리고 있다. 안 그래도 하얀 얼굴이 창백하리만치 하얗게 변한다. 효림은 직감한다.

'혜진도 스폰서를 접대하고 있다!'

그러나 혜진은 곧 태연한 척 주스를 들이켠다. 그러나 그녀의 손이 떨리고 있다. 그녀가 다시 효림을 본다.

"그래서요?"

"우리는 그 두 여배우의 실종이 송엔터와 관련이 있다고 생각하고 조사를 했어요. 그리고 그 송엔터 뒤에는 황룡건설이 있다는 것을 알아냈구요."

혜진은 진지하게 효림을 바라본다.

"그런데 왜 하필 저인가요?"

"네?"

"송엔터에 여배우들이 많이 있는데…… 왜 하필 저를 찾아오신 거죠?"

"절대 유명하지 않을 것."

"왜죠?"

"유명하다면 잃을 것이 많고 그쪽에 마음이 더 가 있을 테니까요."
"또요?"
"아직 어리고 힘이 없을 것. 그래서 그쪽에 이용당하기 쉬운 존재."
순간 혜진의 표정이 흔들린다. 그리고 굳는다. 다시 효림을 바라본다.
"그게 저군요. 그 쉬운 존재."
"미안하지만, 네."
혜진이 일어난다.
"저 담배 하나 피워도 되죠."
"네."
혜진이 일어나서 서랍을 열고 담배와 라이터를 꺼내 불을 붙인다. 그리고 창문을 열고 창가에 걸터앉는다. 다소 아슬아슬해 보인다. 그녀가 담배 연기를 내뿜으며 창문 아래를 내려다본다. 효림이 긴장한 표정으로 그런 혜진을 바라본다.
혜진이 고개를 돌려 효림을 본다.
"제가 몇 살부터 이 일을 하려고 했는지 아세요? 여덟 살이에요."
"!!!"
"거길 향해 가는 중이에요."
"네."
"그리고 저는 반드시 거기에 갈 거예요."
"혜진 씨를 보호……."
"저는 모르는 일이에요."
"!!!"
"스폰서니…… 실종이니…… 뭐 그런 일 정말 모르는 일이라구요."
효림이 그런 혜진을 바라본다.

혜진이 담배를 입으로 가져가서 다시 깊이 빨아들인다. 그리고 연기를 내뿜는 그녀의 옆모습. 떨리는 손. 불안하다. 그때 그녀가 다소 신경질적으로 일어나더니 담배를 유리병 속에 넣어버리고 효림을 본다.

"그만 가주시겠어요?"

효림은 말을 꺼내려다가 단호한 혜진의 표정에 일어난다. 일단은 물러나는 것이 맞다. 괜히 밀어붙였다간 혜진의 마음이 더 닫힐 수도 있다.

"실례 많았습니다."

효림이 나가고 난 후 혜진은 주저앉았다. 떨리는 몸과 마음. 도대체 어떻게 된 일일까?

스폰서, 접대.

이 고통을 조금만 더 견뎌내면 괜찮을 줄 알았다. 그런데 실종이라니.

송대기 대표.

현 회장.

그리고 존재를 알 수 없는 그 남자.

그들을 정말 믿을 수 있는 것인가?

그들은 어떤 사람들인가?

혜진이 흔들리고 있었다.

그리고 떨고 있었다.

그러나 잠시 후 마음속에서 참을 수 없는 분노가 치밀어 오른다.

'개새끼들.'

만약 사실이라면?

그 여자의 말대로라면?

혜진은 그 순간 머리가 맑아지기 시작했다. 그리고 분명한 한 가지 사실을 알게 되었다.

이대로 그들이 시키는 대로 한다고 해서 스타가 될 수는 없다.

아니. 절대 되지 못한다.

그들이 시키는 대로 해서는.

혜진의 머리가 빠르게 돌아가기 시작했다.

최고의 검찰 수사관

대산전자의 용인 공장 입구는 퇴근 시간에 맞춰 사람들로 넘쳐나고 있었다. 태경은 빠져나오고 있는 사람들을 하나하나 바라보고 있었다. 한참 살펴보다가 그중에서 성격이 좋아 보이는 한 명을 선택해서 다가간다.

"저기 안녕하세요."

"네? 무슨 일이시죠?"

"저기 7공장 3라인 근무는 언제 끝나나요?"

"데이 근무요?"

"아, 그건 잘 모르고 엔지니어라던데……."

"아 엔지니어면……."

남자가 핸드폰으로 시간을 확인한다.

"1시간 정도 늦게 끝나니까 7시쯤 끝나죠."

"혹시 오상국 주임 아세요?

"상국이 형 알죠. 근데 누구세요?"

"친구요. 오랜만에 만나는데 연락처를 몰라서. 죄송한데 문자해서 저기 커피숍으로 좀 불러주실 수 없나요?"

"제가 연락처를 드릴게요. 직접 연락하세요."

"저 그게 저도 연락처는 아는데……."

"그럼 왜?"

"친구 사이의 일인데…… 제가 상국이하고 오해가 좀 있어서……. 근데 전 꼭 상국이한테 사과를 하고 싶거든요 늦었지만. 근데 상국이가 만나주질 않네요."

"그런 일이면 제가 연락하는 게 더 이상하죠."

남자가 지나치려고 한다.

"잠깐만요. 저 그게……."

태경이 갑자기 특유의 쥐어짜는 연기를 한다.

"제가 사실 얼마 남지 않았습니다……. 그 전에 그 친구를 보고 싶네요."

"아……."

"그 친구한테는 비밀로 하고 그냥 좋은 모습으로 한 번만 보고 싶어요. 정말 좋아하는 친구였거든요."

남자가 고민하는 표정으로 태경을 바라본다. 그 순간에 맞춰 태경의 눈에서 눈물이 흘러내린다.

"……네, 알겠습니다."

됐다.

남자는 몇 번의 메시지를 주고받고 회사 앞 커피숍으로 오상국을 불러내는 데 성공했다.

"꼭 좋아지실 겁니다. 나으실 거예요."

남자는 그렇게 말하고 멀어져간다.

태경은 남자를 보내고 혼자서 커피숍에 앉아서 커피를 마시며 오상국을 기다린다. 이십 분 정도 지난 후에 작업복 차림의 30대 초반 남자가 들어와서 주위를 두리번거린다. 안경을 끼고 생머리에 착한 얼굴.

오상국이다!

태경이 다가간다.

"오상국 씨?"

"누구?"

단숨에 치고 들어가야 한다.

"이태경 변호삽니다."

"!!!"

오상국의 얼굴이 사색이 되면서 바로 돌아선다. 그리고 밖으로 나가려고 한다. 태경이 그런 오상국의 팔을 잡는다. 꽈악! 그리고 당겨서 자기 쪽으로 바짝 붙인다. 그리고 조용히 속삭인다.

"잠깐이면 됩니다."

그러나 오상국이 몸을 빼려 한다. 태경은 더욱 꽈악 그를 잡으며 말한다.

"여기서 시끄러워지길 원해요?"

상국이 두려운 듯 주위를 두리번거린다. 두려워하는 그의 표정. 태경은 직감한다.

'역시 태산 쪽에서 손을 썼다.'

"오히려 이러면 더 의심을 받게 됩니다. 그냥 저하고 조용히 이야기하시죠. 10분이면 됩니다."

상국이 안절부절못하는 상황에서 긴 한숨을 내쉬며 태경을 본다.

"제 차로 가시죠."

그리고 두 사람은 조용히 카페를 빠져나간다.

상국은 카페 앞에 세워진 자신의 차에 태경을 태우고는 그곳을 빠져나간다.

태경을 태운 상국의 차는 어느 한적한 교외에 멈춰 선다. 아무도 없는 황량한 곳이다. 공사를 준비하는 듯 드넓은 황무지에 공사 자재들이 쌓여 있다. 시야가 트여 있어서 오가는 모든 것들이 한 눈에 보였다. 오상국이 주변을 살핀다. 일단은 아무도 없다. 아마도 오상국이 따라붙고 감시하는 사람들이 없는지 살피는 것이리라. 그는 감시당하고 있었다.

상국이 차에서 내려 담배에 불을 붙이고는 길게 연기를 내뿜는다. 그리고 태경을 보고 소리친다.

"지금 뭐 하자는 거야!!! 응!?"

상국이 흥분해 있다.

"진정을 좀 하시고……."

"지금 진정하게 됐어요?

태경은 잠시 내버려두기로 한다. 그사이 상국은 불붙인 담배를 다 피워낸다. 어느 정도 진정을 한 것으로 보인다. 그러고는 태경을 보며 말한다.

"이러시면 곤란합니다."

"제가 뭘 어쨌는데요? 전 그냥 상황을 좀 알고 싶은 것뿐이에요."

상국은 아무도 없는 곳인데도 다시 한 번 주위를 살핀다.

두려워하고 있다!

"회사에서 아주 민감해 있어요. 전 그 회사에서 일해서 밥 먹고 살고 있구요."

"압니다. 하지만 곧 해결될 겁니다. 유정 씨하고 지선 씨…… 합의하기로 했거든요."

순간 오상국의 얼굴에 미묘한 감정이 스치고 지나간다. 아쉬움 같은.

혹시 자기가 아닌 다른 누군가가 대신해서 싸워주기를 바라고 있었던 걸까?

하지만 다시 한 번 길게 담배를 빨아들이며 그 얼굴을 지워낸다. 그리고 태경을 보고 담담하게 말한다.

"정말요? 잘됐네요."

태경이 편안한 표정을 지으며 오상국에게 다가간다. 두려움과 경계심을 없애야 한다. 최대한 친근하게.

"그런데 좀 알고 싶은 게 있는데…… 연기가 많이 났었다고 하던데…… 말해 주시죠. 그 연기가 대체 뭔지?"

그 순간 오상국의 표정이 딱딱하게 굳어진다.

"할 말 없습니다."

그 연기!

분명 뭔가가 있다. 다른 쪽으로 찌르고 들어가보자.

"유정 씨 말로는 지선 씨를 매우 아끼셨다고…… 서로 좋은 감정이 있었다고?"

오상국이 당황하는 표정이 된다.

"지금…… 무슨 말씀 하시는 겁니까?"

"아니 어지선 씨도 오상국 씨한테 마음이 있었다던데……."

"!!!"

그냥 던져본 말에 오상국이 흔들린다.

'많이 좋아했구나!'

더 찌르고 들어간다.

"요즘에 본 적 있습니까? 가기 전에 한 번은 봐야 할 거 아닙니까?"

"!!!"

오상국이 파르르 떨린다.

"가기 전이라니…… 많이 아픕니까?"

"네."

오상국의 굳은 표정.

오상국이 손끝까지 타들어간 담배를 버리고 새 담배를 꺼내 물고 불을 붙인다. 그 손마저 떨린다. 만감이 교차하는 듯하다. 그래, 잠시 내버려두자. 스스로의 감정에 빠져들도록. 그래, 그 속에서 계속 허우적거려라. 그때 한 번 더 찌르고 들어간다.

"얼마 남지 않은 것 같습니다."

"!!!"

오상국이 새 담배를 다 피워낸다. 그리고 생각을 정리한 듯 태경을 바라본다. 태경은 기대하며 오상국의 말을 기다린다.

"좋게 합의하는 게 그 애들을 위해서도 좋은 일입니다."

젠장!

"근데 그 사람들도! 자기가 왜 병에 걸렸는지는 알아야 하는 거 아닙니까?"

오상국이 다시 주변을 두리번거린다. 그리고 비웃는 듯한 표정이 되어 태경을 노려본다.

"알면요?"

"뭐라구요?"

"알아내서 당신이 뭘 할 수가 있는데?"

"!!!"

오상국이 뭔가를 알고 있다는 표정으로 비웃으며 태경을 본다.

"당신 정말 그 애들 편이야?"

"!!!"

상국이 싸늘하게 비웃는 표정으로 태경을 바라본다. 소리 없이 묻고 있다.

'넌 정말 깨끗해?'

오상국이 다 피운 담배를 황무지에 던져버린다.

"더 이상 할 이야기가 없을 것 같네요."

오상국이 차를 타고 떠난다.

태경이 혼자 그 황무지에 남겨진다.

태경은 곱씹어본다. 조금 전 오상국의 그 웃음. 많이 보았다.

정의를 잃어버린 혹은 버린 자들의 웃음.

그들이 보이는 웃음.

너라고 별수 있을 것 같아?

너라고 뭐 다를 것 같아?

너라고 할 수 있을 것 같아?

다 버리고 싸울 수 있어?

응?

그럴 수 있어?

그렇게 상대에게 물으면서 자신을 정당화한다.

우리는 똑같아.

예전에 태경은 그 질문에 대답할 수 있었다.

그리고 그 배배 꼬인 비웃음을 격렬하게 비난할 수 있었다.

하지만…….

지금은 그럴 수 없다.

태경도 오랫동안 그런 웃음을 짓고 있었다.

아주 오랫동안.

마 형사는 장영미의 일기에 언급된 송엔터 여배우들의 인적 사항과 주소지를 정리한 부분을 준미에게 건네주었다. 준미는 마 형사가 건넨 자료를 꼼꼼히 들여다보기 시작했다.

마 형사는 잠시 집중하고 있는 준미의 모습을 바라본다.

소파에 앉은 준미의 왼쪽 어깨에 햇살이 내리비치고 있었다. 그 어깨에서 반사된 햇살을 받은 준미의 왼쪽 뺨, 귓불, 머리카락을 잠시 바라본다. 왼쪽 눈. 그렇게 보는데 준미의 눈이 마 형사를 보고 있다. 마 형사가 뜨끔한다.

"어어!! 눈이 이게, 아우, 왜 이렇게 뻑뻑하지."

마 형사가 눈알을 굴린다.

준미가 아무 표정 없이 그런 마 형사를 본다.

"생각보다 세세하게 조사했네요."

"직업이니까. 누구 뒤지는 건 자신 있죠."

마 형사는 영미의 일기에 나온 여배우들의 인적 사항과 주소지를 조사했다. 자신이 가진 수사력과 정보력을 총동원해서. 그리고 그걸 리스트로 정리해서 준미에게 보여준 것이다. 그걸 읽고 있는 준미를 보면서 어쩐지 뿌듯함을 느낀다. 좋아해주길 바란다. 그리고 칭찬에 으쓱해진다.

"이제 이걸 확인해 봐야겠죠."

"네."

"부탁해요."

"부탁이라니. 검사님, 이건 제 사건이기도 합니다."

"그래요. 그럼 열심히 수사하세요."

"그런데 직원들은 다 어디 간 겁니까?"

"퇴근했어요."

"검사가 퇴근을 안 했는데요?"

"그러면 왜 안 되죠?"

"아니……."

준미는 다시 무심한 표정으로 서류를 넘긴다.

"최대한 빨리 그 여배우들 찾아보고 확인한 후에 알려주세요."

"확인하면요?"

"당연히 공식 수사에 들어가야죠."

"직접?"

"네. 당연한 거 아니에요?"

"야, 대차시네. 그렇게 당하고도?"

"그럼 내가 그쪽하고 소꿉놀이라도 하는 줄 알았어요?"

그거 좋지.

"아니, 나는 다른 검사한테 넘길 줄 알았지?"

"6살 아이가 친구한테 초콜릿을 주던가요?"

"쎄게 나오시네."

"남이 어떻게 나오는지 신경 쓰지 마시고 수사나 빨리 해주세요."

"저 요즘 수사 엄청 열심히 합니다."

준미는 대답이 없다.

"식사는 했어요?"

"아뇨."

"……."

서류 넘기는 소리.

"그럼 같이 먹을까요?"

"그러든지요."

"뭐 먹을까요? 요 앞에 한정식집 생겼던데? 파스타집도 괜찮고?"

준미가 고개를 들어 마 형사를 뚫어지게 바라본다.

"왜요? 그럼 뭐 스테이크?"

"자장면 시켜요. 여기 전화번호 있으니까. 참고로 전 곱빼기로."

"아니, 밥은 제대로 먹으랬다고."

"자장면은 제대로 아닌가?"

"아니, 그래도 하루 종일 일하고 밥도 여기서 먹고 싶어요?"

"네."

"왜요?"

"시간 아까우니까."

"하."

마 형사가 구시렁거리면서 전화를 거는데 그때 문이 열리고 한 남자가 걸어 들어온다.

그리고.

"자장면 곱빼기 하나 더요."

"!!!"

"국 계장님!!!

진태가 그곳에 서 있었다.

진태는 중앙지검 복도를 걸어가다 효림을 만난다.

"계장님!"

"효림 씨"

"커피 한잔 하실래요?"

효림이 진태에게 따뜻한 아메리카노를 건넨다.

"할 만해?"

"그냥 하는 거죠 뭐. 근데 저 며칠 전에 정혜진 만났어요."

"!!!"

"서 검사님한테 연락이 왔었거든요. 장영미의 일기장을 찾았다고."

"!!! 진짜야?"

"네."

"그래서?"

"서 검사님이 부탁을 하셔서 정혜진을 찾아갔어요. 근데……."

"그런데?"

"분명 뭔가가 있어요. 있는데 말을 하지 않아요."

"거짓말이라는 거야?"

"네, 분명히."

"어떻게 그렇게 확신할 수가 있어?"

진태의 말이 다소 신경질적이 된다.

"여배우 실종이라든가 스폰서 이야기를 들을 때 눈에 띄게 흔들리더라구요."

납득이 간다. 충분히 그럴 수 있는 상황이다. 그런데 이 이상한 기분은 무엇일까? 속이 상한다. 준미가 효림에게만 전화를 한 것부터. 왜 자신에게 전화하지 않았을까를 생각한다. 그리고 마음속에서 분노가 꿈틀거리기 시작한다. 마치 베스트 프렌드가 다른 친구에게만 살짝 연락한 걸 알게 된 것 같은 마음이다. 얼른 장영미의 일기를 읽고 다른 가능성을 찾고 싶다. 수사를 하고 싶다. 장영미를 찾고 현 회장을 뒤지고 싶다. 이 사건 분명히 뭔가 있다. 그리고 그 실체가 이제 서서히 드러나려 한다. 준미는 전주에서도 그 수사를 계속해 나가고 있고, 효림도 거기에 함께하고 있다. 그런데 자신만 거기서 소외된 것 같다. 화가 난다. 문득 자신을 보는 효림의 시선을 느끼고 마음을 가다듬는다.

"계장님, 괜찮으세요?"

"아…… 괜찮아."

"……서 검사님 다시 사건을 시작하시려나 봐요."

"그렇겠지. 효림 씨는 이런 방식으로 계속 수사에 참여하겠네."

"네."

진태는 서운하다. 그저 수사관이었을 뿐일까. 그냥 그 당시에 필요한 사람일 뿐이었을까. 그냥 혼자서 한 팀이라고, 같이 수사하는 거라고 생각했던 걸까. 나는 서준미 검사에게 그 정도밖에 안 되는 존재였을까?

진태가 일어선다.

"효림 씨, 고생해. 힘든 일일 텐데."

진태가 돌아선다. 그때.

"계장님."

"응?"

"사실…… 서 검사님이 계장님한테 이야기하지 말라고 했어요."

"!!!"

"……."

"왜?"

"이제 겨우 계장님 없는 것에 익숙해지고 있다고요. 다시 흔들리고 싶지 않다고. 계장님 없다는 것이 너무 막막해서 다시는 그런 일 겪고 싶지 않다고. 너무 의지하고 싶지 않다고, 다시는."

"……."

"그리고 뭐랬는 줄 아세요? 계장님보고."

"뭐랬는데?

"자기가 겪은 최고의 검찰 수사관이었다고."

젠장!

갑자기 터지는 울음을 보이지 않기 위해 돌아선다. 문득 『삼국지』에서 조자룡이 왜 그렇게 유비에게 맹목적이었는지 이해가 되었다.

그의 가치를 알아봐준 사람이었기 때문이다.

"나 전주로 내려가고 싶어."

"……."

"가서 수사하고 싶어. 진짜 수사."

부인이 진태를 잠시 바라본다. 역시 안 되는 일인가?

"그럼 나 일 그만둬도 돼?"

"뭐?"

"안 돼?"

"아니, 되는데 갑자기 왜?"

"당신만 하고 싶은 일 있는 줄 알았어? 나도 하고 싶은 일이 있어. 당신처럼 투정을 안 할 뿐이지."

"!!! 뭔데?"

"웃지 마."

"응."

"나 그냥 한동안 멍 때리고 싶어. 가만히 쉬고 싶어. 격렬하게 아무것도 하지 않고 양지바른 마당 의자에 가만히 앉아 있고 싶어. 하루 종일."

"!!!"

"그래도 돼?"

"응. 전주가 빛고을이잖아. 실컷 쬐어. 가서."

"그건 광주고."

"그런가."

"내가 그 정도도 모를 줄 알아?"

"장난친 거야……. 나 때문에 일부러 그만두는 거 아니지?"

"내가? 서울에서 사람같이 살려고 맞벌이한 거야. 덕분에 더 사람같이 못 살았지만. 이제 나도 좀 쉬자. 전주는 서울보다는 좀 낫겠지?"

"응. 좋아, 전주."

둘은 마주 보고 웃는다.

진태가 검찰 수사관들의 커뮤니티에 전주지검에서 서울 근무를 원하는 사람과의 맞교환을 원하는 글을 올리자 십여 명의 지원자가 몰렸다. 그리고 그중에서 서준미 검사실의 오 계장을 선택했다. 비슷한 직급. 그대로 그 자리를 이어받는다.

준미가 웃으며 진태를 본다.

"겨우 마음 정리했나 싶었는데 또 이렇게 와서 흔들어놓으시네요."

"우리 아직 다 끝내지 못한 일이 있잖아요."

둘은 마주 보며 웃는다.

옆에서 마 형사가 둘 사이를 바라본다. 그리고 진태에게 묻는다.

"곱빼기?"

수사가 다시 시작되었다.

태경은 저녁 늦게 사무실로 돌아온다. 원기가 아직도 퇴근하지 않고 남아 있었다.

"퇴근 안 했냐?"

"너 어디 갔다 오냐?"

"그냥."

"어디?!"

"왜? 그냥 여기저기!"

"사인까지 다 받아놓고 왜 그래? 인창에서 계속 전화 왔다. 왜 안 오는 거냐고?"

"……."

"도대체 무슨 생각을 하고 다니는 거냐?"

"……."

"말 좀 해보라고, 이 새끼야!!!"

"몰라! 모르겠다고, 이 새끼야!!! 왜 지랄이야!!!"

"정신 차려! 이번 사건 뭔지 모르겠어? 응?"

"……알아."

"그런데 왜 지랄이야!!!"

"알았어!! 알았다고!!! 끝낸다고!!!"

"그래. 그만 끝내."

둘은 아무 말 없이 그저 앉아 있는다. 그때 태경의 전화기가 울린다.

현 회장이었다.

그가 다시 태경을 부르고 있었다.

〈3권에 계속〉

저스티스 2

초판 1쇄 2019년 7월 15일
초판 2쇄 2019년 7월 30일

지은이 | 장호
펴낸이 | 송영석

주간 | 이진숙 · 이혜진
기획편집 | 박신애 · 정다움 · 김단비 · 심슬기
외서기획편집 | 정혜경
디자인 | 박윤정 · 김현철
마케팅 | 이종우 · 김유종 · 한승민
관리 | 송우석 · 황규성 · 전지연 · 채경민

펴낸곳 | (株)해냄출판사
등록번호 | 제10-229호
등록일자 | 1988년 5월 11일(설립일자 | 1983년 6월 24일)

04042 서울시 마포구 잔다리로 30 해냄빌딩 5 · 6층
대표전화 | 326-1600 **팩스** | 326-1624
홈페이지 | www.hainaim.com

ISBN 978-89-6574-953-0
ISBN 978-89-6574-951-6(세트)

이 도서의 국립중앙도서관 출판예정도서목록(CIP)은 서지정보유통지원시스템 홈페이지(http://seoji.nl.go.kr)와 국가자료공동목록시스템(http://www.nl.go.kr/kolisnet)에서 이용하실 수 있습니다.(CIP제어번호:2019025173)